劍寄千山
第一部
上卷
墨書白 著
劍意尋情

《劍尋千山》宗門勢力圖

北境

天劍宗爲北境第一大宗門。

定離海

玉成宗原屬合歡宮，但因合歡宮式微，玉成宗轉投鳴鸞宮。

宗門流變請參照內文。

西境 — 碧血魔王

- 清樂宮：道宗、陰陽宗、藥宗
- 鳴鸞宮：劍宗、傀儡宗、巫蠱宗
- 合歡宮：玉成宗、天機宗、百獸宗

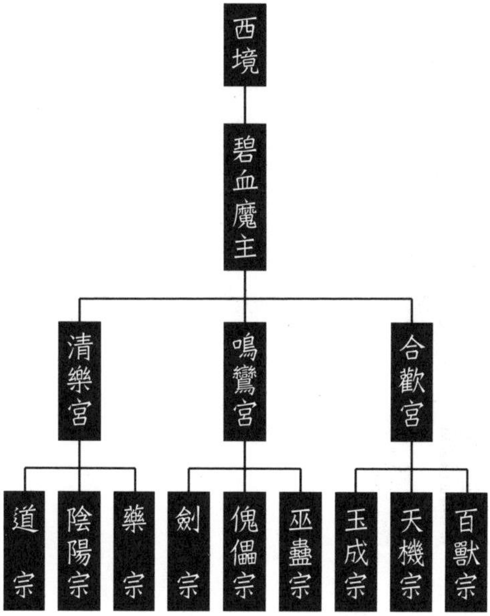

目錄
CONTENTS

楔子

修真曆上清三年，死生之界結界破，邪魔魅靈出世，第十四代問心劍劍主謝雲亭為封印魅靈隕落，首徒謝長寂繼任問心劍，立誓屠盡邪魔，獨身入死生之界，以一人之力橫掃一界，兩百年未出。

同年，西境邊防大破，十萬魔獸入境，圍攻合歡宮，少主花向晚領弟子苦守宮門一月，至金丹碎盡，劍折旗斷，方得援軍。合歡宮精銳於此戰近乎全滅，西境千年最強宗門，至此一蹶不振。

兩百年後——

「謝長寂。」幻境中，少女坐在不遠處，仰頭看著滿天星河，星光落在她的眼睛裡，她目光中帶著與他人生截然不同的生機勃勃。

涓涓河水在她腳下，發出嘩啦啦的聲響，她轉過頭，眼睛裡倒映著十九歲的他。

「你見過幻夢蝶嗎？」她問。

他凝視著她，神色平穩：「未曾。」

「那我送你一隻。」

少女說著，手腕翻飛，帶著螢光的藍色蝴蝶從她手心變化而出，翩翩飛舞。

他目光一動不動凝在少女臉上，蝴蝶落在少女手背上，少女身子朝著他微微前傾，將手遞到他面前：「來，碰一下。」

他看向蝴蝶，少女聲音很輕：「碰一下，你就能見到你最想見的人。」

「我……最想見……」

他茫然喃喃，不由自主抬眼看向少女面容，少女笑容如初，膚色卻慢慢變得透明。

他似乎預感到什麼，屏住呼吸，睜大眼睛，然而周邊天旋地轉，地面轟隆作響，一切彷彿坍塌落下，他跪在原地，愣愣看著少女朝著萬鬼嚎哭的崖底墜落而下。

她被無數邪魔湧上，吞噬，卻仍舊面帶微笑。

「謝長寂，」她聲音很輕，在她被邪魔吞噬那一刻，他聽見她似是惋惜、又似慶幸的聲音，「還好——你從未喜歡過我。」

還好，你從未喜歡過我。

少女的聲音迴盪在耳邊，他愣愣地跪在雪地，顫抖著朝著那無盡深淵伸出滿是鮮血的手。

他想說點什麼，卻無法出聲，他像是天生失語的人，幾次張口，都只能發出簡短嘶啞的音節，連她的名字都喚不出口。

「碰一下這隻幻夢蝶，你最想見到誰？」

少女的背影出現在冰天雪地裡，這次他毫不猶豫，提劍追上去。

「最想見到誰？」

無數邪魔湧上來，他廝殺，揮砍，追隨著那個背影。

他沒有說出口的名字，他一生的心魔，明知只是個幻影，他卻無法停下手中長劍和腳步。

「長寂。」

呼喚聲從遠處傳來，可他無暇顧及，前方人影越來越模糊，他呼吸急促，瘋了一般追逐著。

「長寂。」

這一次，聲音中夾雜著清心法音，周邊開始坍塌，遠處少女停住步子，他在坍塌的地面上一路狂奔，在他抓住少女衣袖剎那，最後一聲大喝傳來。

「謝長寂！」

少女緩緩回頭，露出明豔的笑容，他愣愣地看著少女，對方卻如流沙一般，同整個世界一起消弭飛散。

他怔怔地看著這一切，終於沙啞出聲：「晚晚……」

周邊化作一片黑暗，他一人提劍，茫然地站在這虛無之中，好久之後，才緩緩睜開眼睛。

他盤腿坐在冰雪覆蓋的地面，眼睛被白綾所覆，睜眼是白茫茫一片，但卻依舊可以用神識查探四周。

旁邊站了一位青衫老者，似乎等待他多時，見他醒來，老者鬆了口氣。

「你可算醒了。方才氣息不穩，又入幻境了吧？」

白綾下眼眸微垂，沒有應答。

周邊是雪花簌簌而落之聲，前方是一個深不見底的巨大深坑，一把光劍高懸在深坑正上方，與深坑上隱約亮起的符文陣法相互輝映。

天劍宗死生之界，乃異界與本界交接之地，上萬年來皆由天劍宗問心劍一脈鎮守，無數邪魔試圖越境，皆斬於問心劍下。

死生之界常年以冰雪覆蓋，清心凝神，以免守護者為魔氣干擾侵襲。

過去這裡的深坑中盡是岩漿，如今卻成漆黑一片，深不見底，皆因這兩百年來，他已將異界邪魔屠殺近空，無敢犯界之故。

他沉默許久，青衫老者見問不出什麼，知道他的脾氣，也沒多說，只道：「算了算了，這都是你的事。此番是掌門讓我過來，想請你幫個忙。」

謝長寂沒應聲，撐著自己起身。

他入定不知多久，周身積雪，一動便如山崩，厚雪落下，露出他早已變得破破爛爛的道袍。

「你也是，」看見他的打扮，青衫老者注意力被吸引過去，追著他往前走，開口埋怨，「好歹是問心劍劍主，天劍宗的招牌，又不是沒人給你買衣服，怎麼穿得這麼寒酸？你師父臨終前把你交給我，如今這個鬼樣子，你讓我怎麼去見他？」

「師叔，何事？」

謝長寂打斷了這位名叫昆虛子的師叔的絮叨，領著他走在雪地裡。

昆虛子在寒風中覺得冷得有幾分刺骨，忍不住拉了拉衣衫，這才想起正事，面上帶著幾分正色：「前些時日，掌門收到消息，西境魔主似乎出了點問題，那些魔修為了魔主儲君的位子內鬥了起來，可能會提前開啟繼承人試煉。」

「與我們何干？」謝長寂聲音平穩，赤腳踩在雪地中，發出「嘎吱、嘎吱」的踩雪聲。

「你聽我細說，」昆虛子耐心解釋，「西境和咱們雲萊各立宗門不一樣，西境由魔主統一號令，魔主之下，分成三宮、九宗、十八門，逐級管轄。每個魔主在世時會提前準備一批繼承人，離世前會準備一場試煉，由繼承人統一參試，最後選出魔主。」

青衫老者說著，撚了撚鬍鬚，頗為感慨：「本來這些繼承人的能力都差不多，可如今出了一個人，名叫花向晚，兩百年前她還是西境青年翹楚，所有人都說下任魔主非她莫屬，但據說兩百年前一戰，她金丹半碎，現下反而成了一個廢人，她要是參加繼承人試煉，必死無疑。」

「重點。」謝長寂催促。

青衫老者噎了噎，終於憋出一句：「她是合歡宮少主，主修雙修之道，合歡宮和咱們天劍宗心法同出一脈，雙修最合適不過，為了快速進階，她向天劍宗求親了。」

「要我做什麼？」謝長寂追問。

這時，兩人眼前出現了一個小院。

這個院子被靈力籠罩，在冰天雪地中格格不入，院中草長鶯飛，桃花盛開，屋簷下懸掛的招魂鈴在風中叮鈴作響。

青衫老者看了院落一眼，頗為詫異：「這裡怎麼……」

只是話沒說完，他目光就落在院門口不遠處一座土墳上。

墳墓已經有些年頭，周邊長了雜草，破舊的墓碑上，是劍刻著的字跡——愛妻晚晚之墓。

昆虛子迅速意識到這是什麼，他止住聲，停下腳步，一時有些無措地站在結界之外。

謝長寂平靜地進入結界，走到土墳前，蹲下身來，拔出墳邊長出的雜草，提醒老者：「掌門要我做什麼？」

「如今，靈虛祕境開啟在即。」昆虛子回神，有些不敢看謝長寂：「當年魊靈出世時，西境正好有一批修士在雲萊活動，魊靈出事後消失無蹤，掌門便猜測魊靈出世之事與西境息息相關，當時你師父和……和你夫人合力封印魊靈。」

謝長寂動作一頓，昆虛子遲疑片刻，還是故作未曾察覺，繼續說著掌門的意思：「魊靈的力量，一半不知所蹤，而一半力量則封印在靈虛祕境。如今花向晚向天劍宗求親，掌門擔心花向晚名為求親，實則意在魆靈，想請你出死生之界，看住靈虛祕境。若西境沒有異動最好，若西境有異動……」

昆虛子說著，抬眼看向謝長寂，眼中滿是鄭重：「有你在，掌門放心。」

謝長寂低頭清理雜草，似是思考，過了片刻，他才開口：「我不能離開死生之界。」

「我知道，」昆虛子見他沒有直接拒絕，心上放鬆許多，說起宗內早已商量好的打算：「你人可以不去，我已經派無霜去做此事，你可將一縷神識附著在無霜身上，操控他進入祕境。」

說著，又怕他顧慮，多加了一句：「他本就是你弟子，身分、功法再合適不過，於他不會有礙。」

謝長寂聽著昆虛子的話，面色不動，將墳頭草清理乾淨，抬眼看向墓碑上的刻字。

昆虛子等了一會兒，見他一直看著墓碑，遲疑了一下，終於還是越了身分：「長寂……凡事總該有放下的時候，已經兩百年了。」

謝長寂沒出聲，只有睫毛輕顫。

昆虛子見他沒有反駁，便大起膽子，多勸了一句：「晚晚生前，最心疼的就是你，你莫要讓她去了也不得安心。」

這話讓謝長寂所有動作僵住，一瞬間，腦海中劃過無數畫面，讓他整個人因疼痛繃緊。

他未曾表現，只是死死盯著墓碑上的字，好久後，才沙啞出聲。

「告訴掌門，祕境開啟前，讓無霜回死生之界。」

說著，他抬起手，一隻帶著藍色螢光的蝴蝶憑空出現，翩然落在他手背上。

他轉眸透過白綾凝視蝴蝶，他人無法看見的目光露出幾分溫和。

他急切的想要驅趕停留在身側的人，想要快一點，在無人之處，奔赴下一場幻夢。

謝長寂控制著情緒，看上去沒有任何異常，平靜開口——

「靈虛祕境之事，我自會處理。」

第一章　雲萊求親

「少主，出定離海後，往東萬里，行十二日，便可抵達天劍宗。」

山崖頂上，一位搖著扇子的白衣青年眺望遠處，同旁邊盛裝打扮的花向晚介紹著此行安排：「我們到雲萊時，已向天劍宗提前傳書說過時間，天劍宗接應我們的人從六日前出發，約定在醉鄉鎮碰頭，如今我們早到了一日，若他們沒有差池，今夜就會入這條『奪命峽』。」

「之後呢？」花向晚用手指繞著頭髮，看著周邊地形，詢問詳細計畫。

旁邊一位紅衣少女聞言立刻上前，抬手指著峽谷入口處上方兩塊大石頭：「我們已經派了探子在前面等著他們，他們出現，我們立刻會得到消息，只要天劍宗弟子一進峽谷，我們便開啟法陣，轟下那兩塊大石頭，堵住出路。」

「然後我們的人就會假扮殺手衝上去，」白衣青年接話，拿出一本冊子，翻給花向晚看，「來接人的弟子我已經搞清楚了，這是他們的資料，最多不過元嬰期，都很年輕，沒什麼實戰經驗，咱們合歡宮精銳之師出馬，必定打得他們滿地找牙，有來無回！」

「等等，」聽到這裡，花向晚皺起眉頭，抬手打斷他們的計畫，「你們到底是來暗殺他們的，還是來幫我締結姻緣的？」

這話讓兩個人僵住了，也發現了自己話語間的偏差，但兩人很快恢復表情，回到他們最核心的計畫，白衣青年正色找補：「當然是幫您締結姻緣，這只是我們的第一步，給他們製造危機。當他們遇難陷入絕境，少主妳就可以從天而降，救他們於水火！以少主天人之姿，必定迷得這些小道士七葷八素，無法自拔。退一萬步，哪怕他們不因此動心，這也是個人情。」

「最好再盯準一個資質好的，為他受傷，為他流血，」紅衣少女一把拽了青年手中的冊子，塞到花向晚手中，傳授經驗，「他出於愧疚必定對少主多加照拂，這一路上培養一下感情，等到天劍宗時，生米已經煮成熟飯，到時候直接上門提親，天劍宗那些老賊，不答應也得答應。兩宗聯姻一事，不就妥了嗎？」

兩人你一言我一語，花向晚把今夜的計畫聽了個七七八八，她將冊子收進袖中，點頭了點頭：「倒也算個法子，但要做得乾淨。」

花向晚說著，抬頭掃了他們一眼：「別偷雞不成蝕把米，反被天劍宗發現了。」

「少主放心，」少女笑了笑，「一群沒出過雲萊的毛孩子，能有什麼見識？等一會兒只要少主妳一出手，我們的人立刻就撤，所有設置的機關也會馬上爆破，絕對看不出我們設局的痕跡。」

「那就好。」花向晚應聲，似笑非笑地看了他們一眼：「要是出了什麼岔子，靈南、靈北，你們這小腦袋瓜，」花向晚抬起手，輕輕拍在兩人頭上，「可就再也不用動了。」

這話讓兩人忍不住咽了咽口水，趕緊跪下，激動承諾：「少主放心，此事萬無一失，絕無紕漏。」

「好。」花向晚揮了揮手：「去準備吧，我在這裡等著。」

兩人一起應下，趕緊去旁邊布置陷阱。

花向晚尋了個舒適的位置盤腿坐下，從袋子裡掏出一顆靈氣珠把玩著，若有所思眺望遠方。

半月前，她還在西境。

西境和雲萊是兩片截然不同的大陸，以定離海相隔，很少往來。

雲萊以天劍宗為首，宗門林立，依照仙盟規矩行事，修士除魔衛道，百姓富足安康。

西境則逐級分為三宮、九宗、十八門，根據等級不同，管轄著不同級別的城市，平日互不相干，各城之間甚至互相征伐，但關鍵事務，則由魔主統一號令。

魔主由西境眾人推選，基本出自三宮九宗，或偶有能力壓三宮九宗的強者。這一任魔主碧血神君便是散修出身，當年血洗上位，力壓三宮，積威甚重，但根基不穩，他上位後，為穩固人心，便從三宮九宗各中選出一名繼承人，承諾日後他若離位，會開啟繼承人試煉，由眾繼承人一同參與，最終選定魔主。

而花向晚，便是三宮中曾經最為鼎盛的合歡宮的少主，也是魔主繼承人之一。

當年合歡宮正值春秋之年，花向晚也是一代翹楚，西境最年輕的化神修士，她成為繼承人候選，魔主之位幾乎算是探囊取物。

可誰曾想，兩百年前西境邊防大破，魔獸入境，十萬魔獸圍攻合歡宮，就是那一戰，合歡宮精銳盡折，花向晚金丹半碎，至此無法運轉靈力，只依靠靈氣珠作為靈力補充，當一個「片刻化神」。

從此鳴鸞宮大盛，為了平衡西境關係，魔主將清樂宮溫少清賜婚給花向晚，試圖用清樂、合歡兩宮聯姻來制衡鳴鸞宮。

但誰曾想，三個月前，傳來魔主病危的消息，西境一番暗潮流湧後，溫少清突然退了她的婚，轉頭就和鳴鸞宮少主秦雲衣宣布聯姻，緊接著，鳴鸞宮向魔主提出開啟繼承人試煉。

三宮中另外兩宮聯姻，又要逼著她參加繼承人的爭奪，這明擺著是要她死，她若死了，合歡宮後繼無人，一旦魔主真的出事，那麼兩宮聯手剿滅合歡宮，是遲早的事。

如此危機之下，合歡宮想出一個辦法——前往天劍宗求親。

天劍宗與合歡宮功法相合，她與天劍宗弟子雙修後，一來滋養金丹，二來對方的修為與她共用，於雙方修行都有益處，三來——也是最重要的，就是合歡宮迎回一位天劍宗的弟子坐鎮，另外兩宮若要鬧事，也得顧忌天劍宗的實力。

畢竟是雲萊第一宗門，護短又強橫，雖然不知道他們到底會不會為一位弟子出手捲入西境紛爭，但未知，便是威懾。

這是個絕妙的辦法，可花向晚不同意。

她希望依靠自己的努力奮鬥力挽狂瀾，但合歡宮上下明顯對她個人的「努力奮鬥」結果抱持懷疑態度，一波接一波上門勸說，無奈之下，她只能提出唯一的要求——去天劍宗可以，但要是遇到她實在不能接受的成婚對象，也不能勉強她。

那什麼算「實在不能接受的成婚對象」呢？

長老詢問。

花向晚想了想，只答：「我以前在那兒有過一個相好。」

這話一出，合歡宮眾人表示很理解。

宮裡有點年紀的，誰沒過幾個想要老死不相往來的舊相好？

感情的事兒，處理得好叫姻緣，處理不好叫孽緣，孽緣都得斷，斷不好是要出事的。

就一個人，在天劍宗數萬弟子中挑選，這幾率低得相當於沒有，於是長老沒把這個要求當一回事兒。

而花向晚也想得明白，天劍宗又不是傻子，合歡宮這算盤打得這麼響能看不出來？肯定不會答應。所以她也沒把這求親當成一回事兒。

兩方各退一步達成協議，而後長老們趕緊帶著天材地寶向天劍宗求親。

果然不出花向晚所料，合歡宮的態度很誠懇，但他們的打算天劍宗也很清楚，於是禮物全數退回，不痛不癢客套了一句——全憑弟子態度。

兩宮之人素未謀面，哪位弟子願意背井離鄉遠赴西境？

這話無異於婉拒，但合歡宮仍舊不肯放棄，於是便有了這一次千里迢迢過來「求親」。

合歡宮上下對此次求親報以極大期待，花向晚無所謂，反正就是成個親，只要不要和「那個人」扯上關係，天劍宗阿貓阿狗，長得好她照單全收。

總歸不是合歡宮吃虧。

她滿不在意的跟著合歡宮來了雲萊，兩宗相交，天劍宗出於禮儀，也派出弟子到醉鄉鎮來接應。

現下合歡宮的打算，便是先找到一個情投意合願意跟她回西境的弟子，到了天劍宗先斬後奏稟報掌門，有所謂的「全憑弟子態度」在前，料想天劍宗也不好自己打臉不肯放人。

但要在去到天劍宗前，找到一位「情投意合」、「願回西境」的天劍宗弟子，這可不是一件容易的事，從醉鄉鎮到天劍宗不過六日時間，她得讓一個少年在六日內對她死心塌地？

這事兒正常人想都不敢想，可誰讓……他們是合歡宮呢？

主修雙修之術，天生貌美，媚術絕佳，雖然花向晚被當作一宮之主培養，在雙修一事上十分慎重，但拿下一個幾乎沒怎麼見過女人的天劍宗弟子，在眾人眼中不是什麼難事。

合歡宮眾人信心滿滿，花向晚卻覺得沒有太大的把握。

畢竟……天劍宗弟子……

「人來了！」

她耳畔傳來一聲傳音，應該是前方早已布下的探子。

這傳音明顯不是給她一個人，靈南、靈北趕緊指揮著眾人隱蔽藏了起來。

花向晚撐著下巴坐在山頂高處，沐浴明月，抬眼眺望遠處，便見一群少年似若流光，馭劍而來。

她腦海中莫名閃過一個少年身影，他遠沒有這些少年跳脫，藍袍玉冠，長身負劍，如松如竹。

願天佑合歡宮——

她勾起嘴角，夜風中鬢角輕揚，有些嘲諷地想——天劍宗，只有這麼一位鐵石郎君吧。

想起那個人，她搖了搖頭。

從乾坤袋中取了個酒葫蘆，一面喝酒，一面從袖中抽出靈北那本記載了此次前來所有弟子的名冊，打算熟悉一下此番來人。

就算是阿貓阿狗，總得挑個品相資質好的。

打開名冊，第一頁便是一位看上去清俊冷漠的青年。

花向晚略帶嫌棄，兩百年前這種高冷劍修是她最愛的類型，但打從她試過這種硬骨頭的男人後，就對這種男人嗤之以鼻。

談感情，要的是溫暖。這種男人一看就是要你湊上去討好的，有什麼意思？

但出於對任務的尊重，她喝了口酒，還是認認真真看起畫像旁的文字。

——謝無霜。

——三十二歲，元嬰期，問心劍一脈，師從——

花向晚喝著酒掃過旁邊小字，七個字映入眼簾：清衡上君，謝長寂。

看見這行字的瞬間，花向晚一口酒嗆在喉嚨裡，急促咳嗽起來。

她趕忙拿了帕子捂住嘴，咳嗽了好一會兒，才緩過氣來。

忍不住又把那七個字看了一遍，終於確認，她沒看錯，的確是——清衡上君，謝長寂。

清衡上君這個名頭，無論在雲萊還是西境，都是無人不知無人不曉。

天劍宗第十五代問心劍劍主，雲萊最年輕的渡劫修士，目前雲萊第一強者，傳說中能夠一劍滅宗，雲萊莫敢項背的猛人。

相傳當年死生之界大破，天劍宗拼死修補封印之後，元氣大傷。便有一些宗門想要趁火打劫，強行攻上天劍宗。天劍宗危急存亡之際，死生之界突然落下一道劍意。

僅憑這一道劍意，竟將踏入天劍宗宗門內的一宗弟子，盡數斬滅。

至此之後，雲萊尊稱其劍主為「上君」，成為無人敢挑戰的第一強者，而天劍宗也坐穩了雲萊第一大宗的位子，兩百年內迅速發展，近達鼎盛。

但這樣一個近乎於神話的人物，對於花向晚來說，卻還有另一層身分。

這個身分簡而言之就是兩個字——前夫。

也就是她和長老說的那位「絕對不能接受的」老相好。

她和謝長寂這事兒，得從兩百年前說起。

兩百年前，西境天機宗預言魊靈出世。

魑靈這東西，是異界專門培養的一種邪魔。

打從第十二代問心劍主謝孤棠加固死生之界封印後，異界就一直在想辦法突破封印。後來他們造出「魑靈」這種邪魔，用於引誘修真界修士幫忙他們打開死生之界結界。

魑靈類似心魔，寄生於人體，給予宿主強大的力量，但也會在不知不覺間吞噬宿主。一隻魑靈的養育，需要無數「魊」的供養，「魊」類似鬼魅，沒有實體，只要怨念足夠濃厚，便可被召喚而出。

它和魑靈一樣寄生於人體，給予人更強的力量，協助宿主實現其目的，但宿主也會在「魊」的影響下，喪失理智，濫殺無辜，最終被仙門誅滅。

「魊」的存在，擾得雲萊、西境兩地頻頻有無辜百姓喪命，可這世上恩怨難消，「魊」供奉者屢禁不止，有「魊」橫行修真界，魑靈也就越發強大。

最終魑靈徹底成熟，需要尋找宿主，於是在天機宗預言之後，西境傾巢而出。

有人是為了得到魑靈，那自然有人——如合歡宮這樣在西境算作名門正派的宗門，並不希望這種禍亂人間的東西出現在修真界。

於是年僅十八歲，卻已是化神修士的花向晚用了假的身分、假的容貌，化名「晚晚」，帶著合歡宮至寶鎖魂燈來到雲萊，目的就是為了協助天劍宗封印魑靈。

那時她還年少，一段感情都沒談過，師父還同她玩笑，讓她在雲萊找一個道侶，天劍宗的最好，不是問心劍就行。

因為，天劍宗問心劍一脈，雖然實力強橫，但以接近天道為道，無小愛，無私情，同這樣的人，談不了感情。

她隨意應聲，滿不在意。

而後她來了雲萊，一眼相中了謝長寂。

當時的謝長寂看上去只是天劍宗一個再普通不過的弟子，修為不到元嬰，奉師命下山除「魊」。

兩人在鳳霞鎮因一起查一個案子相遇，這位道君是天劍宗弟子，又生得俊美非凡，是她最喜歡的那一款，她便想逗逗他，順道利用他進入死生之界，在魊靈出世時下手。

於是她打著「喜歡」的名頭纏著他，一路追著他，幫著他，陪著他。

這個小道君外表冷漠，卻心軟得很。

一面拒絕著她，但每次真的遇到險境，她哼哼唧唧假裝不敵，他又會回來救人。

為了賴在他身邊，她裝過瞎子、裝過瘸子，甚至裝過失憶。

有時候他看出來，有時候沒看出來，但他都是寧可信其有，從未真的放她自生自滅。

她裝瞎子的時候，他就讓她握著他冰涼的白玉劍柄，領著她走在前方；她裝瘸子的時候，他就做一個籐椅，背著她繼續往前；甚至她裝失憶，他也會認認真真照顧她，告訴她，她的名字，她之前是什麼人，等她想起來。

裝著裝著，她自己都忘了初衷，感覺好似真的喜歡他，而這個從來不離不棄自己的道君，也喜歡自己。

有一次她陪著他捉「魃」，腳上受了傷，她坐在河邊石墩上，看著半跪在她面前替她綁著傷口的少年，突然真心實意開了口：「謝長寂，未來你跟我走吧。」

謝長寂抬頭，微微皺眉：「去哪裡？」

花向晚笑起來，轉頭望向西境方向：「去我家鄉。等我身上事了結了，你跟我回去好不好？」

謝長寂搖頭，為她繫上繃帶，平靜開口：「萍水相逢，終須一別，姑娘做好自己要做的事，便當離開。」

「啊？」花向晚茫然，「你不喜歡我嗎？」

謝長寂搖頭：「我不會喜歡人。」

「騙人，」花向晚笑，「你肯定喜歡我。」

可後來她才知道，謝長寂是真的不喜歡她。

她沒有什麼特別，他對每一個人都是這樣。

天劍宗出來的弟子，鋤強扶弱，匡扶大道，他會救她，也會救許許多多人，比如瑤光仙子、綠蘿仙子。

他為她包紮傷口，也會為她們包紮，男女老幼，在他眼中都是骨相，沒有什麼區別。

可她總是不信，要在蛛絲馬跡裡尋找她是特別的影子。

比如她青梅竹馬的好友沈逸塵來看她，她故意給沈逸塵夾菜，偷偷看謝長寂的表情。

少年神情始終平靜，但等第二天他便主動同她分別，冷淡地說那一句「既然晚晚姑娘已找到同伴，在下便告辭」時，她就會想，他是吃醋，他喜歡她。

又比如他們一起被伏擊時，明明她修為比他高，他卻總擋在她前面，所以每次都是他受傷最重，她卻沒有大礙。

再比如他和她說自己年少的事，小河邊上，他輕輕說著自己出生在冬日，滿門皆被妖邪所屠，自己被白雪掩埋，才僥倖生還，被天劍宗所救，從未見過自己父母。

她想討他歡心，便教了他合歡宮祕術「幻夢蝶」，告訴他，如果他有想見的故人，用幻夢蝶就可以在幻境中見到。

少年愣愣伸出手，觸碰到幻夢蝶的那一瞬間，他睜大眼，驚訝地看著花向晚。

兩人隔著一隻藍色幻影一般的蝴蝶，指尖相對，那一刹，花向晚從幻術中窺見，這個人此時此刻最想見那個人，竟然是少年的花向晚。

她揚起笑容，那一刻她也覺得，他喜歡她。

那時所有人都勸她，說謝長寂不喜歡她。

可她偏生找出了那麼多理由。

每次她被謝長寂拒絕，每次她被謝長寂甩開，每次她感覺謝長寂其實沒那麼喜歡自己，她總能找到一些蛛絲馬跡，感覺他喜歡她。

一次次燃起希望，又一次次感到絕望。

一遍又一遍，她不斷聽他說抱歉。

沈逸塵一直讓她走，讓她不要和謝長寂糾纏，沒有結果。

可她偏執的覺得，沒有結果，那也是她的結果。

直到後來，她和謝長寂成婚，沈逸塵因她與謝長寂的婚事受牽連，被瑤光所殺。

她獨身闖入名劍山莊，手刃瑤光，瑤光死前滿身是血倒在血泊裡，怨恨地看著她：「他不會喜歡妳，永遠不會喜歡妳，他是問心劍傳人，他一輩子，不會喜歡任何人。」

「他和妳成親，不過是報恩，妳的喜歡汙了他的道，我就算死，也要讓妳知道，妳不配！」

「妳不配喜歡他，妳的喜歡，是罪，是孽，而他一輩子，也不會為妳這種人動心。」

她說不出話，那一刻，她才知道。

原來，這就是問心劍的傳人，傳說中，心存天道，沒有私愛的問心劍。

可她總有那麼微弱的一點期望，她想著，她不誤他的道，她也不求一定要有一個結果。

她就想問一句，她付出那麼多感情，他有沒有心動過一瞬間。

哪怕是一瞬間，她也覺得，這是一個結果。

於是她傷痕累累殺上天劍宗，卻剛好撞見死生之界結界大破。

魃靈出世，天劍宗滅宗之災，她在死生之界，最後一次聽謝長寂說「抱歉」。

當時風雪交加，她終於在那一刻承認，謝長寂，真的不喜歡她。

問心劍的繼承人，又怎麼可能喜歡一個人？

可不喜歡一個人是罪嗎？

不是。

走到這一步，是她偏執、她妄念，他從頭到尾說得清楚明白，是她執著入障。

她怪罪不了任何人，哪怕是謝長寂。

人家不過是不喜歡，又有什麼好怨恨？

想明白這一點，她突然覺得自己在雲萊這三年有些荒唐。

荒唐得害了別人，也害了自己。

瑤光說得不錯，她的喜歡，是罪，是孽，一開始就不該存在。

那一刻，她生平第一次體會到什麼叫心死如灰。

她不想和這個人再有什麼牽扯。

一個不喜歡你、為了報恩固執留在你身邊的人，又有什麼留戀的必要？

謝長寂是個一言九鼎的人，成了婚就會負責到底，她知道他的脾氣，於是在封印魊靈之時，她躍入異界，將落入異界的問心劍搶回扔給謝長寂，然後將分身獻祭給鎖魂燈，同謝雲亭一起封印了魊靈，假死在謝長寂面前。

叨擾謝道君這麼久，她很是愧疚，最後幫他這一把，也算是兩清。

至於那個身分——

愛謝長寂的是晚晚。

那就讓晚晚，永永遠遠，葬在死生之界。

她一輩子，都不想讓第二人得知，合歡宮少主花向晚，曾經這麼卑微矯情的，喜歡過一個人。

第二章　求親之路

當時她年紀小，背沈逸塵回西境那一路哭得停不下來。

但兩百年過去，謝長寂問鼎雲萊，成為舉世皆知的清衡上君。而她也歷經世事，斷斷續續又談了幾段情，回頭一看，就發現，這事兒吧……

如果不是沈逸塵牽連其中，不過就是年少時談了一段爛桃花。

失敗了，回來痛哭一場，也就罷了。

只是多了沈逸塵，事情就嚴重很多。

好在，她如今也找到了讓沈逸塵復生之法，只要她成為魔主……

這段感情，便會有個最終了結。

畢竟當年之事，與謝長寂沒多大關係，有關係的人，也已經罪有應得。

只要沈逸塵能活過來，那再看這段感情，不過就是覺得丟臉，以及——麻煩。

謝長寂當年脾氣就算不上好，如今成了清衡上君，估計脾氣更大。

要是讓他知道自己假死騙了他兩百年，也不知道是什麼光景。

多一事不如少一事，這也就是她這麼多年死活不肯踏足雲萊的原因。

只是如今被宮裡長老催得厲害，她才迫不得已來了這裡。

原本想著如今謝長寂身分非凡，守著死生之界不可外出，應該不會見面，沒想到和天劍宗一碰面，就撞上了他的弟子？

但不過是一個弟子而已……

花向晚逐漸冷靜下來，仔細想了想。

當年她修為遠高於謝長寂，謝長寂根本沒有觸碰過她的神魂，他不可能依靠辨認神魂認出她。

她又變了容貌，從劍修變成法修，更不能從這些外在認出她。

最重要的是，她還當場死在謝長寂面前，謝長寂兩百年都沒找過她，應當是接受了她早已身死的結果。

如今謝長寂都未必能認出她，來個小弟子有什麼關係？

想明白這一點，喝了口酒給自己壓壓驚，花向晚終於鎮定下來。

隨後往後面又翻了幾頁，把所有人的詳細身分大致看了一遍。

她要找個能「為愛私奔」的下手，肯定是要找個容易動心的，所以此番問心劍一脈肯定首先排除。

好在今夜來的弟子中，除了謝無霜，其他都是多情劍一脈，多的是機會。

把這些目標熟悉一遍，此刻一干少年也馭劍來到峽谷前，老遠就聽到他們的交談之聲。

「師兄，我有些累了，慢些吧。」在最後面的少年高喊出聲。

花向晚仔細辨認了一會兒，回憶一下冊子，大概知道了對方的身分。

天劍宗六長老門下的小徒弟，江憶然。

「此處不能停，」在前方帶隊的青年聲音溫和，雖然這麼說，卻還是放慢一些速度，「這裡名為『奪命峽』，兩側高山，僅有一條狹路，易被設伏，我們還是快些通過，免生事端。」

這是掌門蘇洛鳴門下二弟子，沈修文。

花向晚把目光落在沈修文身上，上下一打量，不由得露出笑意，回憶起冊子裡的內容：二十四歲，多情劍一脈，元嬰期，蘇洛鳴一手養大……

掌門的二弟子，上面有個首徒承襲天劍宗，這個二弟子雖與師父感情深厚，卻也多餘。

倒是入合歡宮最好的人選。

身分夠高，天劍宗不會放棄他，足夠威懾其他宗門。

但又不像首徒，是一手培養的繼承人，絕不會放任其離開。

花向晚盤算著，看著下方少年們聊天。

看了片刻，她突然有些疑惑。

怎麼……謝無霜不在？

她還沒來得及深想，少年們已入峽谷中央，江憶然正埋怨著此次行程太急，身後突然傳來一聲爆炸之聲！

只聽「轟」一聲巨響，兩塊帶著法印的巨石從峽谷兩側滾落，地動山搖，帶著滾滾塵煙，瞬間封死了峽谷入口和出口。

沈修文反應最快，在變故發生瞬間，當即大喝了一聲：「快走！」

說罷，足下飛劍躍入手中，他運氣起落，朝著前方疾衝開道。

身後一干弟子也察覺不對，馭劍緊跟在沈修文身後，江憶然年紀最小，被兩位師兄刻意退回護在中間，著急詢問：「沈師兄，怎麼了？」

沈修文沒有說話，花向晚轉動著手中的靈氣珠，看著兩側飛下殺手攔住這群少年去路，沈修文眼神變冷，喚了兩個人：「千松、遇鶴跟我，其他人往前！」

說罷，兩個弟子飛身上前，劍躍手中，和沈修文一起迎向殺手。

這三位明顯是這群人中的精英，雖然最高不過元嬰，但劍意卻不容小覷，沈修文抬手一劍轟去，另外兩人落在山崖兩側，三把劍形成劍陣開出路來，其餘弟子立刻飛身往前。

然而「殺手」哪裡會讓他們這麼容易逃脫，搞清楚哪些是棘手哪些是渾水摸魚的，立刻兵分兩路打成一團。

下方廝殺成一片，花向晚看了片刻，站起身來，走到崖邊觀望。

沈修文是最麻煩的，於是五六個殺手圍著他一個人，這青年之前看上去很是溫和，提起劍來，倒有了幾分殺氣。

花向晚抛著手裡的靈氣珠，看著沈修文騰空而起，想要離開峽谷，旁邊殺手緊追而上，將他圍在空中。

眼看著他力氣漸竭，對方朝著他胸口一劍刺去，花向晚不由得倒吸一口涼氣。

這演得也太逼真了！

都到了這種時候，她不能再作壁上觀，一把捏爆手中靈氣珠，靈氣瞬間灌入她全身筋脈，素手一轉，一個法訣亮在手中，她抬手一甩，法訣朝著從背後偷襲沈修文的人直飛而去，沈修文察覺身後不對，驚慌回頭側身，眼看躲避不及，劍尖已至身前，卻突然有一道流光襲來，「轟」一聲巨響，就將他身後的人砸入旁邊山體之中。

而後一個女子從天而降，紅衣高髻，赤足懸鈴，五官明豔動人，披帛月下翻飛。

明明不過片刻，可一切隨著女子出現似乎變得極為緩慢，她一手攬過失重墜下的沈修文，領著他打著轉飛落而下。

沈修文呆呆地看著她，花向晚心中微定，一個男人露出這樣的眼神，離淪陷不遠了。

她微微一笑，正要說點什麼，被她攬著沈修文猛地回神，大喊了一聲：「小心！」

話音剛落，她身後一陣疾風，驚得她抓著沈修文急急一轉，隨即被人一腳狠狠踹在背上！

這一腳力氣極大，又來得十分突然，她根本控制不住，帶沈修文「轟」一下砸在地面！

沒有靈氣珠護體，她的體質根本比不上沈修文這個劍修，落地就是一口鮮血，「哇」一下嘔了出來。

「姑娘！」沈修文嚇了一跳，趕緊去扶花向晚。

花向晚嘴裡全是血，可她得維護形象，只能強忍著不繼續吐。嘔一口血那叫「西子捧心」，吐一灘血那就叫「快叫大夫」，她不能給沈修文留下這麼不好的印象。

於是她勉強咽下嘴裡的血，溫柔一笑：「無妨，道君可還好？」

「我無事，」沈修文提著劍，警惕地看了旁邊走過來的殺手一眼，悄悄塞了一張隱身符到花向晚手中，冷著聲道：「姑娘，這是我們天劍宗的事，我掩護妳，妳想辦法先走。休要為我等丟了性命。」

他對她有了愧疚之心！

花向晚拿著沈修文給她的符咒，開始覺得靈南也是一個靠譜的屬下。

為目標受傷，果然值得！

就是他們搞這些殺手太沒輕沒重，不過還好，馬上就要結束了。

花向晚判斷著計畫進展，面上露出驚詫：「道君乃天劍宗之人？」

「正是。」沈修文聞言皺眉，「姑娘是？」

「我乃合歡宮少主花向晚，若道君是天劍宗的弟子，」花向晚撐著自己，顫抖著身子，提起劍來，擋在沈修文面前，「我更是不能退了。今日與君，生死與共！」

「花少主……」沈修文震驚。

花向晚心中略有得意。

感動了，他明顯是被她感動了。

她用眼神示意逐漸走來的殺手，計畫進行得很順利，他們該退場了。

殺手戴著面具，看不出到底是誰，但冰冷的眼神很入戲，花向晚感嘆合歡宮弟子演技的同時，不由得有了一些疑惑。

他們什麼時候，學得這麼優秀的？

「靈南，」這場面讓花向晚有些尷尬，她趕緊給靈南傳音，「讓他們別裝了，趕緊撤。」

靈南沒回話，前面殺手輕聲一笑。

「既然生死與共，花少主，」殺手聲音帶著幾分低啞，聽上去有些熟悉，但她一時想不起來是誰，只看劍光朝著自己直直衝來，對方低喝，「那就一起死吧！」

那劍看得花向晚膽寒，但她不能退。

這一退，她在沈修文面前的形象就澈底毀滅了。

她擺足高人姿態，一副泰山崩於眼前亦不變色的沉穩模樣，心裡滿是焦急——停啊！再不停我怎麼打啊混帳玩意兒！

劍越來越近，花向晚冷汗都冒了出來，就在劍尖即將到達前一刻，花向晚耳邊終於傳來靈南撕心裂肺的傳音。

「跑啊！」

「少主別裝了，那是鳴鸞宮的人，快跑啊！」

聽到這話，花向晚睜大眼，身體比腦子行動更快，大喊了一聲「跑」之後，便轉身朝著峽谷方向衝了出去！

沈修文被花向晚這前後矛盾的反應搞得一愣，旋即又被殺手圍上。

花向晚跑得飛快，但對方明顯不打算放過她，劍風疾走而來，花向晚聽到身後風聲，毫不猶豫捏爆了一顆靈氣珠，法陣在手心轉開，轉身一擋，就隔住了對方直刺而來的劍。

對方的劍直刺她左胸，明顯是要致她於死地，花向晚趕緊賠笑：「這位英雄，我就是路過，天劍宗和我沒什麼關係，我給您讓路。」

「我找的不是天劍宗。」熟悉的聲音從面具後傳來，對方笑意盈盈，「我找的就是妳。」

聽到這聲音，花向晚睜大眼，隨即反應過來：「秦雲裳？」

竟然是鳴鸞宮二少主、秦雲衣的妹妹，秦雲裳？她居然從西境追到雲萊？

「才發現是我啊，」秦雲裳輕笑，「花少主可太讓我失望了。」

說罷，劍如急雨。

花向晚如今是法修，哪怕還有當年學劍的底子，卻也扛不住秦雲裳這種劍修的近戰攻勢。她狼狽往後躲閃著，忍不住叫罵出聲：「你們鳴鸞宮怎麼回事？姐姐搶我未婚夫，妹妹還來千里追殺，要臉嗎？」

「我們不要臉，妳是不要命，這種時候還敢往雲萊鑽，」秦雲裳將花向晚猛地逼到牆上，劍鋒往花向晚脖頸壓過去，花向晚一手擋著秦雲裳的劍，一手在袖子下飛快繪下一個法陣，聽著秦雲裳嘲諷開口，「妳這膽子，可比我們想得大得多。」

「那是自然，我可比你們想像的能耐多了！」說著，花向晚法陣往地上一甩。

秦雲裳腳下光陣突亮，秦雲裳臉色大變，足尖一點疾退走開。

與此同時，法陣猛地炸開，花向晚往旁邊一撲，抬手一個法訣切開正要偷襲沈修文的修士，疾步衝去，一把抓過沈修文的手腕：「走！」

沈修文沒有猶豫，跟著她往旁邊奔去。

花向晚抬頭觀察四周，便見上方有金色網格封死了整個峽谷，那是鳴鸞宮的毒網，觸之即死。而出口兩側是合歡宮自己推下的設置了封印的巨石，一時之間，這峽谷中的一群人被斷絕了生路。

意識到這一點，花向晚忍不住暗暗叫罵，算是明白了秦雲裳帶人過來的目的。

現下鳴鸞宮把控了上方設置機關的位置，合歡宮之前布陣的痕跡肯定消不掉，天劍宗如果死了這麼多人在這裡，合歡宮就是最直接的凶手，那和天劍宗別說聯姻，怕是直接結仇！

天劍宗弟子不能死在這裡，一個都不能。

「炸開！」

想通這一點片刻，花向晚一把捏爆了乾坤袋中所有靈氣珠，將所有靈氣灌入身體之中。

全身經脈疼痛，識海也疼得她感覺青筋「突突」跳動，可她無暇顧及，抓著沈修文往前方急奔。

「靈南，把路炸開！」她高喝。

然而話音剛落，前面堵路的巨石沒有炸開，峽谷兩側的法陣卻炸了！

法陣炸鬆了土質，泥土混雜著石頭滾落而下。

「永別了，花向晚。」秦雲裳領著殺手騰空而起，笑咪咪朝著花向晚道別。

花向晚回頭看了一眼，才發現天劍宗弟子皆已受傷，根本沒有馭劍逃跑的能力。他們跌跌撞撞躲避著山崖落下的石頭，朝著沈修文的方向跑來，疾呼出聲：「師兄！」

沈修文慌忙回身去拉身後弟子，花向晚冷著臉，看明白秦雲裳的意思。

秦雲裳不殺他們，就是要把所有人埋死在這裡，炸開的都是合歡宮的法陣，等他們一走，現場就只剩下合歡宮的痕跡，合歡宮殺害天劍宗弟子一事，也就板上釘釘。頂多說，她也死在這裡，陪著這些人一起死，合歡宮才有幾分狡辯餘地。

可她死在這裡？

花向晚眼神一冷，腦海中浮現出合歡宮入宮道上，那兩排在風中招搖的召靈幡。

她不能死，她絕不能死在這裡！天劍宗的人也不能死在這裡。

「往這兒！」

花向晚抬手一劃，一張符紙變得巨大，開啟法陣攔住落石，旋身回去，同沈修文一起一個個把天劍宗弟子拽上飛行法器，隨後掉頭朝著入口巨石一路疾衝。

「花少主，前面石頭加了法印，尋常辦法劈不開。」看出花向晚的意圖，沈修文趕緊提醒。

花向晚一隻手蓄力凝了法陣在手上，沈修文看了天空上的毒網一眼，著急開口：「您不如放開我們，想辦法自己先走！」

「管不了了。」花向晚大喝出聲，抬手朝著巨石一掌劈下。

看見她的動作，秦雲裳冷笑一聲，在高處抬手一甩，一把黑色水劍從上空急掠而來，朝著花向晚身後直直刺去！

這黑劍極快，沈修文等人甚至來不及阻攔，劍尖已到花向晚身後。

花向晚手中法陣擊打在巨石之上，就是這刻，只聽「轟」的一聲巨響，一道亮眼的白光從巨石後穿透而過，在整個峽谷炸開。

我這麼厲害？

花向晚有些愣。

然而她很快就意識到不對。

白光所帶來的，是與她靈力截然不同的靈力運轉。

頃刻間，一切被凝固，時間空間變得扭曲，墜落的石頭漂浮在空中，塵埃漫無目的飄遊。

黑色劍尖停在花向晚身後不足半寸，花向晚保持著被震飛時微微佝僂著身軀的姿勢，停留在光芒中。

「天劍宗出行，」清冷的聲音從四面八方傳來，根本聽不出來處，對方聲音平靜，好似在陳述一個再常見不過的道理,「卸劍勿擾,若有造次——」

對方音調一轉,只聽「轟」一聲巨響,眼前巨石瞬間炸開,周邊地動山搖,一道霸道劍意從峽谷之外而來,當即將除了天劍宗以外所有人轟開數十尺!

而後劍風摧枯拉朽衝向四方,碎石成灰,草木成塵,最後猛地撞上出口處巨石,巨石瞬間炸裂成灰,只剩天地劍音瀰漫。

花向晚被震飛在地,又滾了幾圈。

頭髮散亂,衣衫染血,她趴在地上,感覺胸口喉間全是腥氣,隱約聽見前方傳來腳步聲。這腳步聲激起她極大好奇,頂著炸開的雞窩頭和滿臉塵土,咳嗽著艱難抬頭,然後在塵囂瀰漫之間,看見一個修長身影,踏著塵霧而來。

藍袍玉冠,長身提劍,白綾覆眼結於髮後,在月下輕舞翻飛。

整個人清冽如冷泉,銳利如長劍。

行至山谷,止步抬眼,開口,說出未完之語:「立殺無赦。」

他離她不遠。

他站著,她趴著,他身姿翩然,她灰頭土臉。

兩個人將狼狽和完美詮釋得淋漓盡致,花向晚愣愣地看著對方,似有幾分吃驚,片刻後,對方終於將目光看向擋在面前的她。

他的眼睛為白綾所覆,按理她應該感覺不到他的視線,可不知道為何,當他「看」向她那刻，花向晚卻明確感知到警告的意味傳來。

識時務者為俊傑，幾乎是本能的，花向晚直接往旁邊一滾，就讓出路來，以免這位「如有造次立殺無赦」的道君，先把她宰了。

她這動作終於驚醒了所有人，天劍宗弟子瞬間反應過來，都亮起眼睛。

「無霜師兄！」

「謝師兄你來了！」

聽見這個稱呼，躲到一旁的花向晚忍不住抬頭悄悄多看了一眼。

青年身上服飾倒和謝長寂當年極為相似，似乎問心劍一脈弟子服飾都是這樣藍袍玉冠的樣子。但不知是不是歲數原因，氣質比當年的謝長寂更冷更凌厲。

的確是師徒，一脈相傳的冷漠，一脈相傳的強大，一脈相傳的……能裝。

論排場，可真是沒有幾家能有這種出場排面。

只是這些話她不敢說出口，她悄悄躲在一邊，熟練地給自己上藥，低頭思索著什麼，想儘量降低自己的存在感。

旁邊天劍宗弟子熱情呼喚後，沈修文最先上前，走到青年面前，行了個禮道：「謝師兄。」

說著，他注意到他臉上的白綾，疑惑著開口：「你的眼睛……」

「安置弟子，」謝無霜沒回答他的疑問，面對著前方，朝沈修文伸出手，「把所有鎖仙繩給我。」

沈修文愣了愣，茫然地點了點頭，從乾坤袋中掏出帶出來的所有鎖仙繩。

謝無霜漠然接過，他明明眼覆白綾，卻似乎沒受任何影響，縱身一躍跳到高處，便不見了人影。

花向晚仰頭看著躍上高處的謝無霜，好奇他要做些什麼，沈修文回過神來，扭頭吩咐弟子各自坐下包紮傷口，隨後來到花向晚身邊，有些拘謹道：「花少主，我扶妳起來吧？」

花向晚聽見沈修文的聲音，趕緊回神。

沈修文願意主動示好，她當然得趕緊回應，哪怕此刻滿臉灰土，她還是保持著儀態，溫柔地笑了笑，看上去極為虛弱的模樣，小聲開口：「勞煩道君。」

沈修文似乎也是第一次和女修這樣親密的打交道，不敢直視花向晚，低頭扶著花向晚坐到一邊，拿出傷藥，帶著幾分不好意思：「弟子中沒有女修，若少主不介意，可否由在下為少主上藥？」

花向晚點點頭，倒是個矜持極了的模樣。

沈修文目光落到她身上，首先看到她染了血的袖子，念了一聲「冒犯」之後，便替花向晚挽起袖子，低頭上藥。

他動作十分有禮，能不觸碰，就不會多加觸碰半分，目光一直在傷口上，似乎挪移半寸都是犯罪。

花向晚觀察他片刻，覺得氣氛有些尷尬，轉頭看了看周邊，找著話題：「你叫什麼名字？」

「沈修文。」沈修文報上姓名，抬頭靦腆笑笑，「在下乃掌門門下，排行第二，負責此次迎接事宜。少主有任何需求，都可同我說。」

花向晚點點頭，漫不經心地看了謝無霜消失的方向一眼：「方才那位，是你們師兄？」

「是，」沈修文說起謝無霜，語氣不由得帶著幾分敬意，「那位是清衡上君門下弟子，謝無霜謝師兄。」

「我看他不過元嬰修為，」花向晚打聽著，「但劍意卻十分強橫，他當真只是元嬰嗎？」

「問心劍的實力，不可以修為評判。」沈修文替花向晚處理好傷口，便開始上藥，這些傷口很多是被符咒所傷，不能單純用靈力癒合，他一面倒藥粉，一面解釋，「謝師兄雖然只是元嬰，但真正實力誰也不清楚。只知道很強就是了。」

花向晚點點頭，算是明白，她抬頭看向天空，頗為好奇：「也不知這位謝道君去做什麼了。」

「大概是……」

沈修文猜測的話還沒說完，一個紅衣少女就被綁得嚴嚴實實「砰」一下扔了下來。

少女落在花向晚面前，落地就開始哀嚎，沈修文和花向晚嚇了一跳，花向晚愣愣地看著面前的少女，「靈南」二字還未出口，就又聽一聲「砰」！

這次掉下來的是被綁好的靈北，他落下後跟著靈南開始嚎：「痛痛痛！骨頭斷了好痛！」沒一會兒，天上又陸續「砰砰砰」扔下好多人，這些人大多都被捆仙繩捆著，全是合歡宮的人，一個個落到地上，鬼哭狼嚎，似乎都被人打斷了骨頭。

花向晚看著這一群人，咽了咽口水，正還想著太慘了，就看見一些沒捆捆仙繩的黑衣屍體被直接砸了下來。

扔屍體更沒講究，有些臉朝地，有些直接壓到另一個人身上，比起合歡宮的人，看上去更慘。

花向晚嚇得一時不敢說話，在一片號哭之聲中，謝無霜終於重新出現，他從高處落地，抬手從袖中取出一塊純白色的手帕，慢條斯理擦乾淨手中長劍上的血，將劍歸回劍鞘。

這個動作讓花向晚有些出神，她記得謝長寂……好似也是這樣的動作習慣。

她忍不住看了青年手中白絹一眼，旁邊江憶然趕緊衝上去，激動開口：「無霜師兄，還好你來了，走之前你臨時被上君叫走，我們還以為你不來了。」

「要來的。」謝無霜聲音很輕，說著，他轉過頭，「看」向旁邊正被沈修文照顧的花向晚。

見謝無霜看過來，花向晚趕緊揚起友善的笑容，沈修文也立刻起身介紹花向晚：「謝師兄，這位是合歡宮花少主……」

「抓起來。」謝無霜一聽「合歡宮」，聽都不聽後面，直接吩咐。

花向晚笑容僵在臉上，沈修文也有些詫異，但謝無霜沒有多做解釋，轉身往峽谷出口的方向走，一面走一面下令：「把這些人都帶上，去醉鄉鎮審問。」

大家站在原地不敢說話，謝無霜一個人漸行漸遠，好久，江憶然才走過來，小聲道：「沈師兄，真綁啊？」

「謝師兄既然這麼做，自然有他的道理，」沈修文想了想，點頭道：「把人都帶上吧。」

說著，沈修文轉過頭，看向花向晚：「花少主，在下不想為難您，您可否自行捆上鎖仙繩？」

「我相信……謝道君對我們可能有點誤會，」花向晚保持著一宮少主應有的體面，從容伸手，「但我願意犧牲，勞駕。」

沈修文點點頭，隨後毫不留情給她綁上了繩子。

看著綁得嚴嚴實實不帶一點憐香惜玉的繩子，花向晚：「……」

一定是今天的出場不夠美。

她心中把天劍宗上上下下問候了一遍，但面上還是展現出一派大方的姿態，完全配合天劍宗。

大家上藥包紮好傷口，稍作休息之後，一群人就像是被流放的罪犯，由捆仙繩綁著手，再被捆成一串，跟在沈修文後面往醉鄉鎮走去。

合歡宮這批人雖然嚎得厲害，但受傷都不算重，花向晚和靈南綁在一起，她看著天劍宗弟子離得遠，設置了小小的結界，撞了撞前面的靈南，壓低了聲，咬牙詢問：「怎麼回事？你們怎麼辦事的？鳴鸞宮跟在後面都不知道？」

「這誰也不知道啊。」靈南一提這個就頭大：「要是來的是鳴鸞宮普通弟子，沒發現是我的責任。可少主，這可是秦雲裳親自出馬，帶精銳之師千里迢迢，從西境隱忍到雲萊，忍辱負重這麼久才策劃出的暗殺行動。這換誰也防不住。秦雲裳什麼能力您又不是不知道，長老不出面，咱們合歡宮誰防得住她？」

這話把花向晚噎住，又有幾分心虛。

秦雲裳是鳴鸞宮二少主，她還是合歡宮正兒八經的少主，可這少主和少主之間的差距……的確挺大的。

也不怪人家這麼欺負人，姐姐搶她未婚夫，妹妹現在還來殺人。

實力不濟，又能有什麼辦法？

她也不好再說靈南什麼，便轉了話題道：「你們方才在上面怎麼回事？」

「秦雲裳突然趕過來，還把咱們的傳音切斷了，我們在上面早就打起來了，但通知不了妳。秦雲裳的目標就是天劍宗弟子和妳，也沒對我們下死手，後來那個，」靈南朝前方謝無霜努了努嘴，「那個謝無霜來了，秦雲裳帶人就跑，謝無霜追，我們也跑，然後這個人開了個劍陣，我看情況不對，咱們不能真和天劍宗動手，趕緊讓大家停下，就被他用捆仙繩捆上全扔下來了。」

「那鳴鸞宮呢？」花向晚追問，靈南高興起來。

「跑掉的就跑了，沒跑掉都死了。這謝道君可真乾脆，一劍一個，比咱們西境人還利索。」

相比追求「道義」、被仙盟約束的雲萊，更追求「力量」的西境，束縛比雲萊少很多，也導致各種修士混雜，許多西境修士在雲萊眼裡，和魔修無異。

過去西境修士一貫不大看得起雲萊的原因之一，就是覺得這些雲萊修士優柔寡斷，沒血性，沒見過世面，全靠宗門庇護，報團取暖。

可如今謝無霜倒是驚豔了合歡宮眾人，一時對天劍宗不由得帶著幾分尊敬。

花向晚聽著靈南的話，考慮著今晚發生的事。

今晚這麼一搞，合歡宮怕是要上天劍宗的懷疑名單。

她得找個理由，好好解釋一下今晚的事兒，免得天劍宗直接扣個謀害天劍宗弟子的名頭，把他們踢回西境。

而且，謝無霜作為問心劍來迎親就罷了，這麼強的劍意，哪怕是謝長寂當年，或許都有些不及。

這樣的人，應當是問心劍下一任繼承人，居然來迎親……

還有他眼睛上的白綾……

花向晚看了謝無霜眼睛上的白綾一眼，想到沈修文方才的疑惑。

心中帶著幾分懷疑，這世上不敢睜眼示人的修士，她只見過一種。

花向晚唇角微勾，似是想到什麼。

靈南看了看周邊，完全沒有意識到如今他們面臨的困難，她捅了捅花向晚，繼續閒聊，「少主，靈北還讓我和妳商量個事兒。」

花向晚想得差不多，抬眼看她：「什麼？」

「剛才我和靈北看好了，幫您鎖定了目標。」

「目標？」花向晚沒聽明白，就看靈南抬起手，悄悄指向前方的謝無霜：「妳就去追就那個謝無霜，長相最好，實力最強。少主，妳努力一把，就趁著這幾天，」靈南眼中是志在必得的信心，「把他拿下！」

第三章 問心劍徒

花向晚沒說話，她頂著個雞窩頭，看著靈南發瘋。

靈南見花向晚久久不言，不由得回頭：「少主，怎麼了？」

「靈南，清醒一點，」花向晚提醒她，「累了早點睡，不要做夢。」

「少主妳對自己要有信心……」

「那是問心劍一脈，」花向晚知道靈南根本不知道嚴重性，跟她解釋，「咱們現在能把沈修文拿下就不錯了，不要妄想這種道宗和尚。」

「可我們已經把天劍宗得罪了，現在您要追求誰難度都很高，」靈南說著，竟透露出一種大智慧，「您不如找個收成好的努力一下。」

「不行。」花向晚果斷拒絕，「他不僅是問心劍，他師父還是謝長寂。」

「那又怎麼了？」靈南不解，「靈北說了，問心劍主一輩子困在死生之界，弟子都是別人幫忙收了掛在名下，以前劍主還會自己教導，但清衡上君幾乎沒讓弟子進過死生之界，名下弟子一大堆，見過他的就沒幾個，都是別人幫忙養著，謝無霜多他一個不多少他一個不少，只要謝無霜願意，清衡上君不會攔的。」

「那也不行。」花向晚搖頭。

靈南拉了拉她的袖子：「少主，您是要成為魔主的人……所以妳得聽我的。」

花向晚打斷靈南的話，略帶警告地看她一眼。

靈南見沒有商量的餘地，有些失望地放下拉著她袖子的手，小聲應答：「是。」

花向晚見她不高興，想了想，又忍不住安慰：「沈道君也很強，我和他發展得不錯，妳別難過，要相信少主的眼光。」

聽到這話，靈南頗為哀怨，小聲嘀咕：「少主，薛子丹、溫少清可都是您自己選回來的。」

一聽這兩朵爛桃花，花向晚就是一哽。

她趕緊阻止靈南還想張開的小嘴：「別說了，妳還是安靜一點比較可愛。」

大家一路聊著天，時間過得很快。

行了大半夜，一行人終於在清晨之前到達醉鄉鎮。

天劍宗名望非凡，沈修文早已提前聯繫了當地一個小宗門，一到醉鄉鎮，便被引到宗門之中住下。

天劍宗的人自然是引到上房，而合歡宮的人則是引到柴房。

沈修文安排弟子看守之後，轉頭看向花向晚：「花少主稍作歇息，等安頓好後，謝師兄有請少主客房一敘。」

「有勞。」花向晚訕訕點頭，知道謝無霜這是要來興師問罪了。

沈修文行禮告辭，關上房門。

門一關上所有人便湧上來：「少主，現在什麼情況？」

「少主，他們是發現咱們的計畫了嗎？」

「少主，他們為什麼讓我們睡柴房？」

「別問了，」花向晚打斷他們的問題，直接給了答案，「天劍宗肯定發現咱們做的小動作，把咱們和鳴鸞宮當成一夥的了。」

一聽這話，眾人面面相覷。

過了一會兒，一個弟子遲疑著開口：「那少主，提親這事兒，還能成嗎？」

一聽這話，花向晚就覺得頭疼。

她嘆了口氣：「盡人事，聽天命吧。你們先給我換個髮型，」花向晚指了一下自己一身，「我或許還能努力一把。」

「好嘞！」

見花向晚還沒放棄，眾人頓時有了鬥志，開始給花向晚打扮。

洗臉的洗臉，梳頭的梳頭，還汲取之前豔麗不頂用的教訓，在高雅出塵和鄰家小妹兩種風格之間融合了一下，給花向晚換上一身白衣，畫了個看似素淨、實則滿滿心機的妝容。

這素妝顯得花向晚格外柔弱，帶著西子捧心的嬌弱之美。抬眼之時，一雙眼似含一汪秋水，欲語還休。

眾人圍著點評一番，見大體差不多，便開始精修細節，忙忙碌碌許久，門外終於傳來敲門聲：「花少主，可準備好了？」

是沈修文。

大家停下動作，紛紛看向花向晚。

靈北走到花向晚身後，壓低聲提醒：「少主，我們時間不多，今日至少把入夢印留在目標身上。」

入夢印是合歡宮常見擾人心智的手段，利用此法印，可以在夜間進入被下咒者的夢境。

花向晚無意識摩挲著手指，似在思考，點了點頭：「放心。」

「少主，」相比靈北，靈南激動許多，蹲下身，握住坐在椅子上的花向晚的手，滿眼期待：「好好幹，能把謝無霜拿下最好，不行沈修文也將就！」

聽靈南還不想放棄，花向晚眼角一抽，將靈南甩開，起身走到門口，抬手開門。

開門瞬間，沈修文感覺一股冷香襲來，他習慣性抬眼，女子面容便映入眼簾。

那五官本生得美豔非常，但不知為何，卻一點都不顯張揚，眉眼似乎帶著山水墨畫含蓄之美。

女子輕輕抬頭，含了秋水的眼笑意盈盈看向沈修文：「沈道君？」

沈修文被這麼一喚，這才回神，面上帶著幾分尷尬：「抱歉，我……」

「沈道君為何道歉？」花向晚彷彿方才什麼事都沒發生過一般，帶著幾分疑惑。這樣的貼心讓沈修文從容許多，他低頭笑了笑，溫和道：「多謝少主，這邊請。」說著，他稍稍後退半步，讓花向晚先行。

花向晚由他指著路往大堂走去，一路走過，見沈修文一直沉默，便主動出聲：「沈道君可知，謝道君叫我過去是想做什麼？」

「應當是有些誤會，」沈修文解釋，「謝師兄想瞭解清楚罷了。」

「我猜也是，」花向晚嘆了口氣，露出憂心之色，「不過謝道君看上去好生冷漠，讓我心裡很是害怕，他應該不會對我上刑吧？」

「花少主說笑了，」沈修文聽她這話，不由得笑起來，「您是宗門貴客，哪裡有未定罪就上刑的道理？」

這話讓花向晚稍稍放心一些，大概知道了天劍宗的態度。

雖然查出合歡宮設伏的痕跡，但他們還在等更確鑿的證據，心中並沒有預設立場。

花向晚點點頭，轉頭似是玩笑：「沈道君可不要騙我，若謝道君動手怎麼辦？」

「少主放心，」沈修文聽花向晚似乎還在擔心，立刻認真回應，「修文就在門口，不會讓這種事發生。」

「我就知道，」花向晚搖著團扇，笑意盈盈地看著他，「沈道君不會不管我。」

這話有些親暱，但又算不上明顯越界。

沈修文一愣，沒敢接話。

花向晚見好就收，撩人重在似有若無，適可而止。

她轉頭看向庭院，開始說些無關緊要的瑣事。

等快走到大堂，花向晚突然想起：「等會兒沈道君還會送我回去嗎？」

「這得看師兄的意思。」沈修文實話實說。

花向晚頓住腳步，轉頭看向沈修文。

沈修文見花向晚突然停下，疑惑抬眼，隨後便見女子輕輕一笑：「沈道君可知，我為何來到天劍宗？」

沈修文滿臉茫然：「花少主？」

花向晚上前幾步，停在沈修文面前，兩人挨得很近，沈修文莫名有些緊張，正想後退，花向晚便踮起腳尖，俯身過來，用團扇擋住兩人面容，覆在他耳邊。

她離他極近，身上冷香盡數飄到沈修文鼻尖。

沈修文僵住身子，感覺她的氣息噴塗在耳廓，整個人無法動彈。

「因為，我在天劍宗看上了一個人。」

花向晚聲音很輕，帶著幾分笑，幾分啞，像是撓在人心上，又酥又麻。

與此同時，她悄無聲息抬手，食指中指相並，繞在沈修文頸後一劃，一個法印悄然落下。

「沈道君要不要猜猜，那人是誰？」

這話有些明顯了，再傻的人也有幾分察覺。

沈修文沒有接話，僵在原地，臉上泛起薄紅。

花向晚見目的達到，便好似什麼都沒發生，轉身朝正堂走去。

正堂前站著兩名弟子，花向晚頷首打過招呼，提步進入堂中。

剛入大堂，大門便轟然緊閉，房間內光線暗下來，顯得有些幽森可怖。

花向晚心中已經拿定了天劍宗態度，並不害怕，迤迤然尋了中間放著的椅子坐下，漫不經心抬眼。

上方正坐著謝無霜，依舊是那讓人倒胃口的冷淡模樣，像是一盆冰水涼涼潑來，一時掃了她所有興致。

但想著此番來雲萊的目的不是結仇，她溫和一笑，頷首行禮：「謝道君。」

謝無霜不說話，一個普通弟子，架子倒是比她一宮少主還大。

但她念及問心劍多出智殘，也不計較，轉著手中團扇，斜靠在木椅扶手上：「不知謝道君請我過來，所為何事？」

「合歡宮謀害我宗弟子一事，」謝無霜開門見山，語氣平靜，「花少主該給我個解釋才是。」

「這怎麼說的？」花向晚聽到這話笑起來，「合歡宮怎麼可能謀害天劍宗弟子？有什麼證據？」

「山兩側爆炸的法陣都是你們合歡宗的，」謝無霜開始拋證據，「堵路的兩塊巨石帶的也是合歡宗的法印，還有殺手布置在兩邊，妳作何解釋？」

「這個，」花向晚轉著團扇，下意識拖延時間：「我可以解釋。」

「解釋。」謝無霜立刻接話，沒給她半點迴旋時間。

花向晚沒應聲，想了許久，最後都發現一件事。

的確沒什麼好解釋。

「好吧，」花向晚嘆了口氣，坐直了身子，「這些的確是我們布置的，這我承認，但並非為了謀害天劍宗弟子。」

「所求為何？」

「我告訴你，你得發誓不告訴其他人。」

花向晚與他商量，謝無霜不說話。

花向晚想了想，他來查事情，肯定要回稟長輩，不可能什麼都不說。反正她只是不想讓下面這些弟子知道，以免讓他們心生警惕。

於是花向晚退了一步：「不能告訴現下在醉鄉鎮這些天劍宗弟子。」

「好。」這次謝無霜沒有遲疑。

花向晚放下心來，反正謝無霜是要放棄的，便實話實說：「我們的確在峽谷設伏，但主要是想給天劍宗弟子製造困境，方便我出場救人，給他們留下好印象。但誰知中途鳴鸞宮的人突然出現，他們想將計就計，利用我們的法陣把天劍宗的弟子殺了，嫁禍給我們。」

「鳴鸞宮來了哪些人？」謝無霜沒有懷疑她說的話，詢問自己想知道的。

花向晚想了想當時的場景：「大多是精英，領頭的是鳴鸞宮二少主，秦雲裳。她是化神期修為，鳴鸞宮年輕一代僅次於少宮主秦雲衣的人。一般任務她不會出現，千里迢迢來到西境……」

花向晚說著，越說覺得疑點越多：「的確不清楚是為什麼。如果只是為了挑撥我們兩宗關係，她出手有點大手筆了。」

謝無霜沒說話，似在思考。

花向晚心裡「咯噔」一下，怕謝無霜不相信，趕緊澄清：「我真沒騙你，是秦雲裳來了。」

「我知道。」謝無霜開口，繼續追問：「為何要給天劍宗留下好印象？」

花向晚見謝無霜赤裸裸詢問這個問題，有些不好意思：「這……我這不是來天劍宗求親嗎？想提前培養一下感情。」

騙一個回去。

暗含之語沒有明說，但正常人都聽得出來。

謝無霜沒接聲，似在思考她的話。

花向晚把自己的回答又回想了一遍，前後邏輯十分清晰，除了丟臉沒有其他問題。

但丟臉這事兒……

反正謝無霜她不要，也無甚關係。

她低頭端起旁邊茶杯喝了一口，等了片刻後，謝無霜終於出聲：「憶然——」

謝無霜提聲，花向晚放下茶杯，身後傳來「嘎吱」一聲，光亮從門外重新落入，江憶然站在門口：「師兄。」

「帶花少主下去，安排客房。」

聽到「安排客房」，花向晚知道這事算是妥了，她鬆了一口氣，站起身來，禮貌道別：「謝道君，告辭。」

說著，她走出大門，江憶然已候在一旁，沈修文站在一側，看見花向晚走過來，溫柔笑笑：「少主好好休息。」

「多謝沈道君記掛，」花向晚意有所指一笑，「今夜好夢。」

等花向晚離開，沈修文走進大堂，抬手設下隔音結界，走到謝無霜身邊，恭敬行禮：「上君。」

謝無霜，或者說，操控著謝無霜身體的謝長寂聞言，輕抿了一口茶，聲音平穩：「繼續觀察合歡宮，同時讓暗處弟子注意，西境鳴鸞宮二少主也到了，估計還有其他宗門藏在暗處。」

「是。」

「靈虛祕境五日後在西峰山中出世，具體方位不知，我們休息一日，明日啟程，準備入山。」

「那合歡宮……」

「嫌疑未消，一起入山，以免生變。」

「明白。我這就去準備。」沈修文點頭，轉身便想出去，但剛走一步，就聽謝長寂開口：「等等。」

說著，謝長寂起身，走到他身後，抬手往沈修文脖後懸空一抹，一個法印從後頸飄出，落到他指尖。

沈修文察覺有異，轉頭一看，目光落在謝長寂手指上泛著紅光的符文印記上，神色驚疑不定，「這是……」

「入夢印。」謝長寂開口，向沈修文解釋：「藉由此印記，可進入你的夢中。常用來干擾他人心智，若心性不穩，便易受其引導控制。」

沈修文沉下臉來，帶著幾分自責：「是弟子不夠謹慎。」

「她乃化神修為，」謝長寂並未責備，寬慰沈修文，「若我不在，你們發現不了。」

沈修文沒說話，面上還是過意不去。

謝長寂面朝向他，似乎在透過白綾看著他，轉了話題：「她方才說了什麼？」

「少主先探聽了一下您將要詢問之事，希望我能幫她，然後又說了些……」想到那個畫面，哪怕已知花向晚圖謀不軌，沈修文還是有些心神不穩，「我不太明白的話。」

「什麼？」

「花少主說，她在天劍宗有一位心儀之人，」沈修文面露尷尬，「讓我猜猜是誰。」

謝長寂動作一頓，半天沒有回應。

沈修文靜候了一會兒，小心翼翼：「上君？」

「嗯，」謝長寂終於回神，淡道：「不必理會。但她給你入夢印，最好還是看看她到底要做什麼，」謝長寂伸手給他，「拿回去吧。」

「上君，」沈修文看著謝長寂遞過來的符印，面露難色，「花少主修為高深，弟子心性不堅，弟子在夢中怕是……」

「我知道了。」不等沈修文說完，謝長寂便明白他的顧慮，「下去吧，安排好行程，好好休息。」

見謝長寂不強逼他入夢去見花向晚，沈修文舒了口氣，趕忙行禮，「弟子先行告退。」

等沈修文離開，謝長寂低頭看著指尖的符印，腦海中響起沈修文那句「花少主說，她在天劍宗有一位心儀之人，讓我猜猜是誰」。

他盯著符文看了許久，抬手將法印抹在自己手臂上。

改變神魂的樣貌不是難事，沈修文不敢在夢裡見她，他便去看看，她找沈修文，到底是什麼目的。

只是，同樣的話語，同樣入夢的手段……這世上，當真有如此巧合嗎？

他心中浮現疑惑，隨即又想，她是什麼時候同自己說這話來著？

他們相處時間太短，只有三年。

可她離開時間太長，整整兩百年。

兩百年不斷有新的記憶誕生，想要擠占她的位置，每次他察覺記憶有些褪色，便會感到慌亂。

他張開手，手中又出現一隻幻夢蝶。

她是何時說這句話？

他伸出手，觸碰在幻夢蝶上，眼前慢慢變黑，周邊出現孩子玩鬧聲、風吹麥田聲，以及少女清脆帶著玩笑的話語：「謝長寂，我最近有了一個喜歡的人。」

眼前漸漸變得明亮，他看見前方背著少女行在阡陌上的少年，少女雙手抱著他的脖子，覆在他耳邊：「你猜猜是誰？」

少年不說話，眼眸微垂，背著她好似沒聽見一般，平靜往前。

姑娘笑起來，側臉看他：「你想想啊，最近見過的張公子、王公子、趙道君，哦，還有我朋友沈逸塵……」

話沒說完，少年突然鬆手，就將人放在地上。

姑娘愣了愣，少年走到一旁，取了幾根樹枝和藤條，快速編出一張椅子。他面無表情走回來，背著椅子蹲下身來，平靜道：「上來。」

「怎麼……」姑娘有些不能理解，「怎麼突然搞個椅子……」

「男女有別，」少年說得一板一眼，「方才沒有尋到合適的材料，是在下冒犯。」

「那你摸都摸了，」女孩子堅持著，「還在意摸多久嗎？再說，我也不介意啊。」

這話狂浪，少年卻面色不變，一直保持著原來的姿勢沉默等著她。

雙方堅持許久，姑娘終於強不贏他，無奈地坐上椅子。

少年把她背起來，臉色卻更加難看。

姑娘坐在椅子上，背對著他看不見他的表情，只能輕輕一嘆：「謝道君，你真是不解風情。」

少年不語，低頭往前。

「方才我說我有心儀之人，你當問我是誰，等問了我，我才可以答，是你啊。」少女說著，似是無奈，轉頭看他，「你都不回我，我怎麼才能把這話說出口？」

「哦。」說了半天，少年終於開口，不鹹不淡一個字，也聽不出到底是什麼意思。

姑娘被他氣得語塞，想了半天，冷哼一聲，扭過頭去，悶悶出聲：「悶葫蘆，臭道士，一個人孤寡終老吧你！」

少年聽著她罵，也不反駁，背著她往前走去。

鄉野小道上，晚風吹過周邊麥田，連夕陽都覺得格外溫柔。

謝長寂靜靜兩人遠行而去，看了許久。

等到幻境破滅，謝長寂睜開眼睛，便見幻夢蝶已落在桌面上，再無半點生命痕跡。

風從窗外席捲而入，蝴蝶散成飛灰，隨風飄走。

謝長寂轉頭看向窗外，這才發現已經入夜，窗外長廊燈籠俱已熄滅，也到了睡覺時間。

他想了想，站起身到了床邊，將劍放在一旁，躺到床上。

該入夢了。

入夢印傳來「沈修文」睡下的消息時，花向晚都快激動哭了。

這兩天不是在趕路就是在打架，她一個沒有金丹的「普通人」，早就想睡了。可其他人不讓，就怕她白天睡太多，晚上睡不著，錯過了沈修文的夢境。

現在他們時間不多，過一天少一天，一晚都不能錯過。

所以大家都去睡覺，卻讓她自己苦熬。

誰曾想「沈修文」是個精力旺盛的夜貓子，一直到現在，長廊的燈都熄了，他才睡下。

時不待我，她趕緊換上一襲白色薄衫，回到床上，放下床簾，點上安魂香，躺下閉上眼睛。

入夢勾引人這件事，她只幹過一次，就是對謝長寂。

所謂日有所思夜有所夢，但夜有所夢，日也就難免有所思。

所以先送幾個春夢體驗給他們看上的人，算合歡宮常規操作，花向晚一貫不屑於此道，但那時被謝長寂逼得走投無路，還是用上了這招。

結果她努力半天，謝長寂在夢中都宛如柳下惠一般巍然不動，最後甚至還給她披好衣服，認真提醒：「天亮了，回去吧，下次休入我夢，免被誤傷。」

當時氣得她一口血憋在胸口。

這哪兒是劍修？這是斷了根的活佛。

要不是後來生死垂危之際兩人雙修過一次，她領略了一番，至今她都要懷疑，謝長寂修的是不是「欲練此功必先自宮，若不自宮不能成功」的修煉路子。

那一次打擊太大，以至於這麼多年她都沒用過這個辦法。

如果不是只有六天時間，她不會用這個法子。

現下突然要用，她還有些不知所措，左思右想，乾脆再來一遍就是。

師姐教的東西，總不會一直沒用。

想起師姐，花向晚忍不住揚起一抹苦笑。

腦海中不由得浮現起當年狐眠身披狐裘紅裳，教她如何如何編織夢境、如何勾引謝長寂。

她支支吾吾問她：「這樣是不是不太好啊？算不算騙人？」

狐眠輕輕一笑，從樹上翻身而落，抬起指甲上塗著豔麗丹蔻色的食指，輕輕放在花向晚唇上。

「傻師妹，」狐眠溫柔開口，「能騙到的人心，都不叫騙。」

就像當年的謝長寂，不喜歡，她得不到，更騙不到。

好在謝長寂只有一個。

當年她栽在他身上，她就不信，這天劍宗，個個都是謝長寂。

第四章 入夢

她閉著眼睛等了一會兒，一開始是一片寂靜的黑暗，沒一會兒，她便感覺自己周邊有著草木清香，腳下是青草帶來扎人的癢。

光線漸漸亮起來，她知道，自己來到了自己的夢境。

有入夢印在，她可以搭建自己的夢境，從自己的夢境尋著入夢印提示的方向往前，將她的夢境和沈修文的夢境拼在一起，夢境交接，兩人就可以在夢中相見。

沒一會兒，夢境徹底搭建好，她環顧四周，周邊是一片草地，不遠處是密林，正前方是不見盡頭的湖泊，明月高懸，月光落在湖面，看上去清涼靜謐。

她感知到入夢印所指的方向在湖水之中，便沒再猶豫，用了避水法訣，走上前，一頭扎入湖水之中，尋著入夢印的方向，往前方游去。

湖水微涼，好在游了一會兒後，便不覺寒冷，往前游了許久，她遠遠看到一片山崖，山崖上端坐著一位青年，似在打座，湖水悄無聲息蔓延到他腳下，水與山崖衝撞相交，水波翻滾蕩漾，山崖巍然不動。

花向晚游到山崖邊上，透過湖水向上看，青年白玉玉冠，白綾覆眼，露出的五官是沈修文的模樣，可周身氣質卻像極了謝無霜。

她早看出沈修文崇拜謝無霜，沒想到居然在夢中這麼大大方方模仿謝無霜。

這讓她有些不滿，她現下還是喜歡沈修文這種溫柔純情的，謝無霜那種冰山有什麼好？

但如今來都來了，她只能硬著頭皮繼續。

她在水中先游了幾圈，像一隻人身魚尾的鮫人，鬧出動靜，故意讓「沈修文」發現。

然而對方很沉得住氣，明知道她已經來了，仍舊待在原地，打座不動。

花向晚想了想，朝著湖面伸出手，扶在岸邊青草上，撐著自己從水中探出身子。

隨著她的動作，一股異香在周邊散開，謝長寂慢慢睜開眼睛。

這是他的夢嗎？

他一時有些分辨不清。

明明該是花向晚入夢才對，為什麼面前的場景……竟是他回憶裡的樣子。

面前的女子是花向晚，可是這場景，湖水、月光、出浴美人，卻和當年晚晚進入他夢中的樣子，如此相似。

他靜靜地看著她，女子周身輕紗已經濕透，月光落在她身上，勾勒出山巒一般的曲線。

她上浮到與他差不多的高度停住，好似好奇一般湊上前，與他面對面相貼。

一樣的動作，一樣的神情。

他不由得有些恍惚。

他們挨得極近，鼻息交換之間，女子身上異香飄入謝長寂鼻尖。一樣的香味。

隨著香味纏繞鼻尖，當年夢境中、山洞中，那些帶著幾分豔麗的回憶翻滾而出。

一會兒是夢境之中，死生之界，少女青澀的吻。

一會兒是山洞中，少女靠在他胸口，解開他的衣帶，「謝長寂，我要是再不救你，你就要死了。」

「雙修之術只是修行的一種，你別放在心上。」說著，她抬起頭，一雙眼裡滿是祈求，主動伸手抱他：「謝長寂，我好冷，你抱抱我。」

「道君，」面前女子抬手撫上他的喉結，聲音和當年山洞中少女的聲音混雜在一起，「我好冷，你抱抱我。」

晚晚……

一時之間，謝長寂有些分不清眼前的人是誰。

他透過白綾，看著面前與她相距咫尺的女子。

女子面容與晚晚的交疊在一起，她渾身濕透，一雙眼好似妖精一般，勾人心魄。

花向晚觀察他片刻，他雖然沒動，但明顯僵直的身體出賣了他。

花向晚微微一笑，欺身上前，主動印上他冰涼的唇。

謝長寂呼吸驟急，卻不敢有任何回應。

他連眨眼都覺得惶恐，怕這次和過往無數次一樣，面前這個人，一碰就碎了。

幻夢蝶，讓人看見最想見的人，卻永遠無法觸碰那個人。

過往無數次，他曾一次又一次看見這個人碎在眼前。

花向晚伸手捧住他的臉，親著他面頰向上。

緩慢抬手握在他身後白綾。

「道君知道，你為何會夢見我嗎？」

花向晚說著，將唇滑到對方眼睛，用唇含住他眼上白綾。

她的氣息噴塗在他眼睛上，微熱。

「因為，」她說著咬著白綾後退，抬手輕輕扯開白綾繫在他身後的結，語調繾綣，滿是暗示，「你心中思我。」

白綾散落而下，青年兩側髮絲也隨之散開。

花向晚笑著抬眼，然而入目卻是青年一雙平靜澄澈的血眸。

花向晚笑容僵住，愣愣地看著那雙眼睛。

片刻後，她猛地反應過來。

血眸，入魔之兆！

沈修文居然入魔了！

入魔對於天劍宗來說是大忌，西境容得下魔修，雲萊可容不得！

和一個隨時隨地可能被天劍宗放棄的弟子聯姻，對她毫無好處。

更重要的是，入魔修士的夢境極不穩定，她在這裡十分危險。

早撤為妙！

想明白這一點的瞬間，花向晚毫不猶豫，轉身就朝水中躍去！

然而她動作快，對方動作更快。

水面在花向晚躍下瞬間凝結成冰，花向晚狠狠跌在冰面上。

她來不及感受疼痛，慌忙起身，朝著自己來的方向狂奔！

風雪驟大，冰雪一路朝著遠處蔓延，彷彿和她賽跑一般，沒有邊際沒有盡頭。

她瘋狂奔跑，腳踩在冰面上，凍得發疼。

感覺到冰雪中暗藏的劍意，她心中大駭。

不對，這不是多情劍的劍意，是問心劍！

當年她分不清問心劍和多情劍的區別，可拜謝長寂所賜，如今她可太清楚了。

沈修文不是問心劍，那這裡站著的……

「謝無霜！」花向晚猛地停住步子，震驚回頭。

白衣青年站在遠處岸邊。

他身後已經化作一片風雪，花向晚認出來，那是死生之界。

他靜靜注視她，好似沒有半點情緒。

他封死了這個夢境，從一開始，他就知道這是夢。

可他不打算讓她出去。

察覺夢境已經被對方澈底封閉，花向晚不再逃脫，她慢慢冷靜下來，揣測對方的意圖。

他想殺了她。

謝無霜脾氣比沈修文果決，修為深不可測，如果是謝無霜，或許真的有能力殺了她。

她冷眼看著謝無霜，飛快想著辦法。

兩人在風雪中靜靜對峙，好久，謝長寂開口，聲音低啞：「妳是誰？」

聽到這個莫名其妙的問題，花向晚暗中凝聚靈力，在手上繪出法陣。

在夢境中比拼的是神識強度，她並不忌憚謝無霜，但畢竟是她主動進入謝無霜的夢境，謝無霜對於夢境擁有更大的操控權，在這裡打鬥，對她不利。

她要快點出去。

「妳身上的香，哪兒來的？」謝長寂從岸邊走下來，踏上冰面。

他走得很慢，兩人明明相隔很遠，但他卻彷彿能縮地成寸，幾步就走到她身前。

花向晚警惕地看著他，手中法陣形成。

就在謝長寂來到她身前朝著她伸手的剎那，她抬手猛地擊打在冰面之上！

千里冰面瞬間碎開，碎冰沖天而起，彷彿一道從地上誕生的天幕隔在兩人中間，謝長寂睜大雙眼，看著面前冰面坍塌，女子驟然消失，他驚呼出聲：「晚晚！」

花向晚跌入冰水之中，隨即從夢中澈底驚醒！

來不及多想，幾乎是本能的大喊起沈修文的名字：「沈修文！救我！沈修文！」

謝無霜明明已經入魔還混在天劍宗，必然有所求，這裡合歡宮的人攔不住他，她叫合歡宮的人過來只是徒增死傷。

天劍宗的魔修，要死也該死天劍宗的人，更何況，若是沈修文，或許還能讓謝無霜有所顧忌。

然而沈修文沒來，一股帶著青松冷香的寒意卻掀起床簾，直逼床帳中的她！

她往旁邊一躍而出，寒風隨即跟上，一隻玉琢一般的素手一把抓住她的衣領。

她低頭旋身，抬手就是一掌轟去，青年側身抬劍，還在劍鞘中的長劍擋住她的法印，隨後長劍一翻壓住她的手掌，就朝著她脖頸逼了過去。

花向晚疾退，在屋內交手不到兩個回合，花向晚靈氣珠用盡，便被謝長寂用劍抵住脖子猛地壓在牆上。

好強，遠比她想像中還強。

只是元嬰期的問心劍，竟能到這種程度嗎？

她心中產生一絲懷疑，可想到當年謝長寂那種根本無法以修為度量的實力，卻又覺得問心劍一脈，有這種實力似乎順理成章。

花向晚不再反抗，喘息著盯著面前的青年。

謝長寂單手握劍橫在她頸間，梨花從窗外翩而入，覆在他眼上的白綾被清冷晚風吹起，輕輕撥撩在她臉上，帶起一片撩人的癢。

「你來不及在沈修文出現前殺我。」花向晚聽到不遠處傳來的聲音，開口提醒。

話音剛落，沈修文的聲音在門外急急響起：「花少主！」

謝長寂臉色驟冷，在房門被踹開瞬間，旋身就把她逼入牆角，將她擋得嚴嚴實實。

花向晚愣住，沒明白「謝無霜」這是做什麼。

要躲沈修文？這樣有用嗎？

眾人也被謝長寂的反應驚到，愣愣看著擋在牆角的「謝無霜」，以及他白袍衣角下隱約露出的女子衣角。

「出去。」僵持不過片刻，謝長寂便冷聲開口。

沈修文反應不過來，帶著合歡宮、天劍宗被驚醒的一干人站在門前，茫然不知所措。

謝長寂見沈修文不動，抬眼看過去，一貫平靜的語氣帶著幾分怒意。

他低喝：「滾出去！」

聽到謝長寂叱喝，沈修文這才反應過來。

如果這裡是真的謝無霜在此，他自然可以詢問幾句，可這位在天劍宗的地位，不是他能開口的。

他毫不猶豫後退，「砰」一下帶上大門，領著眾人急急退開。

站在門口的合歡宮眾人對視一眼，片刻後，靈南不可思議：「剛才裡面的是……謝道君？」

「還有，」靈北思索著，唇邊帶著幾分笑，「咱們少主。」

聽到這話，靈南猛地反應過來。

少主可以啊，還說謝無霜不行，這不是直接拿下了？

她趕緊拉住靈北，警告合歡宮眾人：「立刻回去，走，誰都別留下！」

眾人紛紛點頭，瞬間散開。

花向晚聽著外面的動靜，一口氣沒緩上來。

她哪天如果死了，一定是這批蠢貨害死的！

然而憤怒不過片刻，她便察覺現下情況有點微妙。

「謝無霜」還堵在她面前，將她限制在極其狹窄的範圍內，劍還橫在她脖子上，另一邊的袖子將旁邊隔開。

這個距離有點太近，她身上衣服只是一層薄紗，對方的氣息和溫度無孔不入侵入她的感知，讓她有些不自在。

這種危險又曖昧的狀態，讓花向晚不由得僵直了身子，都不知道自己到底是怕他突然動手殺人，還是因為其他。

畢竟是謝長寂的徒弟，她……她還算他前師娘。

想到這一點，她扭過頭，企圖讓氣氛恢復正常的「劍拔弩張」、「千鈞一髮」。

但對面的人不動，甚至半點殺氣都沒有，她一時也搞不清他到底是要做什麼，只能敵不動我不動，等著對方先動手。

然而謝長寂似乎在竭力控制著什麼，一直沒有反應，只隔著白綾低頭看著她。

過了好久，謝長寂終於試探著抬手，似乎想觸碰她的臉。

這個動作把花向晚嚇了一跳，她反射性往後一退，整個人抵在冰冷的牆面上。

看見她的動作，謝長寂呼吸微頓。

他捏劍的手忍不住用力幾分，突兀開口：「躲我？」

「啊？」

「把入夢印給他？」

「哈？」

這話問得花向晚一愣，反應片刻，意識到他說的是沈修文，不由得更為震驚。

她沒想到都到這種時候了，「謝無霜」竟然還如此捨己為人，不先關心一下自己被發現入魔的事，反而關心起自己師弟被利用被下了入夢印？

這是什麼雲萊好師兄？他什麼意思，來討公道的？

但她見謝無霜不是想和她拼個你死我活的樣子，也不想激化矛盾，便趕緊道歉：「用入夢印確實是我不對，但我沒想害沈道君。只是我只有六天時間，情況緊急，逼不得已才要用這點手段……」

她話沒說完，謝長寂一口血猛地嘔了出來，整個人撲在花向晚身上。

花向晚下意識摟住這人，等做完這個動作，愣了片刻後，隨即反應過來。

「謝無霜」本來已入魔，夢境裡明顯因為她侵入神智已經出了問題，又來得這麼快，怕是根本沒有處理好自己識海內的紊亂就衝過來了。

方才根本就是強弩之末，現在應當沒什麼威脅，如果要下手，這是最好的機會。

可他入魔這件事天劍宗長輩到底知不知道？

如果不知道，她現下把這個人殺了，倒也合情合理。

可若他沒有澈底入魔，天劍宗還抱著一線希望，她就把人殺了，又有沈修文作證入夢印的事，那怕她便是導致謝無霜魔心再起在先，動手殺人在後。

謝無霜作為謝長寂的弟子，身分高貴，到時候謝長寂說不定會親自出山報仇……

花向晚越想越害怕，搖搖頭不再多想。

她賭不起第二種，倒不如給謝無霜下個生死咒救人。

至少還有迴旋餘地。

想明白這一點，花向晚趕緊扶著他躺倒床上，拉開他眼上白綾，露出他的眼睛。

眼睛紅色的深淺，昭示著入魔者現下意識清醒程度。

如今謝無霜的眼睛紅成一片，看上去很平靜，但謝無霜這種平靜，明顯有點不正常。

完了，真是病入膏肓。

她抬手一甩，幾道鎖仙繩綁住謝長寂手腕腳腕，一個金色法陣在浮現在謝長寂身下。做好最壞打算，她跳上床，盤腿坐在「謝無霜」身側，從乾坤袋中取出清心鈴，轉頭看向旁邊格外安靜的人：「這個是上古法器清心鈴，等會兒我為你驅趕心魔，可能會有些痛苦，但你一定要熬……」

話沒說完，她就看「謝無霜」輕而易舉掙斷了鎖仙繩，坐了起來。

花向晚：「……」

謝無霜掙脫鎖仙繩，並沒有暴起一劍砍了她腦袋，就看他欺身向前，抬手按住她的腦袋，彷彿親吻一般將鼻尖埋在她髮間。

花向晚僵直身子，片刻後，就聽沙啞的聲音響起：「香味呢？」

香味？什麼香味？

花向晚茫然了一會兒，隨即意識到，他已經問「香味」這件事問了兩遍。

她身上有什麼值得謝無霜問兩遍的香味？

「你是說媚香？」花向晚反應過來。

謝長寂動作頓了頓，在她耳邊不解反問：「媚香？」

「對，合歡宮弟子只要催動雙修功法，」花向晚僵著笑容，保持著「我不尷尬尷尬的就是別人」的信念，大大方方道：「身體會自然產生一股媚香，用於協助雙修功法，最易惑人心智。」

「合歡宮弟子……」謝長寂喃喃，他抬起頭，看著花向晚：「每個人都有？」

花向晚認真點頭：「每個人都有。」

只是每個人的味道會有細微不同罷了。

謝長寂沒說話，他看著花向晚：「入夢、月光、湖水……」

他描述著夢中場景：「也是每個人都是如此入夢麼？」

「倒也不是，」這麼敏感的話題，花向晚說得面不紅氣不喘，老老實實作答，「這是師姐教的標準手法，大家不知道怎麼構建夢境的時候可以參考……」

花向晚說著，在謝長寂的目光下莫名有些沒底氣，聲音小了一些：「或是照抄。」

謝長寂沉默，眼中紅色一點點退散。

花向晚直覺對方不大高興，她輕咳一聲，想說點好話，緩解一下氣氛：「我不知道入夢印在您那兒，要是知道今夜入的是您的夢，我一定不會這麼敷衍，會好好設計……」

「夠了。」謝長寂驟然出聲，打斷她的話，死死盯著她：「兩百年前，妳在何處？」

「兩百年前……」花向晚被他這些毫不相干的問題問得發懵，「我在合歡宮啊？」

「不曾來過雲萊？」

這話讓花向晚「咯噔」一下，她勉強笑起來：「我倒是想來，但兩地相隔甚遠，合歡宮事物繁雜，我一宮少主，若不是此次求親，怕是一輩子都不會過來。」

聽到這個答案，他閉上眼睛，似乎緩了許久，又張開，一把抓了旁邊白綾起身，好似什麼都沒發生過一般，下床往外走去。

花向晚抓著床帳擋住周身，只探出一張臉來，小心翼翼：「謝道君，您就這麼走了？」

說完，她覺得這場景，這問話，怎麼看怎麼奇怪。

謝長寂停住腳步，似在等她。

花向晚的心提了起來，趕緊開口，語速極快：「你入魔的事兒我不說出去，你放心。我這清心鈴對你這種只是道心不穩、神智尚在的入魔修士有很大幫助，你想通了可以來找我，當然，作為交換你得幫我促成兩宗聯誼一事……」

「妳來天劍宗求親？」謝長寂突然打斷她。

花向晚不明所以，愣愣點頭：「對。」

「求誰？」

「呃……」花向晚沒想到謝無霜居然這麼問，她遲疑了一會兒，小心翼翼，「沈修文行嗎？」

謝長寂不說話，花向晚莫名覺得夜風有些冷。

好久，他低聲開口：「知道了。」

說完便他提步離去。

花向晚趁著最後機會，想再勸勸：「道心不穩，於修行而言等於絕症，合歡宮精研此道，不是沈修文也可以，你只要幫我找個弟子……」

話沒說完，人已經消失在夜色中，花向晚剩下的話越說越小聲：「大家雙贏……」

人走了，自然不會有人回話。

花向晚呆呆地看著門口，震驚得無以復加。

沒想到謝無霜居然對自己入魔這事兒一點都不關心，這份灑脫著實把她看懵了。

這就是入魔者的桀驁嗎？

她緩了好久，才反應過來，抬手一揮把門窗關上，嘆息著張開手往床上一倒。

入夢印在謝無霜身上，沈修文肯定知道了。

這麼一而再再而三的被發現耍手段，長成天仙也很難讓對方喜歡。

這個謝無霜到底怎麼回事，怎麼連化神期法修留的法印都看得出來？她的法印，有時候魔主都能矇騙過去，謝無霜不是劍修嗎？到底是什麼修為連這都看透？

這次過來，怕是沒辦法從天劍宗帶人回去了。

好在……

花向晚閉上眼，在夜色中勾起嘴角——也無甚關係。

謝長寂從長廊步行到自己房間，夜風終於讓他清醒許多。

他抬頭看著庭院裡的枯枝，輕輕抬手，枯枝便綻放出新生綠芽，綠芽飛快生長，化作梨花盛開，隨後飄落而下，又重回枯枝。

枯木逢春，已是修真界中高階法術，更何況一個人的死而復生。

人乃天地靈物，那完全是逆天禁忌。

謝長寂在窗前站了許久，終於還是低頭，取出懷中傳音玉牌，抬手一劃。

沒了片刻，玉牌亮起來，昆虛子的聲音從玉牌中響起：「長寂？出什麼事了？」

「師叔，」謝長寂開口，「若一個人，換了容貌、聲音，乃至靈息，我不想搜神，但想知道她是不是故人，當如何？」

「是……」昆虛子試探著：「是……晚晚？」

謝長寂沒有出聲，權當默認。

昆虛子聽到這話，嘆了口氣，倒也沒有覺得奇怪。

這些年謝長寂問他的問題，大多與此有關。

他想了想：「若是晚晚，我倒是有一個法子。當年魊靈出世，是晚晚祭出自己法寶，與問心劍一同封印魊靈。法寶同主人血脈相連，若她當真是晚晚，那魊靈出世，你有感知，她必有感知，你且觀察就是。」

「好。」

「但在此之前——」昆虛子語氣鄭重，「她只是花向晚。」

「魃靈即將出世，事關重大，長寂，你不能出半點紕漏。」

第五章 遇險

花向晚狠狠補了一覺，等第二天醒過來的時候，已是日上三竿。她打了個哈欠，隨即覺得情況不對，這裡並不是她昨夜睡的客房，而是她平日乘坐的靈獸玉車，靈南正在她對面削梨。

看見她醒過來，靈南趕緊放下削了一半的梨，半蹲在花向晚面前，亮著眼：「少主，昨晚怎麼樣？謝道君感覺如何？」

花向晚打哈欠的動作一僵，隨後抬手就給了靈南一個爆栗：「想什麼呢！我和謝無霜什麼都沒發生。」

「啊？」靈南聽到這個回覆，有些失望，端了茶遞過去給花向晚，不解地嘟囔：「我們都看見他在妳房間裡了，還把妳遮得嚴嚴實實的，怎麼會什麼都……」

「妳還好意思說！」花向晚接過茶瞪大了眼：「他是來興師問罪的，昨晚入夢入錯了，去了謝道君夢中。道君道心堅定，把我趕出來了！要不是他沒打算殺我，我昨晚就交代在那兒了！」

「怎麼可能？」靈南肯定，「他一看就不是想殺妳的樣子。」

「妳懂什麼?妳知道他劍都橫在我脖子上了嗎?」花向晚指了自己纖長的脖頸,「我差點就被他砍了!」

「他道心堅定又沒吃虧,從夢裡衝出來殺妳做什麼?」靈南不解。

花向晚脫口而出:「他覺得我辱了他清白……」

「妳辱了他清白?」靈南激動起來。

花向晚一哽,趕緊解釋:「不是妳想的那樣,我進入他的夢境,就是侮辱他,天地良心,我什麼都沒做。」

就親了一下而已。

但這事兒花向晚絕對不會告訴靈南,以防她胡思亂想。

靈南頗為失望,又坐了回去:「好吧……昨晚你們那個氣氛,我還以為成了呢。」

花向晚見靈南低落,想到昨晚他們臨陣脫逃,不由得幸災樂禍起來:「成什麼呀?謝道君現在對我恨之入骨,沈道君心裡我也是個多次謀害他不成的惡毒女子,日後怕是沒什麼機會了。」

「這……」靈南有些急了,「這怎麼辦?」

「隨遇而安吧。」花向晚說得平淡,喝了口茶,放下茶杯,抬起車簾看了外面一眼。

修士雖然能夠馭劍,但畢竟消耗靈力,長途跋涉,多還是以靈獸或者法器代步。此刻除了她坐在馬車上,其他人都騎著各自的坐騎或者靈馬,正一路疾馳在官道上,似乎是在趕路。

她觀察一下外面的景象，發現認不出是哪裡，便轉頭看向靈南：「這是去哪兒？」

「大清早天劍宗就帶著咱們出發了，也沒說去哪兒，我猜是回天劍宗吧。」靈南還沉浸在花向晚剛才的話裡，滿面愁容。

「那我怎麼上的馬車？」花向晚有些疑惑，皺眉沒想明白。

「睡得太死，怎麼叫都叫不醒，」靈南無奈，「我只能把您扛上來了。」

她的確是太睏了。

「好罷。」花向晚也不在意，她左右看看：「有沒有吃的？」

「就一些點心……」

話沒說完，便有人敲了敲車身，花向晚轉過頭，就看江憶然騎著馬行在車邊。見花向晚看過來，江憶然粲然一笑：「花少主，妳醒了，餓了嗎？」

花向晚愣了愣，沒想到天劍宗的弟子會主動問這個。

她金丹無法運轉，沒有靈力供應，除非服用辟穀丹，不然與常人無異，其他人可以不吃飯，她卻不行。

只是在場都是修士，還忙著趕路，她本想只有合歡宗會關心這事兒，沒想到江憶然卻主動問了起來。

她心中一暖，笑起來：「無妨，我吃點心就是。」

「不用吃點心，」江憶然說著，從旁邊舉起一個食盒，「沈師兄給您買了飯菜，馭劍追上來的，還熱乎著呢。您停一下車，我給您送上去。」

聽見是沈修文，花向晚有些詫異。

沒想到入夢印這事兒後，沈修文居然還願意給她好臉，還如此體貼？

而旁邊靈南不覺有異，聽見有飯吃，趕緊叫停了拖著車的靈獸。

江憶然從窗戶外將食盒遞進來，笑咪咪道：「師兄說了，不知道少主的口味，就隨便買了些自己喜歡的，少主有什麼喜好以後可以說一聲，日後他去買。」

說著，靈南接過食盒，打開一看，發現竟都是花向晚喜歡吃的東西。

花向晚有些詫異，但面上不顯，抬頭看向江憶然，笑著道謝：「勞煩江道君同沈道君說一聲，讓他務必不要太過勞累，我吃辟穀丹也是無事的。」

「沒事，沈師兄……」

「還有就是，」花向晚想了想，終究還是開口，「勞煩江道君再告訴他，之前的事我很抱歉，但日後不會了。」

江憶然有些茫然，這話是個人都能聽出裡面藏著許多事，他不好多說，只能點點頭：「好，那少主好好休息，我……我去同沈師兄說。」江憶然說完，便打馬離開。

到了沈修文旁邊，江憶然將花向晚的話轉達了一遍：「花少主讓我對您說，不用勞煩，她可以吃辟穀丹，之前的事很抱歉，日後不會了。」

聽到這話，沈修文一愣，江憶然好奇開口：「師兄，之前什麼事啊？」

「哦，沒事，」沈修文回神，溫和笑了笑，「我還有事找謝師兄，你去照顧其他弟子吧。」

「好嘞。」江憶然點頭，轉身離開。

沈修文原地停留片刻，不知想起什麼，笑了笑，又轉身往前，去找在最前方領頭的謝長寂。

吃過飯，花向晚躺在床上看會兒話本，便覺無聊，見天劍宗沒有半點停車的架勢，便乾脆定下來打坐。

入定時間過得快，等花向晚再睜眼，已經是夜裡，靈南在她旁邊撐著腦袋小憩，花向晚捲簾看了看外面，見已是夜深，不由得有些疑惑。

天劍宗怎麼比他們還急，這麼趕路，是天劍宗發生了什麼？

「靈北，」花向晚奇怪，便直接喚人，靈北騎馬上前，來到花向晚窗邊，花向晚皺眉，「為何還不休整？天劍宗這麼趕是何原因？」

「少主，有人跟著。」靈北開口，看了周遭一眼，頗為警惕：「可能是西境的人。」

「鳴鸞宮？」花向晚說出目前唯一見過的西境來人。

靈北搖了搖頭：「可能不只，我在路上看見了陰陽宗用於追蹤的亡靈鳥。」

這話有些驚到花向晚，鳴鸞宮來攔她，她還理解，畢竟鳴鸞宮如今眼中頭號釘子就是合歡宮，雖然把秦雲裳派過來有些大手筆，但也不是不可能。

可九宗之一的陰陽宗來湊這熱鬧，又是圖什麼？

兩人正議論著，馬車驟然停住。

靈北和花向晚對視一眼，隨後就聽江憶然的聲音響了起來：「少主，前方是個山谷，謝師兄怕人設伏，先行過去查看，還望少主稍作等待。」

江憶然說著，天劍宗弟子便圍了過來，一群弟子以花向晚為圓心結成劍陣，將合歡宮的人保護在中間。

靈北看了花向晚一眼，低聲開口：「謝無霜直接進谷，前方應是有人，要不要幫？」

花向晚沒有說話，周邊密林隱約傳來什麼東西攀爬之聲。

聽到這個聲音，靈南緩慢睜眼，靈北臉色也不大好看。

「與其幫他，」花向晚笑起來，「不如幫自己。」

話音剛落，就聽周邊天劍宗弟子驚叫起來：「蟲！好多蟲！戒備！戒備！」

「五毒門也來了。」外面慌亂起來，靈北看了花向晚一眼，沉聲：「我去幫忙。」

天劍宗這些小弟子畢竟還年輕，真的遇到西境這些修士，怕是要被吃得骨頭渣都不剩。

靈北領著人出去，馬車內留下靈南和花向晚。

花向晚看了靈南一眼，靈南便立刻起身上前，跪在花向晚面前，朝花向晚攤開手。

花向晚劃破一隻手的手指，另一隻手放在靈南攤開的手掌上。

兩隻手掌交疊，靈力從靈南身上一路渡到花向晚身上，花向晚指尖血液滴落到桌面，她口中呢喃著晦澀法咒。

血跟隨著咒聲在桌面轉成一個圓形，隨後交接成複雜的法陣。

片刻後，最後一道紋路連結，法陣突然爆發出一陣光亮，最後猛地擴大，朝著周邊一路衝去。

法陣爆發出火焰一般的光亮，所過之處，毒蟲瞬間焚燒一空！

天劍宗弟子愣住，然而不過片刻，一聲尖銳的叫聲從旁邊猛地響起！

與此同時，無數黑影從林中衝出，嚎叫著襲向花向晚的馬車。

毒蟲再次捲土重來，同這些黑影一起，密密麻麻前仆後繼衝向花向晚。

所有弟子圍著花向晚的馬車，花向晚在馬車之內不斷畫著符咒。

一道又一道華光從花向晚馬車之中轟向遠處，直接擊殺這些黑影和毒蟲身後的修士。

眼看著毒蟲和黑影越來越少，眾人心中有幾分鬆懈，也就是這時，沈修文感覺地面隱約顫動。

他瞬間察覺不對，轉頭奔向花向晚馬車，驚呼出聲：「花少主小心！」

就在那一刹那，花向晚腳下一隻虎爪猿身的巨獸破土而出，將花向晚的馬車高高甩起！

花向晚和靈南都是法修，被這麼猛地一甩，根本穩定不住身體，直接從馬車中甩飛開去。

她一露面，巨獸甩開馬車，朝著她一巴掌拍了過去。

牠勾起的指甲極為鋒利，在月光下泛著寒光，花向晚睜大眼，就在那刻，沈修文猛地撲過來，抱住她就地一滾，勉強從巨獸爪下逃開。

利爪劃過沈修文的背部，沈修文吃痛出聲，花向晚反客為主一把摟住沈修文，毫不猶豫抽過他手上長劍，在巨獸張嘴咬下的瞬間，橫劍在前，「叮」的一聲抵在巨獸嘴邊！

「沈道君，」花向晚舉著劍的手微微發抖，她回頭看了滿身是血的沈修文一眼，苦中作樂笑起來，「這次，可不是我算計你了。」

沈修文勉強一笑。這一刻，一把長劍從天而降，從頭到尾豎劈而下，巨獸動作僵住，花向晚猛地反應過來，抱著沈修文往旁邊一躍，一路滾到最邊上。

隨後就聽一聲痛苦嚎叫沖天而起，那小山一般的巨獸整整齊齊分成兩半，往兩側分倒而去。

血水如雨而下，飛濺向四處，花向晚抬起袖子，護住沈修文，擋住噴過來的血雨。

透過袖子往遠處看，巨獸倒下空隙之間站著一個白衣青年，青年抬手，剖開巨獸的長劍迴旋落到手中，隨後血雨之中，白影瞬息之間追上方才十幾個修士。

劍穿，剖胸穿腹，劍過，頭顱橫飛。

雨水落地之前，青年已經了結了這些人的性命。

只剩一個站得遠一點的修士，早已被提前定住，被血水濺了一臉，勉強留了一條性命。

花向晚抱著沈修文，愣愣看著染了半身血的「謝無霜」站在血水中轉身。

他一半臉染了血，似如梅花落玉，另一半臉還是平日的模樣，白玉雕琢，沒有半點瑕疵。

他提著劍，始終保持著平靜，可花向晚卻從這人身上，感覺到生平僅見的殺氣。

這種殺氣並不針對任何人，單純只是因為殺孽太過所成。

饒是在西境從屍骨堆裡爬出來，花向晚也感覺到一瞬間的膽寒。

半身白衣半身血，半面神佛半面魔。

他的目光落在花向晚手上，盯著她的手好久。

血水一路朝周邊蔓延，沒有任何人敢說話。

花向晚護著沈修文，緊張地盯著「謝無霜」，他似乎想說什麼，但張了張口，似乎又想起什麼，最終沒有開口。

他轉過身，往前走了幾步，停下。

花向晚的心隨著他的步子起起落落，片刻後，就聽他低聲詢問：「花向晚，妳會用劍麼？」

劍？為什麼要問她會不會用劍？

花向晚被這個問題嚇了一跳，下意識搖頭：「不會。」

謝長寂握劍的手緊了緊，很快克制住情緒。

片刻後，他轉身走向旁邊還活著那個修士，好似沒問過這個問題。

謝長寂提步，江憶然這才反應過來發生什麼，和靈北一起領著人衝到花向晚、沈修文旁邊，開始給沈修文和花向晚看診。

花向晚的傷不重，靈北幫她包紮著傷口，她觀察著另一邊的「謝無霜」。

「謝無霜」走到那修士面前，修士不能動彈，不能言語，一雙眼驚恐地盯著謝長寂，滿是祈求。

花向晚想聽一聽這人會說些什麼，沒想到「謝無霜」根本沒打算給對方開口的機會，半蹲下身，抬手點在修士眉間。

這個舉動讓花向晚一愣。

他……竟然不審問，打算直接搜神？

搜神對於修士而言是極其殘忍的手段，許多修士寧願自爆都不肯被搜神，所以一般名門正道不會用這種審問方式。

至於西境諸如陰陽宗、五毒門、傀儡宗之類近乎於邪魔外道的門派，則會先用法術控制住修士，再慢慢搜。

可謝無霜作為天劍宗弟子，就算不考慮仁善之心，也不擔心對方自爆嗎？

花向晚詫異地看著「謝無霜」閉上眼睛，隨後修士瘋狂掙扎起來，沒了片刻，修士猛地睜眼，隨後只聽「轟」一聲響，修士整個人炸裂開去。

然而謝長寂早已設置好結界，眾人只看見一片血霧瀰漫在結界之中，隨後結界落下，「謝無霜」穿著滿身是血的衣衫起身，甩了甩手，將劍插入劍鞘。

全場都被他的行為震住，天劍宗弟子更是無法接受，愣愣地看著「謝無霜」。

謝長寂不在意他人目光，什麼都沒說，轉身離開。

花向晚看他提步，終於反應過來，趕緊開口：「謝道君！」

謝長寂轉過頭，花向晚開門見山：「不知方才謝道君審問出什麼？」

「與妳無關。」謝長寂開口，花向晚皺起眉頭。

「他們明顯是西境中人，衝著我過來，怎會與我無關？」花向晚說得極為嚴厲，「若是與我無關，那就是與天劍宗有關，如今我們與貴宗並行，怕是十分凶險，若貴宗不能坦誠相待，不如在此地分道揚鑣，以免我宗弟子受了牽連。」

謝長寂沒有理會花向晚這些話，他看著花向晚，只道：「妳走不了。」

「你以為我怕了他們？」

「不，」謝長寂抬眼，語氣平淡，「是我不讓妳走。」

花向晚皺起眉頭，謝長寂淡定吩咐周邊弟子：「處理屍體，前方河邊安營紮寨。」

說完便往前走入山谷，消失在眾人視線中。

等謝長寂離開，花向晚身後突然傳來一陣急促的咳嗽聲，眾人趕緊回頭，就見沈修文一口黑血嘔出來，周身黑氣湧動，皮膚下彷彿有什麼蟲子在不斷穿行，看上去極為可怖。

靈北迅速上前，抬手用靈力灌入沈修文身體，轉頭看向花向晚，語氣微沉：「是五毒門的蠱術和陰陽宗咒術。」

聽到這話，花向晚深吸一口氣，也來不及多和「謝無霜」計較，沈修文為她受傷，現下救人要緊。

她讓靈北先壓制住沈修文身上的蠱毒和咒術，隨後讓人把沈修文抬到馬車上，開始給沈修文診治。

此地並不安全，所有人不敢多加停留，只能跟著謝長寂往前，花向晚藉著靈北的靈力，快速拔出了沈修文身上的蠱蟲後，又往傷口上的咒術加了一層修復術法。

有咒術在，沈修文傷口一時很難癒合，花向晚讓靈北給沈修文包紮好傷口後，稍作清理，便把他搬到自己床上休息。

沈修文迷迷糊糊醒過來，隱約感覺自己躺在床上。

他茫然了片刻，在看見旁邊花向晚的瞬間，突然意識到這是哪裡，慌忙起身。

花向晚一把扶住他，知道他要做什麼，趕緊開口：「你傷勢太重，先在我這兒休息，不要逞能。」

「花少主……」沈修文滿臉焦急，「不可……」

「我說可以就可以。」花向晚按住他，聲音平和：「醫者面前無男女，沈道君因我受傷，不必如此介懷。道君既然醒了，我便為道君行針，道君自己運轉靈力，傷勢會好得更快一些。等行針完畢，我會下去守夜，道君不必憂心。」

「可……」

「若道君因這點小事耽誤了行程，」花向晚抬眼看他，「這是給大家惹麻煩。」

這話出來，沈修文動作終於停住。

花向晚坐在旁邊，拿著銀針，神色平靜：「趴下，我替你行針。」

沈修文有些窘迫，但還是聽花向晚的話趴到榻上，花向晚替他拉下衣服，沈修文將紅著的臉埋在手肘裡。

花向晚知他尷尬，她當年第一次給謝長寂行針時，謝長寂也是這樣。

甚至還更靦腆一些。

那時她還不懂事，一面行針還要一面點評一下謝長寂身材，說到最後，謝長寂便掙扎起來。

還好那時她修為高，死死壓著他，不讓他動彈半分。

好在如今她已經是個會關照人的成熟女修，知道沈修文難堪，便故意引了話頭聊天，想讓沈修文放鬆一些。

「今日感謝沈道君相救，還有送來的飯菜，也勞沈道君費心。」

她聲音平淡，讓沈修文放鬆許多，他紅著臉，小聲開口：「分內之事，而且飯菜……」

沈修文開口，卻突然想起什麼，頓住聲音，沒有說話。

花向晚有些奇怪，抬頭看他：「沈道君？」

「哦，無事。」沈修文回神，低聲道：「飯菜也沒花多少工夫。」

「那也是為我費心了。你們這樣照顧，我卻牽連你們，實屬過意不去。」

聽到這話，沈修文沒回聲，過了片刻，他似有幾分歉疚，低聲開口：「倒也不算牽連。」

花向晚沒說話，將針落在沈修文背上。

不是牽連，這就是天劍宗的事，也就是發生了什麼，引得天劍宗和西境都來了。

或許秦雲裳就是衝著這件事過來。

沈修文比謝無霜好套話得多，可她卻已經不想從這青年身上再多問什麼。

她垂下眼眸，轉了話題：「我一直以為雲萊修士良善仁慈，怎麼你們這位謝師兄，殺孽這麼重？」

「我以為……」沈修文遲疑著，「少主還會問下去。」

花向晚聞言一笑，她抬眼看他：「總不能老盯著一隻羊薅羊毛，我哪兒有你想得這麼壞？」

沈修文聽這話忍不住笑起來，花向晚低聲：「說點無關緊要的事就好，謝無霜看上去可不像好人。」

「少主不知，」沈修文搖頭，「問心劍一脈世代鎮守死生之界，過去問心劍主，總是想著加固封印，不讓邪魔入境。可這一代清衡上君卻背道而馳，自己獨身入界，一人近乎屠盡一界。」

聽到這話，花向晚手上一抖，沈修文「嘶」了一聲，花向晚趕緊按住出血的地方，故作鎮定：「清衡上君屠盡一界，與謝無霜又有什麼關係？」

「清衡上君的修煉風格，或多或少影響弟子，或許也是這個原因，問心劍一脈如今慣以進入險地作為歷練方法。生死經歷得多，或許殺孽就重了。但少主放心，」沈修文回頭笑笑，算作安撫，「天劍宗不殺無辜之人。謝師兄不善言辭，但不會有惡意。」

花向晚不說話。

沈修文年紀小沒什麼見識，她卻知道，以生死作為歷練，那是西境常有的事，可殺孽重到這種程度，卻是罕見。

謝無霜尚且如此，那屠盡一界的謝長寂……

這個名字出現，她打住思緒，沒有深想。低頭行針，只輕聲詢問：「清衡上君也是奇怪，問心劍守了封印這麼多年，他怎麼會想到去異界？一人獨闖異界，不要命嗎？」

「這……我就不清楚了。」沈修文想了想，遲疑著：「但天劍宗有一個傳言，說清衡上君其實有一位妻子，當年落入異界，所以他是為尋妻而去。」

「怎麼會有這種傳言？問心劍也能有如此深情？」花向晚覺得好笑。

沈修文有幾分不好意思：「我也不信，畢竟若上君當真情深至此，問心劍也修不到渡劫。

不過弟子有此傳言，皆因清衡上君入異界之前做了一件事。」
「嗯？」
「上君入界前，曾親口下令，將天劍宗滿山青松換成了桃花。」
花向晚動作一頓，沈修文不覺有異，繼續說著：「少主如今來得正好，到天劍宗時，就可以看到滿山桃花開了。」
「那正好，」花向晚笑了笑，「我挺喜歡桃花的。」
說著，她抬手取下銀針，吩咐沈修文：「你好好休息，過兩天咒術被我的修復法術吞噬，便會好起來，這些時日不要挪動，就待在馬車裡，免得傷口又崩裂開。」
「多謝少主。」
「我先下去守夜，睡吧。」
花向晚和他道別，便捲了簾子下了馬車。
剛走出馬車，她便見有人站在馬車旁邊，花向晚嚇了一跳，隨即才看清是「謝無霜」。
他又換上了平日的藍衫，花向晚一眼掃過去，便看出他身上帶著比沈修文更為嚴重的咒術，咒術會影響傷口癒合，他這身藍衣，不過是在夜色中遮掩血色。
花向晚下意識想問問他的傷勢，但想起方才起的衝突，又止住聲音，頷首道：「謝道君。」
謝長寂應了一聲，沒有多說，花向晚提步離開，謝長寂看著她往旁邊走去的背影，開口提醒：「火堆邊我設了結界，妳在那裡安全。」

花向晚動作微頓，隨後點頭致謝：「多謝。」

謝長寂見她沒有想說其他的意思，逼著自己收回目光，轉身上了馬車，掀起簾子進去探望沈修文。

沈修文正發呆想著什麼，見謝長寂進來，慌忙起身：「上君！」

「躺下吧。」謝長寂吩咐，沈修文知道謝長寂是個說一不二的，便又趴了回去。

謝長寂掃了沈修文處理好的傷口一眼，詢問起晚上發生的事，把情況大致瞭解了一遍後，點了點頭：「我知道了，你好生歇息。」

說著，謝長寂便站起身，沈修文看謝長寂要出去，忍不住開口：「上……上君！」

謝長寂轉身看過去，就看沈修文神色閃爍，遲疑著開口：「那個……如果……如果合歡宮確認與魊靈之事無關，她與天劍宗聯姻一事……長輩……長輩們同意嗎？」

「何意？」謝長寂開口，聲音有些冷。

沈修文話出口，便多了幾分勇氣，他抓緊被子，說得有些緊張：「弟子……弟子覺得花少主是個好人，若宗門不反對，弟子……弟子想試試。」

這話一出，謝長寂猛地捏緊了劍。

沈修文直覺氣氛不對：「上君？」

「你……」昆虛子的告誡劃過腦海，他聲音乾澀：「等回去，問你師父。」

聽明白宗門並非絕對否定，沈修文放下心來，他笑起來：「上君說得是，等我回到宗門，再稟告師父。」

「只要師門同意，」沈修文垂眸，眼裡帶著幾分溫和，「我願同花少主，一起去西境。」

第六章　祕境

謝無霜進去看沈修文時，花向晚看了馬車一眼，便獨身走到河邊，低頭看著河水。

河水在月光下涓涓而行，水鬼藏在水下，如同水藻一般糾纏在一起，貪婪地看著站在河邊的花向晚。

她雖然沒有靈力可用，但這點水鬼也傷不了她，她低著頭，看著水鬼在水下扭動。

她看這些水鬼糾纏，覺得有點意思，不由得蹲下身來，想伸手觸碰這些水鬼，只是剛剛伸手，劍氣從身後橫掃而過，水鬼瞬間尖叫消失。

謝無霜的聲音從身後傳來，有些涼：「鬼魅惑人心智，少主還是回來罷。」

花向晚聽到這話，轉身看過去，就見謝無霜神色平淡地看著她。

花向晚點點頭：「謝道君。」

說著，她的目光落在謝無霜傷口上。他身上咒術似乎沒有半點好轉的跡象，黑氣甚至越發濃郁起來，明顯比沈修文中的咒術嚴重許多，花向晚不由得皺起眉頭。

這麼嚴重的咒術，謝無霜在山谷遇到的到底是什麼人？

謝長寂迎著她的目光站了一會兒，見她沒什麼動作，便轉身去了樹下，盤腿坐下，將劍放在雙膝上，雙手拇指中指相接，翻轉掌心朝上落在兩側膝頭入定。

花向晚見他對身上傷勢不管不顧，遲疑片刻，還是走到謝長寂面前，蹲下身。

「謝道君，咒術不好受吧？」花向晚撐著下巴，打量著謝無霜：「不過做個交換吧，你把你們此行目的告訴我，我幫你療傷可好？」

如預料中的沉默，花向晚也不奇怪，換了個條件：「那你告訴我是誰傷了你？」

還是不說話。

花向晚有些無奈，同樣都是年輕一代弟子，這個謝無霜比沈修文難纏太多了。

她轉念一想，謝無霜不說話，但傷口會說話，到底是誰下的咒術，她一驗便知。

想著，她突然伸手要去拉開謝無霜的衣服，然而對方動作更快，在她的手扯在衣服上的那刻，便一把抓住她的手腕，平靜道：「我不談條件。」

「那就不談。」花向晚笑起來：「我給你看傷。」

「是陰陽宗陰陽聖子，」謝無霜抓著她的手，抬眼看她，「若還要幫我看傷，那再看。」

知道是誰下的手，再看傷口就沒了意義。

謝無霜好似把她的心思猜得透澈，這讓人無端生出幾分惱怒。

她沉默片刻，隨即一把打開謝無霜的手，賭氣一般拉開他的衣服，露出他身上傷口。

他身上的傷口早已被咒術撕咬得鮮血淋漓，面上卻沒有半點「疼痛」之類的情緒，花向晚暗罵了一句瘋子，抬手將銀針扎在謝無霜胸上的傷口周邊，冷著聲道：「西境咒術你們雲萊沒幾個人能解，今夜我要不幫你，後日你就得抬著去死生之界找你師父。」

「為何要去找我師父？」謝無霜問得平淡。

那句「雲萊只有他會解這種萬殊咒」差點脫口而出，然而在出聲前，花向晚生生止住。

謝長寂解西境法咒的辦法，都是她教的。

陰陽聖子的萬殊咒，在西境沒有幾個人見過，更別提解咒。

西境都沒幾個人能解，若非謝長寂遇見她，為她中過萬殊咒，雲萊怕是連見都沒見過這種咒術。

但這樣的祕辛她自然不可能說出口，她與謝長寂沒任何牽扯最好。

於是她悶著聲，只道：「你們天劍宗不是清衡上君最強嗎？除了他還有誰拿這種頂級咒術有辦法？」

謝無霜沒說話，花向晚隱約感覺他似乎笑了一下，但仔細看過去，又見他依舊是那副冷淡模樣，和平日沒有什麼區別。

這讓她有些莫名的心慌，她將目光從他身上移開，快速施針，冷淡命令：「把手給我，給一些我靈力。」

謝長寂聽話地抬起沒有受傷的手，花向晚手掌落在他手中，靈力藉著手掌流到花向晚身體，花向晚在傷口處快速畫符，謝無霜傷口開始顫動。

冷汗從花向晚額頭落下，她趕忙出聲：「你快把靈力……」

話沒說完，「謝無霜」的靈力已逼到傷口處猛地爆發而出。

黑氣彷彿掙脫枷鎖一般從傷口處衝出來，張口就朝著花向晚咬過來，然而謝無霜動作更快，抓著花向晚往旁邊一拉，抬劍便斬消了那一團黑氣，隨後轉身看向他身後喘著氣的花向晚，確認她無礙，這才收劍。

「你心思倒是快得很，」花向晚看他動作，笑著直起身，靠在樹上，「我話都沒說完，你就知道我的意思了。」

「嗯。」

「謝無霜」應聲，花向晚分不清他這聲到底是什麼意思。

她看著神色平和的青年，湊到他身前：「你好似很瞭解我？」

謝無霜不動，不躲不避，只道：「比妳想的瞭解得多。」

「比如？」花向晚挑眉，謝長寂聽到這話，轉過頭來，隔著白綾，靜靜看著她。

花向晚看不到他的眼睛，但仍舊能感覺到對方似乎有很多話想說，然而許久後，他卻是轉過頭，只輕聲說了句：「睡吧。」

說著，他站起身，走到旁邊，為花向晚讓出位置：「我守夜。」

看他的樣子，花向晚便知今夜怕是套不到什麼話了。

她撇撇嘴，背對著謝無霜往草上一躺，開始思考今日發生的事。

鳴鸞宮秦雲裳來了，如今陰陽宗陰陽聖子也來了，還有五毒門參與其中……

西境來這麼多人，絕不可能只是為了攔截她與天劍宗的聯姻。

而謝無霜是問心劍一脈，以他的身手，怕是問心劍下任繼承人。是什麼事，能讓問心劍核心弟子和西境高手傾巢而出？

花向晚左右思索，眼神慢慢冷下去。

這兩百年，她只見過一個東西，能有這樣的魅力。

那就是兩百年前，由她親手封印，最後卻被人分作兩半流落在外的魃靈。

據她所知，魃靈一半不知所蹤，另一半落入靈虛祕境。

靈虛祕境要開了？

若真的是為了魃靈，那天劍宗只派出一個謝無霜，應當算是小氣了。

如果不是死生之界需要問心劍鎮守，或許謝長寂本人都可能過來。

這個念頭出現的瞬間，花向晚身體一僵，她腦海中突然劃過沈修文的話：「清衡上君卻背道而馳，自己獨身入界，一人近乎屠盡一界……」

如果謝長寂真的屠盡一界，異界沒有再犯的能力，那死生之界，還需要他鎮守嗎？

「謝無霜，」花向晚想到這裡，有些沉不住氣，她忍不住開口，「死生之界，還需要你師父嗎？」

謝無霜沒有回話，花向晚覺得自己這個問題似乎有些突兀，她連忙解釋：「我的意思是……」

「不會來，」謝無霜似乎清楚知道她要問什麼，平淡開口，「他出不了死生之界。」

這話讓花向晚放下心來，她沒有多說，蓋著被子閉上眼睛，決定消化這個好消息，讓自己早點睡。

已經大致知道是為了什麼，她也不慌了。

而謝長寂感覺她似乎已經睡著，側眸看過去。

看了許久，他想了想，嘴角悄無聲息彎起一絲極淺的弧度。

花向晚美美睡了一覺，第二日天還沒亮，就感覺有人叫自己：「花向晚。」

花向晚睜開眼，迷糊著回頭，看見晨光裡已經收拾好的謝無霜，他換回了白衣，傷勢似乎已經痊癒，提著劍站在晨光裡，吩咐她：「上馬車睡，準備啟程。」

聽到這話，花向晚緩了片刻，迷迷糊糊起身，將自己的被子收進乾坤袋，打著哈欠去了馬車。

沈修文還在馬車裡休息，見花向晚進來，他連忙起身，花向晚按住沈修文，搖頭：「睡吧，我睡好了。」

「不用，」沈修文紅了臉，掙扎著想起身，「我好……」

「修文，」謝無霜的聲音在外面響起來，「啟程了。」

沈修文看向花向晚，面露難色，花向晚搖搖頭，轉頭朝外提了聲：「謝道君，沈道君身上還有傷，讓他在這裡休息吧。」

「是啊，」江憶然提著食盒走到門口，看了馬車一眼，又看了謝無霜一眼，「謝師兄，沈師兄傷勢還未痊癒，咱們就別講這種繁文縟節了吧？」

旁人都勸謝長寂，謝長寂沉默許久，終於只點頭：「嗯。」

說完，他轉身離開，江憶然提著食盒站在馬車前：「少主，今日早點給您買來了。」

花向晚有些詫異，她看了沈修文一眼，想了想，只當是沈修文讓江憶然去的，朝著沈修文點點頭，笑道：「多謝費心。」

沈修文遲疑片刻，想說點什麼，但花向晚已經捲簾出去，自己接了食盒進來。

她打開食盒，發現食盒裡都是甜口，不由得有些疑惑，抬眼看向沈修文：「都是甜口？」

「是，」沈修文解釋，「昨日謝師兄看了撤下去的食盒，說您愛吃甜口，不吃香菜。」

「他看這個做什麼？」花向晚有幾分疑惑。

沈修文動作一僵，轉過頭，輕聲解釋：「憶然拿食盒出來時，剛好和我說起口味這件事，謝師兄看到了，提醒我和憶然。」

這個解釋倒不奇怪，花向晚想了想，只覺得謝無霜這人有些聰明太過。

昨天她和靈南一起吃，東西基本都吃乾淨了，他居然也能判斷出她的口味？

花向晚想不明白，沈修文看花向晚皺眉，主動換了話題：「昨夜讓少主受苦了，今日修文感覺身體已經好上許多，再休息休息，就不用叨擾少主。」

「你愧疚啊？」花向晚聽沈修文的話，玩笑著開口：「睡了我的床，吃了我的糧，要是愧疚，不如以身相許？」

沈修文聞言，眼眸微垂，花向晚見他認真，正想解釋，就聽沈修文道：「若少主願意，等回到天劍宗，我會同師父稟報此事。」

沒想到會聽到這話，花向晚遲疑：「你……你當真？」

「婚姻大事，自然當真。」沈修文點頭。

花向晚有些不敢相信，小心翼翼：「沈道君，我不是不信您，只是……為什麼啊？」

說著，花向晚解釋：「你我相見也沒幾日，你做這麼大的決定……」

「少主應當知道我在天劍宗處境，我由掌門一手養大，身分在宗門……也算是能爭一爭掌門之位的，這些年受掌門信任，處理了不少宗門雜物，」沈修文說著，苦笑了一下，「但我還有一位大師兄，如今再有我，便是多餘。少主屢次救我，若我跟隨少主回西境能解決少主危難，又有何不可？」

沈修文說得認真，花向晚聽明白，其實她早就考慮過，沈修文的身分最合適跟她回西境，但沒想到他自己也早早意識到這件事。

花向晚低頭思索，沈修文見她不說話，想了想，溫和開口：「一路枯燥，少主若無事，要不我為少主讀個話本吧？」

「你是病患，」花向晚從抽屜裡拿了話本，「我來為你讀。」

說著，她打開話本，然而打開話本那一瞬間，莫名有種熟悉感撲面而來。

恍惚間發現，好像當年……沈逸塵就是這樣，每次她無聊，他就坐在旁邊給她讀話本。

她愣了片刻，沈修文轉頭看過來：「少主？」

花向晚轉頭看沈修文，沈修文疑惑地看她，看見比那人清澈簡單許多的眼睛，花向晚才回神，笑起來：「無事。」

沈修文在她馬車上養傷養了兩日，第三日傷好得差不多，便被謝無霜叫了出去。

這時一行人來到一座山中，靈北走到花向晚馬車前，恭敬道：「少主，謝道君說要入山，車攆不便行走，勞煩少主下車騎靈獸入林。」

花向晚聽到這話，捲起車簾，便見眾人停在樹林前等她。

她沒多說，把馬車拆下來裝入乾坤袋中，直接翻身騎到之前拖著車身的靈獸身上。

這原本就是她的坐騎，是一隻威風凜凜的白虎，見她騎上白虎，前方謝長寂才收回目光，淡道：「進山。」

眾人跟著謝長寂進入山林，這山林茂密異常，樹枝鋪天蓋地，靈南跟在她旁邊，不由得皺起眉頭：「少主，這山林陰氣太盛，天劍宗竟然在這附近嗎？」

按照原本的計畫，到達天劍宗只需六日行程，如今已過五日，按理應當離天劍宗不遠了。

花向晚知道靈南是個不看地圖的，似笑非笑地看她一眼：「或許天劍宗愛好不同呢？」

靈北聽到這話，轉頭看兩人一眼，隨後目光落在花向晚身上，意有所指：「此事少主要管？」

雖然不清楚會發生什麼，但天劍宗轉了方向，西境來了許多殺手，靈北卻是知道的。

花向晚點頭：「能管最好，不能管就撤。」

魊靈落在天劍宗手裡，比落在西境手裡好太多了。

但如今合歡宮不比當年，維護正義和自保比起來，自保明顯重要許多。

靈北搞明白花向晚的意思，應聲道：「明白。」

一行人行了大半夜，入了山林深處。

花向晚看了看天色，啟明星高掛，已近陰陽交替。

陰陽交替之時，鬼魅橫生，也往往是祕境出世的時間。她心中盤算著，突然就聽旁邊傳來一聲輕微的鈴響。

這鈴響極遠，極輕，幾乎沒有人察覺，花向晚猛地勒住韁繩，眾人下意識看過來。

花向晚張了張口，還未出聲，地面突然像巨龍行走而過，猛地震盪起來！

「少主！」

靈南驚叫出聲，和合歡宮其他人足尖一點朝著花向晚衝去，白虎往旁邊一躍，躲開突然拱起的地面，便尋著安穩之處往前奔去。

一時之間，地動山搖，鳥雀驚飛，野獸奔逃著從林中逆行而過，謝長寂看了周邊一眼，吩咐沈修文：「去保護花少主，其餘弟子，隨我來。」

說完，天劍宗所有人便如一道流光，馭劍躍出密林，往遠方衝去。

沈修文馭劍來到花向晚身邊，急聲開口：「少主，我帶妳到安全地方去！」

聽這話，花向晚便明白了天劍宗的意思。

他們不放心合歡宮，所以始終把合歡宮放在監視之下，如今進入西峰林，對於天劍宗來說，最理想的狀態就是保持著對合歡宮的監視，又不讓合歡宮靠近靈虛祕境，而合歡宮一旦想做什麼，在這個範圍裡，足夠謝無霜立刻出現處理。

天劍宗想讓他們走，花向晚自然不會故意挑戰，但思及剛才的鈴聲，花向晚還是不放心。

如果她沒弄錯，方才的鈴聲應該是清樂宮，清樂宮擅長以樂聲干擾他人心智，對於謝無霜這樣的入魔者來說，其他人大概不是問題，但清樂宮這種樂修，卻是絕對的剋星。

若沒有人克制清樂宮，魃靈怕真的要落到西境手裡。

於是她沒理會沈修文，故作控制不了白虎，驚叫著往前衝去。

沈修文愣了愣，隨後疾呼：「少主！」

靈南、靈北對視一眼，趕緊領著眾人跟上。

花向晚神識展開，便察覺周邊靈力異常，好似有什麼在吸納靈氣，形成一個巨大的漩渦。

她朝著漩渦中心直奔而去，快趕到時，周邊傳來廝殺之聲。

天劍宗弟子早已到了，和所有人打成一片，數量明顯比之前他們見過的多，可見許多天劍宗弟子藏在暗處。

而天劍宗之外的人……

花向晚掃了戰局一眼，雲萊也來了許多修士，她認不清楚，但西境的修士，卻是辨認出了大半。

「鳴鸞、清樂、陰陽宗、五毒門、劍宗、氣宗、傀儡宗……」靈北來到花向晚身後，數了一遍，語氣頗沉：「除了兩宮人馬，九宗也來了過半。少主，他們來做什麼？」

花向晚沒說話，她仔細觀察著情況。

她感覺靈氣在旁邊聚集得越來越厚，地面震動也越來越激烈，夜至最暗時，陰陽交錯，日月同輝。

日光與月影同時落下的剎那，周邊突然傳來一聲巨響，一條巨龍虛影破土而出，隨後盤繞在地，地面上出現一個五彩斑斕的光洞，華光從洞口沖天而起，有修士驚呼出聲：「靈虛祕境開了！」

音落瞬間，數十道華光從旁邊直射而出，衝向謝無霜，符文毒蟲傀儡傾巢而出，鬼哭狼嚎，天地變色。

謝無霜白綾覆眼立在高處，在術法近身剎那，長劍躍至手中，抬手一劍環掃而過，破開周邊一切邪魅魍魎，隨即俯衝向一個方向，轟一劍劈下，一個手上掛著一隻提線木偶，高帽華衣的青年瞬間便從草叢中擊飛出去！

「傀儡宗燕飛南好歹也是元嬰大圓滿，」靈南震驚開口，「竟然一劍都熬不過？」

言畢，謝無霜側身一轉，又襲向另一個方向。又一手纏白蟒的紅衣女子被謝無霜逼退數十丈，紅衣女子單膝跪地，手中白蟒朝著謝無霜直撲而去，謝無霜提劍往前，這時周邊傳來十二種樂器合奏之聲。

聽見這聲音，花向晚皺起眉頭。

「清樂宮十二仙的亂心陣。」靈北皺眉：「好大的手筆。」

樂聲淒涼婉轉，聽上去是再普通不過的曲子，然而花向晚卻明顯感知到，謝無霜的劍，慢了。

他的呼吸亂起來，旁邊天劍宗弟子也開始有些恍惚。

周邊的人明顯看出謝無霜的破綻，原本埋伏著的人同時出手，朝著謝無霜一起進攻而去。

一劍橫掃周邊，護住本宗弟子，喘息著提劍站在中央，朝花向晚抬頭：「花向晚。」

謝無霜在這時候開口，就是求助了。

清樂宮的十二仙陣，哪怕是謝無霜也很難抵，合歡宮現在既然沒有幫著西境，那就是友非敵，如今謝無霜唯一的求助對象，就只有拿著清心鈴的她。

只有破了清樂宮的十二仙陣，謝無霜才有勝算。

花向晚明白謝無霜的意思，她從袖中取出清心鈴，輕輕搖了搖，笑起來：「謝道君還談條件嗎？」

「談。」

「聯姻一事，天劍宗同意了？」

「好。」

謝無霜這話出口，花向晚就知道自己沒白來。

「靈南。」花向晚開口，靈南迅速將靈力從背後灌入花向晚周身，花向晚抬手祭出清心鈴，清心鈴聲響起，周邊樂聲更大，花向晚乾脆從乾坤袋中翻出一把玉製古琴，抬手一撥，音波瞬間朝著林中擊打而去，所有樂聲一瞬之間安靜下來。

「花向晚！」片刻，林中一個老者暴怒出聲，「妳怎敢拿我家少主法器傷我宮中人！」

說完，樂聲暴起，花向晚冷下臉，手中琴聲更激。

「左護法搞錯了，」花向晚聲音帶笑，「這琴是我自己做的，不是他送的，他既還了我，那就是我的。」

說著，兩方音波交織，沒有了樂聲干擾，謝長寂頓覺靈臺清明，躍到靈虛祕境洞口前，長劍直指周邊，攔下所有想要進入祕境之人。

謝長寂的身手無人可比，一時眾人都被攔下，無一人能往前半步。

太陽逐漸升起，洞口越來越小。

眼看著靈虛祕境就要關閉，一個女人輕輕嘆息出聲：「花少主，此物對我家少主至關重要，少主如今還在西境等您，還請花少主看在過往情面上，放手吧。」

這話說完，花向晚直覺旁邊不對，不由得琴聲一顫。

謝長寂下意識回頭，就看一個女子破開花向晚周邊層層保護，握劍直逼向花向晚！

謝長寂瞬間從靈虛祕境旁邊挪開，同時朝著花向晚奔來。

然而對方動作更快，花向晚只覺旁邊一陣劍風，劍已至身前，幾乎是本能地抬手一把抓住長劍，疾退向後，隨即一腳踩空，落入虛空之中！

對方跟著她直躍而入，花向晚看見一道道流光竄進洞口，不由得咬牙：「秦雲裳！」

秦雲裳勾唇一笑，猛地將劍從她手心拔出，同時一腳往她身上狠狠踹去。

花向晚躲閃不及，直直墜落而下，當即知道了秦雲裳的意圖。

魊靈應當藏在靈虛祕境最核心的位置，也就是祕境力量來源之處。

而靈虛祕境分成好幾個考驗幻境，每一個幻境都可以進入祕境核心，難度卻不相同，越是往下的路越是致命，秦雲裳這是想把她丟到最難的一個考驗幻境裡去！

她本能地朝上伸手，想向人求救，卻不知該叫誰。

慌亂茫然之間，一隻冰涼的手從黑暗中探出，一把握住她的手。

花向晚抬眼向上，看見跟著她躍入無邊黑暗的白衣青年。

他身後是一片漆黑，整個人泛著微光，白衣白綾漂浮在周邊，一手握著她的手，一手提劍。

「別怕，」他開口，聲音如一貫平穩，「我來了。」

第七章 度厄境

說話間，旁邊光芒驟起，花向晚眼前化作一片白光，什麼都看不見，但她可以清晰感知到對方死死抓著自己，這讓花向晚放心不少。

來了就好。

花向晚舒了口氣，隨後便感覺自己被人一拉，穩穩落在地上。

她看不到周邊，首先聽到人群喧鬧之聲，感受一下地面，是青石板道，應該是在某個城鎮。

謝無霜一直拉著她，等了一會兒，開始有了顏色，她眨了眨眼，看見一條寬闊的長街，旁邊人來人往，小販吆喝著從她身邊穿過。

她仔細看了片刻，發現這是最普通的凡人城鎮，她微微皺起眉頭，心中劃過一絲不祥的預感。

靈虛祕境有五個祕境可以通往靈核，其中最困難、最複雜的祕境，就是度厄境。

這個祕境是根據入境者的記憶編織而成，也就是這裡的一切，都是真實發生過的事情，真假之間，一旦入境者露出任何心境上的破綻，便會立刻沉淪此境，難以離開。

其他祕境大多是刀山火海，屍骨成堆，唯獨度厄境，看上去最為普通美好，卻殺機四伏。

花向晚打量著四周，突然被人拉起手，她嚇了一跳，回頭才看見謝無霜正拉著她的手，低頭給她包紮傷口。

他包紮傷口的手法很乾淨漂亮，神色間沒有半點因為被拖累進入度厄境的不滿。

等包紮好，謝長寂才抬頭，放開她的手，平靜道：「把琴收好，走吧。」

「哦。」花向晚回神，將琴收入乾坤袋，跟在謝無霜身旁。

她打量著周邊，試探著開口：「不知道這是哪一個祕境……」

「度厄境。」謝長寂開口。

花向晚見他清楚，面上有些忐忑：「看來你很熟悉，那你還隨我過來，不怕魑靈丟了？」

其他祕境對於他來說應該沒什麼影響，但度厄境對於他這種入魔之人怕是最難對付的一個祕境。

「無妨。」謝長寂回應。

花向晚見他很有信心，心裡輕鬆不少，但還是有些忐忑地道歉：「方才秦雲裳突然殺過來，我本來就沒她實力強悍，又是法修，她靠近我我真的沒辦法……」

「不是為了那個少主？」謝無霜問得莫名其妙。

花向晚脫口而出：「怎麼可能？」

「嗯，」謝長寂點頭，聲音輕快幾分，「是修文他們沒護好妳。」

「倒不是沈道君的過錯，」花向晚解釋，「秦雲裳實力在西境也是翹楚……」

花向晚沒說完，身後就傳來一聲急呼：「晚道君！」

花向晚和謝長寂聽到這話，同時回頭，便看一個老者急急跑來，喘著粗氣：「可算找到您了，一切準備好，就等您回去了。」

花向晚看著這位老者，覺得有些面熟，謝長寂似乎也在思索，老者轉頭看向謝長寂，面露疑惑：「這是……」

「哦，這位是我的朋友，」花向晚介紹，「謝道君。」

「那正好，」老者看著謝長寂，面露激動，「祭河神還需要一位新郎，我們正在犯愁，不知謝道君可願意同晚道君一起祭河神，然後抓住那隻假扮河神的魊，救回我家仙子？」

聽到「救回仙子」，花向晚終於意識到這是哪段記憶了。

這應當就是當年，她同謝長寂第一次見瑤光的時候。

當年她和謝長寂四處滅殺供奉出來的「魊」，企圖尋找出背後幫助魊靈出世的人。

「魊」為禍四方，自然有其他正道人士斬妖除魔，這位瑤光仙子就是其中之一。

只是她法力不濟，不僅沒有消除這裡供奉的「魊」，還把自己搭了進去，剛好她和謝長寂經過此地，就被瑤光家臣攔下，請求謝長寂幫忙救人。

瑤光出身名劍山莊，與天劍宗乃是世交，此事又與「魊」相關，她和謝長寂自然不會袖手旁觀。

於是他們答應去救瑤光，結果在城裡找了一圈都找不到這隻「魃」，最後找到了供奉之地，才發現這隻「魃」，其實就是現在百姓祭祀的「河神」。

百姓祭祀河神古來有之，一般由當地祭司主持，祭司在當地地位非凡，極有威望，過往一貫以牲口作為祭品，倒也平安無事多年。

然而十年前，當地有一位女子，名為桃夭，她因貌美被祭司之子看上，但她與自己青梅竹馬情投意合，於是拒絕了祭司之子的求婚，等到第二年，祭司便以「河神入夢」為名，指名要她與竹馬作為祭品，鄉鎮族老被祭司收買，便同意將兩人投入江中。

桃夭的哥哥心懷怨憤，到官府告狀，卻被打斷雙腿扔出，至此消失無蹤。

等到第二年，河神在祭祀時現身，欽點了祭司之子投河，隨後祭司全家慘死家中，從此以後，當地每年都需供奉一對青年男女，否則河水便會氾濫成災。

十年過去，當地百姓苦不堪言，花向晚和謝長寂搞清楚來龍去脈，便主動要求成為今年投河之人。

而現下安排一切的人，便是瑤光的家臣，瑤金秋。

花向晚看著瑤金秋，想到後來他們對沈逸塵做過的一切，不由得神色微冷。

此時瑤金秋畢恭畢敬看著謝長寂，謝長寂自然點頭，應聲：「可。」

「好，」瑤金秋舒了口氣，「我這就去安排，兩位先隨我來打扮。」

說著，老者上前領路，花向晚走在謝長寂旁邊，思索著這個祕境該如何破境。

她正想著，旁邊謝長寂便開口：「度厄境對我影響極大，等一會兒妳不要離我太遠，如有任何不對，用清心鈴喚醒我。」

「知道了。」花向晚點頭。

謝長寂看了她一眼，知道她在憂慮祕境之事，淡道：「度厄境只要能按照境中人要求完成任務，就算破境，妳心無雜念，應當無事。」

「對我這麼有信心？」花向晚到沒想到謝無霜對自己的心境這麼信任。

謝長寂沒有多言，兩人挨得極盡，衣袖摩挲間，他問了個無關的問題：「那把琴妳原本是要送誰？」

「這琴是送出去了的，」花向晚嘆了口氣，「只是後來被人退了回來。」

「誰？」謝長寂固執詢問。

花向晚無奈地說出一個名字：「溫少清。」

謝長寂想了想，從記憶中翻找出一個陌生的稱呼：「清樂宮少宮主？」

「不錯，」花向晚說起這個人頗為頭疼，「我之前的未婚夫。」

這話一出，「謝無霜」突然頓住腳步，花向晚詫異回頭，看見謝無霜站在原地，語氣有些涼的反問：「未婚夫？」

一聽謝無霜的語氣，花向晚立刻察覺不對，自己來天劍宗求親，還有個未婚夫，怎麼看怎麼不對。

她趕緊解釋：「退婚了，這把琴就是他退婚時退回來的。」

「退婚了？」謝無霜重複。

花向晚直覺這事兒似乎該解釋，可是她不知道解釋什麼，只能強調：「我絕對沒有腳踏兩條船的意思。」

「為何訂婚？」

「謝無霜」盯著她，花向晚一時有些心虛，下意識遮掩自己和溫少清私下的交情，只道：「合歡宮沒落後，鳴鸞宮一家獨大，魔主為了平衡三宮，就下旨讓我和溫少清定親。」

聽到這個理由，謝無霜氣勢消散許多。

瑤金秋察覺兩人不動，轉頭看過來：「兩位道君？」

「馬上來，」花向晚趕緊應聲，有些不好意思，和他解釋，「合歡宮這些年確實實力不濟，只能用這些法子維持一下生活……」

「不會了。」謝長寂開口，打斷花向晚。

花向晚茫然，就看對方提步往前，聲音平穩：「以後都不用這樣了。」

花向晚一時沒明白他的意思，認真理解了一下，勉強理解，他的意思大約是，和天劍宗聯姻後，天劍宗就能讓合歡宮挺直腰板了？

雖然覺得一個沈修文入主合歡宮估計不會有這個效果，但為了不打擊謝無霜對自己宗門的自信，她還是輕咳了一聲，表示：「多謝。」

兩人說著話，跟著瑤金秋到了一艘船上，瑤金秋帶著他們進入房間，讓侍女抬了兩套喜服進來，隨後安排著之後的事：「兩位先換衣服，等一會兒會我會讓人將船開出城外，兩位道君在船板上等候，我帶人埋伏在暗處，等到河神出現，還請兩位稍安勿躁，跟著他們到達洞穴，找到小姐。」

「我們明白。」花向晚點頭，安撫瑤金秋，「放心，我們一定會找到你們家小姐。」

找到瑤光，殺了河神，度厄境就算是過去了。

雖然她恨不得殺瑤光一千次，但只是個幻境，她犯不著和幻境計較。

如今要趕在秦雲裳等人之前破境，到達靈虛祕境的核心拿到魊靈才是要事。

花向晚從瑤金秋手中拿過喜服，轉頭看向謝無霜，舉了舉喜服：「我去換衣服，你就在外面換吧。」

「嗯。」

得了謝無霜回應，花向晚拿著喜服去了內間，她把喜服換上，又順手把頭髮盤了個簡單的新娘髮髻，將梳妝檯上放著的月季花插在頭上，對著鏡子看了幾眼後，這才走出去。

走出房間，便見謝無霜已經換好衣服，他轉頭看過來，在看到花向晚的瞬間動作微頓，花向晚對他的反應很滿意，抬手轉了個圈：「怎麼樣，是不是不錯？」

她以為謝無霜不會說話，然而未曾想，問完話後，對方竟是認認真真點了頭：「嗯。」

這把花向晚嚇了一跳，好在這時外面傳來瑤金秋的敲門聲：「兩位道君，準備好了嗎？」

「好了，」花向晚一聽這話，趕緊回頭，高高興興開了門，「現下去哪兒？」

瑤金秋看見花向晚，也是一愣，隨後趕緊回神，道了句「冒犯」之後，神情嚴肅：「船要開了，兩位去甲板等候吧。」

兩人由瑤金秋領著上了甲板，然後按著瑤金秋的指揮跪坐到甲板軟墊上，瑤金秋給了花向晚和謝長寂一人一個蓋頭，囑咐著花向晚：「兩位道君，等會兒船出了城，你們就把蓋頭蓋上，等河神帶你們到他的宮殿，確定好位置，就給我們傳信，務必找到我們家小姐再動手。」

「放心。」花向晚應聲，「我們會保護好你家小姐的。」

瑤金秋聞言，連連道謝一番，這才離開。

等瑤金秋離開，甲板上只剩下花向晚和謝長寂兩人，她盤腿坐下來，和謝長寂打著商量：「等一會兒咱們一人一個，瑤光估計在我那邊，你把你那邊那隻魃殺了，再來找我。」

「好。」謝長寂開口。

這時花向晚突然意識到，謝無霜居然從頭到尾沒問過她怎麼知道魃是兩隻？

但想了想，需要兩個人祭祀、又給了他們兩個蓋頭，謝無霜大概也就默認有兩隻魃也不奇怪。

說著，船往城外划去，沿路百姓跪下，高呼著「河神萬福」。

兩人安靜聽著湍急的河水聲，看著船順著城中河道往外划出，出了城後，周邊越發安靜，花向晚算了算時間，自己蓋上蓋頭，催促謝無霜：「你也蓋上吧，一會兒河神就來了。」

謝無霜沒回聲，他轉頭看著花向晚，過了片刻，花向晚感覺自己手中有一個冰涼的東西，她聽謝無霜開口：「一會兒我不在，劍給妳，防身。」

「我不會用劍。」

聞言，花向晚不免笑起來，謝長寂看了她的手一眼，她的手腕很細，握著劍的樣子，彷彿真是一位從未碰過劍的大家閨秀。

他收回目光，只道：「拿著。」

說著，花向晚聽見旁邊傳來衣袖摩擦的聲音，他給自己蓋上了蓋頭。

蓋上蓋頭後，兩人等了一會兒，就感覺船停了下來。

周邊變得異常安靜，過了片刻，似乎有許多人上了甲板。

花向晚用神識探過去，發現都是黑色影子，他們鋪上紅毯，提著紅色燈籠，安安靜靜跪在兩邊，過了許久，有人踩著紅毯來到她身前。

「娘子。」一個溫和的男聲響起，距離太近，為了避免被對方發現，花向晚收起神識，就看對方朝著她伸出蒼白的手：「我帶妳回府。」

他的聲音有些熟悉，花向晚感覺自己聽過，又想不起來。

她不知道是祕境影響，或是其他。

她乖順的將手搭上對方手掌，聽見旁邊也傳來一個女子的聲音：「夫君，我來接你。」

那女子倒是她記憶中桃夭的聲音，溫柔中帶著幾分淒冷。

她和謝長寂一起起身，由眼前穿著喜袍的兩個人領著，一起往前。

前方河流朝著兩側捲湧翻滾，彷彿被劈開兩半，露出水流拼成的臺階，一路往下。

兩個人領著花向晚和謝長寂一路往下，等走到底後，兩人便領著花向晚和謝長寂分開，走向不同房間。

按照花向晚的記憶，瑤光就在這個男人房間裡。

她只要殺了這個男人，救出瑤光，度厄境就算過了，可這麼簡單的嗎？

她心中閃過一絲不安。

男人領著她往前，走進房間，隨後讓她坐下，溫和開口：「妳來的很不容易吧？」

花向晚不敢隨意接話，靜默地坐在原地，感知著周邊。

對方卻馬上察覺了她神識外放，輕聲提醒：「等我掀了蓋頭，妳可以隨意查看四周。我好不容易等到這一天，阿晚，別打擾我。」

聽到這話，花向晚心中咯噔一下，隨後她就見一把玉如意探到她喜帕之下，緩緩挑開喜帕。

隨著這個動作，一股熟悉的、海水混雜著合歡花的香味從不遠處傳來，她忍不住跟著對方的動作抬頭。

紅色喜服，黑色繪金色蓮花面具，他眼中帶著幾分笑，溫柔地看著花向晚。

他身上帶著死氣，只有一點點殘魂留存，花向晚愣愣地看著對方，就聽他笑：「兩百年不見，不認識我了？」

「逸……塵？」花向晚不敢置信。

面前青年緩緩點頭：「當年我一縷殘魂隨著魊靈落入靈虛祕境，在此滋養許久，如今終於有了點樣子。感知到妳入境，我很是歡喜，這兩百年，」對方伸出手，放在花向晚面頰上，「妳好像變了許多。」

是幻境。

花向晚提醒自己，她得殺了他。

殺了他，才能離開度厄境。

可是看著面前的人，感知著那一絲微弱的魂魄氣息，她根本動不了手。

如果是真的……如果是真的呢？

她怎麼可以，怎麼能，親手斬殺沈逸塵的魂魄？

她死死盯著面前的人，呼吸有些急促，沈逸塵溫柔地看著她，突然想起什麼：「哦，我還忘了，這裡還有一個熟人。」

說著，沈逸塵轉頭看向一旁被鎖仙繩吊在半空的瑤光，瑤光周身滴血，沈逸塵目光中帶著冷：「阿晚，我也帶了她一縷魂魄進來。」

花向晚說不出話，沈逸塵一張手，瑤光從上方跌落下來，她跌跌撞撞衝到花向晚面前，跪在地上，死死抓住她的袖子，激動出聲：「晚道君，救我！妳和謝道君一定要救我！」

是瑤光。

花向晚清晰感知到，這不是幻境，就是瑤光的魂魄在這裡！

她沒死嗎？她……她為什麼會死？

花向晚的記憶混亂起來。

「阿晚，」沈逸塵手中不知何時提了刀，輕輕落在瑤光脖頸上，他歪了歪頭，溫和開口，「我殺了她好嗎？」

花向晚不敢回應，她拼命念著清心咒，試圖驅趕沈逸塵的話語。

然而瑤光含著眼淚的眼神盯著她，她感覺渾身雞皮疙瘩都起來了。

她厭惡她，哪怕這麼多年，還是無法克制情緒。

度厄境放大所有感情，無論愛還是恨，任何感情，都會成為度厄境的養料。

沈逸塵靠近她，將刀交在花向晚手中。

「來，」他低下頭，把刀尖抵在自己胸口，「我把刀給妳，殺了我，或者是她。」

說著，沈逸塵的面容變成了她師父、師兄、狐眠……

花向晚的手微微顫抖，就是在這一瞬，瑤光突然暴起，朝著沈逸塵撲了過來！

花向晚沒有任何猶豫，轉身一刀，砍掉了瑤光的頭顱。

鮮血飛濺而出，灑在她臉上，血迷了她的眼，周邊轟隆作響，她隱約聽見謝長寂嘶吼：

「花向晚！」

然而花向晚已經感知不到了，她只聽見野獸的咆哮聲、廝殺聲、風聲，她手中的刀化作一柄斷旗，她回過頭，看向不遠處朝她奔來的人。

謝長寂殺了桃夭便趕了過來，度厄境對他來說幾乎沒有什麼影響，桃夭掀開他蓋頭的瞬間，他便直接割斷了她的脖子。

然而他才到半路，就透過窗戶看見房間裡的花向晚，手裡提著長刀，旁邊站著一個男人，抬手就砍向瑤光！

瑤光倒下那一剎，周邊地動山搖，一路場景變換，等謝長寂衝到花向晚面前時，原本的洞府已經消失不見，取而代之的是一片戰場。

花向晚就站在不遠處，她看著他，目光一片死寂，身後是被大火燒得通紅的合歡宮，腳下滿地屍體和鮮血，城樓上旗幟已斷，唯一一面還扛著的旗幟，就握在花向晚手中。

那面血旗上繪著合歡花，在雨中因過於沉重貼著旗杆垂下。

她提在手中，彷彿劍修握著一把與自己生命相交的長劍。

她被度厄境困住了。

謝長寂有些震驚，花向晚手握清心鈴，慣來心智堅定，按理他才該是最容易被困住的人，怎麼此刻被困住的，居然是花向晚？

謝長寂說不出話，花向晚看著他，不知是看到了誰，她笑起來，聲音很輕：「記好了。」

她抬起宮旗，指著謝長寂，每一個字都彷彿沁了血：「終有一日，我花向晚，要讓你們，血、債、血、償！」

說罷，法陣從花向晚手上驟然綻開，朝著謝長寂就衝了過來！

謝長寂慌忙躲閃而過，剛一落地，又一道法光便隨之而來！

花向晚此刻實力和平時截然不同，一個個法陣精妙無比，完全是化神期巔峰的存在。

如果是謝無霜本人，怕早就已經命喪於此了。

可哪怕是謝長寂，躲閃幾次之後，也覺力竭。

這畢竟是謝無霜的身體，若是使用超越這身體承受範圍的力量，不等和花向晚拼個你死我活，他自己便會先被驅逐出這個身體。

更重要的是，他不可能和花向晚拼個你死我活。

他不能對花向晚動手，而花向晚的打法明顯是透支自己身體狀況的打法。

再繼續下去，花向晚那顆半碎金丹，怕會澈底碎開，再也沒有迴旋餘的地。

「花向晚！」謝長寂一個個清心法訣扔出去，可這些對於花向晚來說似乎沒有任何作用。

她已經被度厄境澈底吞噬，除非她死，不然她就永遠沉淪於度厄境製造的幻境中。

怎麼辦？

謝長寂腦海中劃過無數念頭，如今辦法只有兩個，殺了花向晚出去，或者……直接劈開幻境。

可劈開幻境，絕對不是謝無霜的身體所能承受的力量。

一旦他使用了近乎於自己本體的力量，就將離開謝無霜的身體至少一夜。

而魆靈……能等他一夜嗎？

謝長寂一面躲閃，一面思索，一眼瞥見花向晚體內那顆開始泛紅的金丹。

花向晚等不了他，再過片刻，她的金丹就會澈底碎裂。

謝長寂一咬牙，在花向晚最後一個法陣落下時，一把抓住她的手，快速開口：「用鎖魂燈感應魆靈，去找它！」

說完，謝長寂將花向晚往身後一甩，手中長劍一橫，朝著周遭猛地一劍劈去！

那一劍全是渡劫期的劍意，帶著龍吟之聲，似如大河之水傾貫而下，猛地撞擊在祕境天空之上。

只聽「轟隆」一聲巨響，天空出現裂紋，花向晚動作一頓，她感覺神智慢慢恢復，但不等她澈底搞清楚發生什麼，就聽謝無霜低喝了一聲：「走！」

說著，他一把拽起花向晚，馭劍衝向高處。

周邊搖搖晃晃，天空一片一片裂開，謝長寂拉著花向晚穿梭於跌落的碎石之中。

他一面疾衝，一面囑咐花向晚：「我回來之前不要和任何人交手，只要搞清楚是誰拿到魆靈即可，護好妳自己。」

說著，他從裂開的天空一躍而出，朝著一個光門衝去，剛越過光門，周邊瞬間失重。

花向晚察覺不對，急急掏出一張符紙，用僅存的靈力催動符紙，符紙瞬間變大，將兩人接住，這才慢慢往下飄落。

解決了最大的危機，花向晚鬆了口氣，轉頭去看旁邊的謝無霜。

謝無霜早已暈死過去，正躺在她身邊，抓著她的手腕。

這時她才發現，他靈氣紊亂，氣息微弱，怕是受了重傷。

「謝無霜？」花向晚伸手去拍他的臉：「醒醒？」

對方不說話，已經完全失去意識。

花向晚一時有些不知所措，天空劃過幾道流光，應當是有其他修士破開其他祕境，也進入了靈核。

她必須儘快找個安全的地方安置謝無霜，至於魊靈……

花向晚看了下方密林一眼，想了片刻，追著那些修士趕了過去。

跟著這些人走就是。

第八章 求親

花向晚帶著謝無霜在靈核找著魊靈時，同一時間，天劍宗死生之界，盤腿在冰原上打坐的青年猛地嘔出一口血來。

坐在一旁高高興興烤著雞的昆虛子嚇了一跳，見青年醒過來，拋了烤雞趕緊上前：「你怎麼樣？拿到魊靈了？」

「我無礙，尚未見到魊靈。」謝長寂咽下唇齒間的血氣，回答了昆虛子的問題。

昆虛子聞言詫異：「那你怎麼回來了？」

「我把靈虛祕境劈了。」

這話把昆虛子驚住了。

如果謝長寂用的是自己的身體，劈一個祕境自然不在話下。可他用的是謝無霜的身體……

「無霜還好吧？」昆虛子反應過來，趕忙詢問。

謝長寂搖頭：「他的身體無法承載我的劍意排斥我，我怕傷及他的識海筋脈先退了出來，但我留了留影珠，等一會兒就回去。」

「留了留影珠有什麼用？」昆虛子皺眉，「無霜都昏過去了！」

一個身體無法承載兩個魂魄，他進入謝無霜身體時，謝無霜的魂魄便長久沉眠，若謝無霜魂魄甦醒，他不可能隔著千里距離再輕易進去。

所以哪怕他退出謝無霜身體，謝無霜依舊要保持昏迷狀態。

「我讓人帶著他去追魆靈。」謝長寂開口解釋。

昆虛子聽到這話，放心了幾分。

此去弟子眾多，謝長寂應當不是一個人進入靈虛祕境，有其他人看著，倒還算好。

就算沒搶到魆靈，至少也知道是誰拿走的。

魆靈上有問心劍和鎖魂燈兩層封印，沒有那麼容易被破開，知道是誰拿到，及時搶回來，也不是不可以。

他點了點頭，平和道：「那你好生休養，趕緊回去。」

「嗯。」謝長寂應聲，隨後閉上眼睛開始打坐休養。

謝長寂休養半夜，感知到謝無霜身體恢復了幾分，他便立刻回到謝無霜身體中。

他剛進入謝無霜身體，就有暖意從周遭傳來，周邊是淅淅瀝瀝的雨聲，似乎離他不遠。

他迷迷糊糊睜眼，發現自己似乎在一個山洞裡，轉頭便見花向晚坐在火堆旁邊，正撐著下巴淺眠。

他身上披著一張白色毯子，上面繡著合歡花，帶著女子特有的清香，縈繞在鼻尖。

這香味讓他恍惚片刻，隨後猛地反應過來。

沒有感應！

按理他已經進入靈虛祕境核心處，魃靈就在此處，他應該可以感應到問心劍存在，可他卻沒有半點感應！

察覺這一點，謝長寂立刻掀開毯子，朝著山洞外疾步走去。

花向晚被聲音驚動，抬眼一看，就見「謝無霜」正著急往外走。

花向晚知道他著急什麼，趕緊上前：「你別急啊，魃靈已經沒了，你慢慢的。」

聽到這話，謝長寂頓住步子，轉身看向花向晚，重複了一遍：「魃靈，沒了？」

花向晚有些心虛，但她還是硬撐著頭皮解釋：「這次祕境進來的修士太多了，我趕到魃靈所在之處時，他們打得厲害，我就躲在旁邊看，等他們打了半天，最後打開了存放魃靈的靈核，然後所有人看見魃靈不見，搜索一番就走了。」

謝長寂沒說話，他定定看著花向晚，花向晚想了想，趕緊拿出留影珠：「哦，情況我都記下來了，你自己看。」

說著，花向晚就把留影珠拋了過去，謝長寂抬手一把握住留影珠，閉眼將靈力灌入留影珠內，畫面便展示在眼前。

花向晚不是從頭開始記錄的，而是差不多到了魃靈所在之處，那是一顆參天大樹，許多修士在樹下廝殺。

謝長寂略略一看，發現這些修士都是西境的人，和之前截殺他的人同屬一波。

這些人廝殺了一會兒，其中一個往前一撲，一道法印落到樹幹上，古樹為之一震，隨後樹幹彷彿一道大門，緩緩相兩側打開。

打開之後，裡面是一片草長鶯飛的花園，花園中心是一個蓮花石臺，石臺上還殘留著魊靈的氣息，應當是原本存放魊靈之處，然而此刻石臺空空如也，已經什麼都沒了。

所有人看見這個場景愣了片刻，有人驚呼出聲：「魊靈呢？」

得了這話，大家不再動手，紛紛衝進樹幹之中，四處搜尋了一番，確認沒有魊靈的蹤跡後，隨即似乎感知到一股靈力壓下來，迅速離開。

而花向晚的記錄就到這裡，花向晚抓了抓頭，有幾分不好意思：「秦雲裳帶了鳴鸞和清樂宮的人過來，我沒把握能在她眼皮子底下藏身，就先走了。」

謝長寂收起留影珠，沒有多說，他轉頭往外，冷著聲：「帶路。」

花向晚不敢多話，趕緊上前，她身上還帶著傷，便將坐騎叫出來，翻身上了白虎，轉頭朝「謝無霜」伸出手：「你身上還有傷，我帶你。」

「不必。」謝長寂果斷拒絕，馭劍而起：「走吧。」

花向晚看他這守身如玉的樣子，也不勉強，騎著白虎衝進密林。

魊靈存放之處離這裡不遠，兩人很快就到了，謝長寂落到地面，掃了已經打得一片狼藉的地方一眼，根據留下的招式痕跡和靈息辨認出來過多少人。

看完外面，他走進樹幹，來到蓮花靈臺。

蓮花靈臺上留了無數指印靈息，已經無法辨認最開始來的人是誰。他看著靈臺，將自己的留影珠取出來，快速觀看了一遍。

他這邊的留影珠是從一開始就記錄下來，倒和花向晚所說無二，但是……

謝長寂看著留影珠中，花向晚一直緊跟著幾個修士，不斷感知靈力波動去判斷方位，以及最後到達魊靈所在之處的時間，他不由得皺起眉頭。

「為何來得這麼慢？」他轉過頭，看向花向晚。

她是鎖魂燈的主人，按理來到靈虛幻境核心區域，應該可以感應到鎖魂燈的存在，如果願意，她應該是最快到達靈核的人。

此地距離他們落下的位置不遠，花向晚繞了好久才來，彷彿沒有任何感知。

花向晚被他問得茫然，迷茫地看著他：「我……我也是跟著人過來，我又不知道魊靈在哪兒……」

「妳怎麼會不知道？」聽到這話，謝長寂心上一跳，他帶著幾分不安，上前一步，一把抓住她的手腕，急急出聲：「妳感應不到？」

這話把花向晚問得心慌，她面露震驚茫然：「我為什麼能感應得到魊靈？」

謝長寂沒說話，他死死盯著她，花向晚的心也跳得飛快。

他知道什麼？他為什麼會知道她本可以感應魊靈？

兩人僵持著，好久，謝長寂沙啞開口：「花向晚，妳不要騙我。」

「我可以向天道立誓，」花向晚抬起另一隻手，說得認真，「我感應不到魊靈。」

她感應不到……怎麼可能感應不到……

他抓著她的手發著顫，他有諸多想問，可是他知道，他不能再問了。

她騙他，她肯定是在騙他。

明明她和晚晚那麼相像，她在那個夢中的動作、說話腔調，她最後落入冰面時帶著幾分笑的眼神。

她握劍偏上，她行針時會微翹小指，她知道他能解萬殊咒，她會偷偷打聽那個再死生之界多年的謝長寂。

她怎麼會感應不到鎖魂燈？

可為什麼……她要騙人呢？她怎麼可以騙人呢？

謝長寂盯著花向晚，地面顫動，花向晚察覺旁邊情況不對，試圖安撫「謝無霜」的情緒：「謝道君，祕境好像有些不穩，我們先出去吧。」

「跟我回去。」謝長寂冷聲開口。

花向晚茫然：「去哪裡？」

「天劍宗，」他嘴角有血流出來，咬牙開口，「死生之界。」

說著，地面亮起法光，花向晚有些震驚。

天劍宗距離西峰林近千里，哪裡是說去就去？除非是渡劫大能縮地成寸，瞬息千里，此刻他們……

花向晚還沒想完，一股巨大吸力突然從地面傳來，謝無霜抓著她的手一齊落下，她驚呼出聲，等反應過來，已經落在一條小路上。

謝長寂抓著她，往前方急急走去。

花向晚一個踉蹌，等帶著桃花香的清風鑽入鼻尖，她終於清醒，抬頭一望，看見滿山桃花灼灼，她不由得睜大眼。

天劍宗，居然真的是天劍宗！

謝無霜是什麼怪物，居然能把她瞬息帶到天劍宗？

「放手！」反應過來發生什麼，想到謝無霜方才那句「死生之界」，花向晚瞬間心慌起來，她拼了命掙扎，激動開口：「謝無霜你放開我！」

謝長寂不理會，拉著她往前，花向晚伸手去掏靈氣珠，然而她的靈氣珠在祕境用完了，沒有靈力維繫，此刻她與凡人沒多大差別，只能對著謝無霜拳打腳踢：「謝無霜你瘋了，你要做什麼，你放開我！」

謝長寂不聽，兩人攀上小道臺階，死生之界寒意撲面而來，花向晚越來越慌。

要到死生之界，不就要見到謝長寂？

謝長寂會不會認出她，如果認出她，謝長寂會不會強行留下她？

她越發害怕，好在沒走兩步，謝無霜就停住步子。

花向晚趕緊抬頭，便看見昆虛子帶著一個弟子站在高處臺階，手持拂塵，皺眉看著謝無霜。

「你這是做什麼？」昆虛子開口，聲音中帶著幾分冷。

謝長寂不說話，他捏著花向晚的手，昆虛子目光落在謝長寂的手上，拂塵一抬，狠狠抽在謝長寂手上。

尖銳的疼瞬間竄上謝長寂手上，昆虛子冷聲：「放手。」

「我要帶她，」血從手背上落下，謝長寂沙啞出聲，「進死生之界。」

「死生之界乃天劍宗禁地，你憑什麼帶她進？」

「對啊對啊，」花向晚一聽這話，趕緊點頭，「我不配，我這就走。」

謝長寂沒說話，他死死抓著花向晚的手，低頭緩緩跪在地上，又重複了一遍：「我要帶她，進死生之界。」

「放肆！」昆虛子厲喝：「魃靈已失，你還要胡鬧嗎？」

這話讓謝長寂動作一僵，過了許久，他終於緩緩放手。

花向晚側目看他，見他愣愣地跪在地面，突然有幾分不忍，「其實這事……」

「這位姑娘，」昆虛子轉頭看向花向晚，「妳先去休息吧，此乃天劍宗內務。鳴松，」昆虛子看了身後弟子一眼，「帶姑娘下去。」

聽到這個警告，花向晚也不好多說，她看了謝無霜一眼，終於還是轉頭離開。

長道上只剩下謝長寂和昆虛子，昆虛子低頭看著他：「你帶她進死生之界做什麼？」

「我想……試劍。」

她與他結的是雙修血契，問心劍能感應她，不會排斥。

如果她能拔出問心劍，那她必然是晚晚。

聽了他的打算，昆虛子瞬間明白過來。

他之前就問過有關於晚晚的事，如今這姑娘……

他語氣稍軟，肯定開口：「她感應不到鎖魂燈。」

謝長寂低頭，氣息微顫：「她在騙我。」

「為何不是你自己騙自己呢？」

這話出來，謝長寂愣住，他仰起頭，面上露出幾分茫然。

昆虛子嘆了口氣，抬手一招，一道符印從謝長寂手上飛起，停在半空。

「你知道這是什麼嗎？」昆虛子指著那泛著薄光的符印。

謝長寂看著它，乾澀開口：「入夢印。」

「不只。」昆虛子搖頭，抬手一點，符印從中間拆分開來，化作兩道符印，「這是兩道符印，一道是入夢印不錯，可另一道，卻是惑心印。它能悄無聲息攪亂你的心智，讓你將施咒者和你心中掛念之人混淆。施咒者乃頂尖高手，將兩印合二為一，哪怕是你，不精於此道，也很難發現。」

謝長寂愣愣地看著法印，昆虛子神色中帶著幾分憐憫：「之前我尚未察覺，方才我仔細檢查你周身才發現這道法印，你既發現它是入夢印，卻遲遲不肯消除，是在等那姑娘再次入夢吧？可長寂你想想，你所謂的認出她，到底是有鐵證，還是憑著你所猜測的蛛絲馬跡？」

「到底是她真的活著，還是你希望她活著？」

這話問得他心頭一顫。

夢境相見他便覺得她是晚晚；知道她的口味與晚晚截然相反，結果又吃完了所有菜，他覺得是她故意遮掩；看見她握劍的姿勢，他便篤定；等她說起萬殊咒，問起死生之界的他，一起進入他的記憶構建的幻境沒有半點疑惑……

他便堅信，她就是晚晚，為他而來。

可這一切，都是他覺得。

他覺得，就當真能證明一個人是另一個人嗎？

謝長寂跪在地上，愣愣地看著地面。

看他的樣子，昆虛子嘆了口氣：「無霜的身體需要休息，你神魂也不穩，先回死生之界閉關休養，把惑心印對你造成的影響解除。餘下的事，」昆虛子走下臺階，與他擦身而過，「宗門來處理吧。」

謝長寂和昆虛子說話時，花向晚被那位叫鳴松的弟子領到客房。

坐下來剛喝了口茶，她就看見昆虛子走了進來。

花向晚一見昆虛子，立刻起身，恭敬行禮：「前輩。」

「姑娘不必多禮，」昆虛子虛扶她一把，自我介紹，「我乃天劍宗第二峰峰主昆虛子，不知姑娘何門何派，怎的會被無霜帶到這裡來？」

「晚輩合歡宮少宮主花向晚，」花向晚報了家門，「方才與謝道君一起在靈虛祕境遇險，謝道君也不知是怎麼回事，就把我帶到這裡來。不知謝道君現下如何？」

「他受了傷，」昆虛子走進屋來，招呼著花向晚坐下，解釋著道：「現下已經去尋他師父療傷，等他傷勢痊癒，我讓她過來給少主賠罪。」

聽到「他師父」，花向晚心上一跳，但隨即念及謝長寂不可能出死生之界，便放下心來。

她心思轉了一圈，昆虛子打量著她：「這一路怕是十分艱險，少主不如和我說說，你們是怎麼過來的？」

花向晚聞言，便知昆虛子是來找她打探消息，她也不藏著，將情況大致說了一遍，只是隱去了前面合歡宮設伏入夢的環節，問題全推在鳴鸞宮身上，打造出一副清清白白無辜被牽連的好宗門形象。

昆虛子聽著，又詳細問了幾遍靈虛幻境的事。

等聽完花向晚的描述，昆虛子點頭：「他帶妳回來，手中沒有魊靈，我便知道是出了事。

只是這一路牽連少主，著實過意不去。」

「無妨。」花向晚搖頭：「此次我本就是專程來向天劍宗表達誠意，想與天劍宗共結秦晉之好，能幫忙是最好的，可惜最後還是讓魊靈被賊人拿走……」

「這也不是花少主的錯，少主不必自責。」昆虛子安慰花向晚。

花向晚嘆了口氣：「怎能不自責呢？我答應謝道君幫他，他也代表了天劍宗答應我願與合歡宮聯姻，如今沒能做好分內之事，我心中十分愧疚。」

這話說得委婉，但很清楚，昆虛子端起茶，輕抿一口：「少主的意思，就是我天劍宗與合歡宮聯姻一事，已算是定下了？」

「當時謝道君受清樂宮伏擊，以此為條件，請合歡宮幫忙。合歡宮畢竟出自西境，為天劍宗同西境宗門動手，這代價不小，」花向晚笑起來，語氣帶著幾分逼問，「昆長老，想必天劍宗不會出爾反爾吧？」

「這是自然，」昆虛子笑了笑，「不過，應下此事之前，我得問問花少主，無霜身上的惑心印，是誰下的？」

「自然是我。」花向晚動作一頓，隨即大大方方笑起來，「蘇掌門曾親自說過，只要有弟子願與我回到西境，便答應婚事。所以當時我犯了糊塗，想引誘謝道君，好在謝道君心智堅韌，並未受我所惑，如今答應與合歡宮聯姻，乃危機之下，逼不得已所做的交易。想必，我下惑心印，不會影響我與天劍宗的親事吧？」

「花少主倒是坦蕩，」昆虛子聽著這個解釋，故作遲疑，「但婚姻一事事關重大，我還是稟告掌門，問詢宗內弟子……」

「此事昆長老不必著急給我答覆，」花向晚打斷昆虛子的話，低頭拿著碗蓋撥弄茶碗中的浮葉，聲音很輕：「您可以慢慢商量，我等得起，不過，就不知道魊靈能不能等了。」

昆虛子聞言皺起眉頭，花向晚提醒昆虛子：「靈虛祕境內幾乎都是西境之人，魊靈現下最有可能去往的方向就是西境。若天劍宗想查，得儘快。」

這話讓昆虛子猛地反應過來，花向晚見他醒悟，抬頭笑起來，又補充道：「當然，雲萊的人想進入西境做事……沒個理由，魔主怕是不同意。」

有什麼理由，能比與花向晚成親更正當？

若不與花向晚成親，怕是不必魔主出手，以合歡宮在西境的地位，哪怕沒落了，卡住天劍宗入境，卻還是不難的。

說到這裡，昆虛子聽明白。

花向晚就是蜜棗加大棍，現下與花向晚成親，倒不是合歡宮單方面求著他們，而是他們對合歡宮也有所求了。

昆虛子不說話，權衡利弊想了半天，終於開口：「花少主如何證明，魊靈不是妳拿走的？」

這話在花向晚意料之內，她大大方方：「若是我拿的，天劍宗不更該派人與我成親雙修，到我識海一觀?」

魃靈最終都要在人的識海處扎根，雙修之術必然窺探識海，若魃靈在花向晚手中，她現下要做的就是趕緊跑路，而不是上天劍宗求親。

只是這話太過不羈，饒是昆虛子都被堵得說不出話來。

花向晚見昆虛子還不滿意，又轉頭看向死生之界，抬手一指：「更何況，若魃靈真在我這兒，問心劍早就劈下來了吧?」

魃靈乃問心劍和鎖魂燈聯手封印，若魃靈在花向晚身上，方才在死生之界門口，問心劍就應該有所感應。

這話昆虛子放心許多，他左思右想，只道：「少主稍等，我與掌門商量一下。」

說著，昆虛子便起身往外走，花向晚在房中坐著喝茶，沒一會兒，昆虛子便折轉回來，看著花向晚，神色頗為嚴肅：「不知花少主可有看中的弟子?」

「有。」

「謝無霜?」昆虛子有些擔憂，花向晚展眉一笑。

「不，」她開口，十分篤定，「沈修文。」

這話在昆虛子意料之外，他愣了片刻，隨後神情舒展開來：「那我去問問修文的意見，只要修文同意，天劍宗這就準備成婚事宜。修文他們如今還在西峰山，快則兩日，慢則三日，便會抵達天劍宗，我們可將婚禮準備在第四日，成婚後，勞煩少主與修文即刻出發。」

趕這麼急，自然是為了魃靈。

如果不是為了敷衍魔主，看上去合情合理，天劍宗或許連成婚都要省了。

不過花向晚求之不得，她笑了笑，點頭道：「再好不過。」

「那老朽先……」

「等等，」花向晚見昆虛子想走，突然想起什麼，連忙叫住昆虛子，「我有幾個問題，還想問問長老。」

「少主請問。」

「不知長老可知，為何謝道君一口咬定我能感應魃靈，又為何非要帶我上死生之界？」

這話出來，昆虛子有些猶豫，花向晚盯著昆虛子：「昆長老？」

「此事，是我們的錯，」昆虛子嘆了口氣，「當年有一位女子，自西境而來，在兩百年前死生之界破界之時，祭出名為『鎖魂燈』的寶物，與我宗問心劍一起封印了魃靈。我宗查探多年，發現這個寶物，很可能屬於合歡宮。」

「所以，你們以為我是合歡宮少主，又在此時過來，是為了魃靈而來？」

「不錯，」昆虛子點頭，「若鎖魂燈屬於合歡宮，想必少主一定有控制鎖魂燈的辦法。所以一開始無霜便確信少主能找到魃靈，結果魃靈失蹤，無霜情緒不穩，便當少主是在哄騙他，想帶少主到死生之界，由清衡上君做決斷。」

聽到這個解釋，花向晚有種劫後餘生的慶幸。

還好昆虛子來得及時，她不用見謝長寂。

「抱歉，我不是鎖魂燈主人，感知不了鎖魂燈的存在。」花向晚故作歉意，問出最後一個問題：「那我最後一個疑惑，謝道君實力如此強橫，元嬰之軀也能劍劈祕境，瞬息之間至千里之外，也是宗門幫忙嗎？」

「問心劍實力本就不可以修為推測，」昆虛子面不改色撒謊，「無霜乃我問心劍青年一代翹楚，若是拼盡全力，這點事，倒是可以做到。」

花向晚聞言，想到當年的謝長寂，勉強接受下來，點了點頭：「多謝長老解惑。」

「若無事，」昆虛子輕聲，「老朽還需再見掌門，這就告辭。」

「昆長老慢行。」

送走昆虛子，花向晚吃了些藥，緩了緩之後，便聯繫上靈北，確認靈北那邊無事，會和沈修文一起出發回天劍宗後，她澈底放下心來。

「哦，還有，」靈北交代完行程，帶著幾分笑，「方才天劍宗好像聯繫了沈道君，我見他紅著臉，回來神情不太自在，便多問了一句。看來少主是已經把親事同天劍宗定下了？」

「說是晚上給我答覆，但估計八九不離十。」花向晚懶洋洋開口：「等你們回來，喝我喜酒就是了。」

「那太好了，」靈北語氣輕鬆幾分，「我在這裡提前恭賀少主，新婚大喜。」

花向晚笑起來，和靈北聊了一下之後的安排，沒多久便覺疲憊，自己吃了點藥，躺回床上休息。

她在度厄境識海受到很大損傷，本來沒想要傷這麼重……

她渾渾噩噩想著，旁邊突然傳來飛鳥振翅之聲，花向晚起身轉過頭，就見一隻烏鴉落在窗臺上。

烏鴉一到屋中，整個屋子便設下了結界。

牠站在窗臺歪了歪頭，眼睛咕溜溜轉，張口說出的卻是人言：「妳怎麼突然到了天劍宗？害我用了兩個傳送陣來追。」

「知道這是天劍宗還敢在這裡說廢話。」花向晚站起來，走到窗邊，低頭看著烏鴉，壓低聲，「要是有人發現了，我立刻把妳賣了。」

「東西到手了？」烏鴉知道她是嫌她話多，直奔主題。

花向晚點頭：「拿到了。」

「和天劍宗的婚事呢？」

「定下了。」

「那我可真得恭喜少主，」烏鴉聲音裡帶了酸，「萬事順意，滿載而歸。不過，謝無霜怎麼辦？」

說著，烏鴉跳進屋子，帶著幾分笑：「用完了就扔？這不是妳的作風啊。」

「昆虛子已經發現了惑心印，」花向晚抬手關上窗戶，聲音很淡，「等他知道自己的情緒都是被惑心印操控，自然會冷靜下來。此事看不出痕跡，他們只會以為我是為了聯姻下咒，而謝無霜被惑心印迷惑救我，天劍宗不會太苛責他。」

所有人事都安排好，可以說是如眾人期望而至，因果全消而歸。

「當初妳在他身上下惑心印就是為了今日？」烏鴉好奇。

花向晚淡淡掃過去：「妳來就是為了說這些？」

「倒也不是，」烏鴉嘆了口氣，「就是看謝無霜那一劍有點太狠，擔心妳這邊出事。」

「我無妨，現下只擔心一件事。」花向晚摩挲著手指，眼神微冷：「謝無霜在祕境中看見我的記憶，要是他告知謝長寂，我怕把謝長寂招惹過來。」

「這麼怕他？」

「他是問心劍主，對這東西比常人敏銳太多，」花向晚提醒，「稍有不慎，我們都得死。」

烏鴉不再說話，想了片刻，只道：「那妳去把謝無霜的記憶抹了？」

「入夢印他還留著，倒也不是不可以。可我還擔心……」

話到一半，她停下來，阻止了這個不太可能的猜想。

「罷了，」她覺得自己有幾分可笑，「不會是他。」

說著，花向晚的語氣恢復之前的冷靜：「離開雲萊之前，若謝無霜沒有找我，我就用入夢印找他，在夢中把那段記憶消了。」

「也行，妳神魂休養兩日，免得到時候施咒法力不濟，反被人發現了。」烏鴉在桌上跳來跳去，突然想起什麼，狐疑地轉頭看向花向晚：「話說妳剛才猜謝無霜不會是誰？」

花向晚知道烏鴉心裡有了人選，便直白告訴她：「謝長寂。」

烏鴉腳下一個踉蹌，差點摔下桌。

「妳可別嚇我，」烏鴉站穩了鳥身，忙道，「妳怎麼確認不是的？」

「若是謝長寂，」花向晚看向窗外，說得十分肯定，「不可能中惑心印。」

惑心印首先要心中有人，而謝長寂，心中只有道。

唯有一心向道，問心劍，才可修至渡劫。

而且……

花向晚想起記憶中那個看上去冷漠，眼底卻帶著幾分溫柔的少年。

那不是謝無霜的性子。

他與謝無霜比，對蒼生溫柔太多，對愛人，絕情太多。

聽著花向晚的話，烏鴉舒了口氣，點頭道：「好罷，看妳沒事我就放心了。天劍宗不宜久留，妳趕緊成親，把謝無霜的記憶處理了，我先回西境等妳。」

「去吧。」

花向晚揮揮手，烏鴉振翅飛出去。

等烏鴉飛走，花向晚坐到桌邊，想到今日死生之界撲面而來的風雪，她端起冷茶，想了想，低笑一聲，朝著死生之界方向遙遙舉杯，將冷茶一飲而盡，起身回了床上。

在天劍宗等了兩日，花向晚拜見了蘇洛鳴掌門和各峰峰主，將婚事流程大致確定下來。

等天劍宗掛滿紅綢，貼滿喜字，滿山喜氣洋洋時，沈修文終於領著合歡宮眾人趕到了。

此時距離成婚僅剩一日，花向晚和沈修文沒有見面，只見了合歡宮的人，讓他們稍作休息之後，便同他們商議起明日成婚流程。

「流程在路上天劍宗已與我核對過，」靈北同花向晚稟報，「少主安心成婚，其餘事物由我們來便可。」

花向晚聞言點頭，她看了周遭一圈，只道：「那大家休息一會兒，我們便下山，靈北留在天劍宗，有事與我商量。」

按照天劍宗的規矩，弟子需將新娘從娘家迎親到天劍宗。如今合歡宮相隔太遠，所以天劍宗和花向晚商議，提前一日在山下四合院住下，第二日由沈修文迎親上山，在天劍宗拜堂簽下婚書，再入新房。

等禮成之後，隔日他們便可出發，直接趕往西境。

這個流程花向晚覺得繁瑣，畢竟合歡宮還有一個正式的婚宴，但想到天劍宗本來就規矩繁多，能簡化成這樣已很不容易，便隨他們去了。

眾人趕了一路，也覺疲憊，調息打坐休息了一會兒，等到黃昏時分，便抬著明日婚禮需要的東西，同花向晚一起下山。

合歡宮人數眾多，加上天劍宗的弟子，隊伍浩浩蕩蕩。

下山之時，花向晚坐在轎子裡，看著滿山桃花都被掛上紅綢，忍不住仰頭看了死生之界一眼。

死生之界在天劍宗最高處，冰雪覆蓋，與此處滿山花開格格不入。

合歡宮弟子大聲和江憶然等人打著招呼，他們嗓門大，一時讓天劍宗顯得異常熱鬧。

這種熱鬧落到死生之界，彷彿被放大了數倍。

謝長寂似乎被聲音打擾，他眼睛動了動，好久，慢慢睜開。

他周身被冰雪所覆，眼前是一道入夢印和一道惑心印浮在空中，環繞著緩慢旋轉。

睜眼時，堆積在睫毛上的雪花落下，他茫然抬頭，就看整個天劍宗紅燦燦一片，似乎在迎接什麼盛大的喜事。

他靜靜看了一會兒，身後傳來腳步聲，昆虛子的聲音響起來：「我感知你醒了，現下如何？神魂應該穩定許多了吧？」

謝長寂不說話，他看著山下，好久，才低聲詢問：「他們在做什麼？」

昆虛子沉默，片刻後，他緩慢出聲：「花少主明日成婚。」

謝長寂一愣，昆虛子補充：「花少主自己求了沈修文，修文答應了，兩人兩情相悅，宗門也應允下來。今日花少主下山等著，明日修文下山迎親。」

謝長寂似是呆愣，他看著地上白雪，始終不言。

昆虛子見氣氛尷尬，他輕咳一聲，故作玩笑：「惑心印的效果應該祛除了吧？現下感覺怎麼樣？明日他們喜酒，是無霜……」

「帶她來死生之界。」謝長寂終於開口，打斷昆虛子，卻是這麼一句。

昆虛子忍耐片刻，皺眉提醒：「長寂，她不是晚晚。」

「那就帶她來死生之界。」謝長寂固執開口：「讓問心劍試一次。」

「可……」

「如果是呢？」謝長寂抬起頭，看向昆虛子，再問了一遍，「如果呢？」

昆虛子說不出話，他看著面前這個一手養大的青年。

他從沒露出過這樣的表情，他一貫克製冷情，可此刻他看著自己，哪怕已經竭力掩飾，卻仍舊不難看出，他已走到極處。

昆虛子不忍多看，他扭過頭去，低聲開口：「她若不是晚晚，你暴露身分，讓他人知道你現在的情況太過危險。」

「我……」

「你用入夢印過去，」昆虛子應下來，語速極快，「以謝無霜的身分找她，把問心劍幻化成一把普通劍的模樣，你想試，就試最後一次。」

聽到這話，謝長寂放鬆下來，「謝師叔。」

「等回來以後！」昆虛子加強的語氣，「便不要再想了！」

說著，昆虛子抬手一指，懸在空中的入夢印便落在謝長寂身上。

「等她入睡，你便自行入夢。我……」昆虛子遲疑片刻，終於還是放軟了語氣：「我幫你看著，有什麼不對，我護你神魂出來。」

「好。」

得了這話，昆虛子也無話好說，兩人待在死生之界，安靜著等了許久。

等天澈底黑下來，謝長寂手上入夢印泛紅，他低下頭，輕聲開口：「她睡下了。」

說著，問心劍從高處落下，橫在他雙膝之上。

過了片刻，問心劍化作一把再普通不過的長劍。

昆虛子提醒他：「入夢吧。」

謝長寂閉上眼睛，催動法咒，沒一會兒，他眼前暗下去。

他行走在一片黑暗中，過了許久，周邊有光線落下來，光線構建成周邊場景，他眼睛逐漸適應光亮，聽到周邊喧鬧之聲。

他回頭四望，周邊人來人往，滿街花燈懸掛。

然後隔著人山人海，在燈火闌珊之間，看見遠處站在花燈攤前的花向晚。

她仰頭看著花燈，似在挑選，過了好久，她似是察覺到他的目光，轉過頭來。

隔著人群，她看見那白衣提劍、白綾覆眼的青年。

愣了片刻，她緩緩笑起來。

「謝道君？」她開口，謝長寂不言。

花向晚想了想，轉頭從旁邊取了一盞白兔宮燈，提著燈逆著人流走到他面前。

「夜臥遙聽花滿山，緣是仙君入夢來。」花向晚笑著，將宮燈遞給謝長寂：「既然來我夢中，便贈道君一盞花燈吧。」

第九章　破心轉道

「謝無霜」用入夢印的時候，花向晚便有了感知。

那畢竟是她的東西，她熟悉程度遠勝於這些劍修。

本來就打算如果謝無霜自己不來，她便親自去找他，如今他來了，那正好。

於是花向晚搭建了一個花燈節的夢境，在人來人往中等著他。

這是她很喜歡的夢境場景，想著這些問心劍自幼修行，大多對人世有一些美好嚮往，這樣熱鬧的場景，他應當喜歡。

她提著花燈過去，謝長寂握著偽裝過的問心劍，垂眸看向花向晚手中花燈。

花向晚笑起來：「接著呀。」

聽到這聲催促，謝長寂終於抬手，遲疑著接過花燈。

「既然來了，」花向晚背對著他，走在長街上，「一起逛逛街吧。」

謝長寂不說話，花向晚領著他走在人來人往的路上。

其實他該直接把劍給她，試過劍，是與不是，都結束這個夢境。

可是看著女子的背影，他一時竟開不了口，只是提著燈，默默跟隨在她身後。

她的夢境很熱鬧，各種雜耍鬥詩，花向晚一路走一路看，走到最後，兩人來到一條小河邊。

此處幽靜，河岸對面是正街，熱鬧非凡，花向晚似是累了，她坐到石墩上，望著對面花燈長街，溫和詢問：「謝道君入夢，想必是有什麼事吧？」

謝長寂沒回答，他有些不想太早回答。

花向晚見他不言，想了想：「莫不是來同我道別？」

對方也不回聲。

花向晚嘆了口氣：「也是，等我與沈修文成婚，回了西境，你我大約不會再見了。之前說幫你用清心鈴穩定心智，你不要，現下也沒機會了。」

說著，花向晚帶著幾分擔心：「不過你入魔這事兒，你師父知道嗎？」

聽見花向晚提起自己，謝長寂終於側目看過來，花向晚見他神色坦然，便點了點頭：「應當不知道的，若知道不會不管你……」

「他管不了。」

「謝無霜」終於開口，音調很淡。

花向晚輕笑：「還有清衡上君管不了的事兒？」

謝長寂沒應聲，花向晚察覺這話似乎有些陰陽怪氣，正打算道歉，就聽他開口：「他也是人。」

「問心劍修至渡劫大圓滿，」花向晚轉頭看向河水，帶著幾分嘆息，「他便不是人，是天道了。」

「沒有人，」謝長寂在這件事上異常固執，「能成為天道。」

兩人靜默下來，花向晚笑笑：「也是，你應當比我更熟悉你師父，反正我也沒見過他，都是聽說。」

「沒見過，」謝長寂重複了一遍，平靜地看著她，「當真沒見過嗎？」

「我應當見過嗎？」花向晚反問，謝長寂不言，花向晚想了想：「我是不是還應當會許多事？」

謝長寂聽她這麼問，便明白她已知自己來意。

他看著她的眼睛，再問了一遍：「妳真的不會用劍？」

花向晚笑了笑，她伸出手，溫和開口：「道君可否將劍借我一用？」

謝長寂沒說話，花向晚當他默認應允，伸出手去，握住他手中長劍劍柄。

就在花向晚想要拔劍的剎那，謝長寂突然用花燈一壓，便攔住她拔劍動作。

謝長寂壓著她的手微微發顫，花向晚抬眸：「謝道君？」

該有個結果。

謝長寂明白，他艱難抬頭，看向花向晚的眼睛，好久，才在對方疑問的眼神中，艱難地放開攔著她的手。

花向晚握著劍柄，用力拔了一下。

劍紋絲未動，她愣了愣，疑惑抬頭：「這是你的本命劍？」

劍修的本命劍，只有本人和結了血契的道侶能拔出。

之前謝無霜拿的不是這把，沒想到這把才是本命劍？

謝長寂沒有出聲，他靜靜看著花向晚放在劍柄上的手。

花向晚一時有些尷尬，她訕訕放開劍柄，道歉：「抱歉，我沒想到你帶本命劍來夢裡，我就是想讓你看看，我是沒法用劍的。」

謝長寂沒回應，他愣愣地看著被花向晚握過的劍柄，勉力聽懂她的話。

他艱難抬頭，看見花向晚起身，從旁邊隨便撿了一根掉在地上的棍子，在手中挽了個劍花。

劍花很好看，但只要是學劍的人就能看出這劍風生澀，握劍沒有半點力度，完全是個花架子。

「我年少時也想跟著師父學劍，但我於劍道一途沒有天賦，就學了個空架子，後來手上受傷，更是澈底放棄了。你一直固執覺得我會用劍，」花向晚抬眸輕笑，眼中全是了然，「是因為我像讓你入魔那個姑娘吧？」

聽到這話，「謝無霜」終於有了反應，他盯著花向晚，花向晚打量著他的神色，猜測著：「她也是合歡宮中的人？用劍？當年來過雲萊，還見過你師父？與你結了血契？然後把你拋棄了？」

謝長寂沒說話，花向晚嘆了口氣，便搞清楚了情況。

這在合歡宮倒也常見，只是她沒想到，有一天自己的人會搞到謝長寂的徒弟頭上。

她有些頭疼，但作為長輩，她還是決定勸一勸謝無霜。

「我給你用了惑心印，此印惑人心智，會悄無聲息讓人對施咒者產生好感，將過往對另一個人的感情移情到施咒者身上。看我猶如看她，從我身上找到讓你喜愛的蛛絲馬跡。」說著，花向晚帶著幾分抱歉：「我本以為你早就知道了，現下看來，你大概還是受了這法印影響。不過你也看到了，」花向晚看了他的劍一眼，「我拔不出你的劍，我不是你要找的人。至於那個人……」

花向晚遲疑著，試探著勸道：「既然她已經走了，你也不必留在原地。問心劍求天道，本就不該有私情，把她忘了就好了。」

「妳能忘嗎？」謝長寂突兀地開口，花向晚一時有些沒聽明白，就看謝長寂抬頭：「若妳誠心實意喜歡一個人，妳答應過喜歡他一輩子，妳能忘嗎？」

聽到這話，花向晚笑了。

「當然能忘。」花向晚說得灑脫，將木棍扔進河裡：「我也曾經喜歡過一個人，喜歡到為他把命都丟了也無所謂，可兩百多年過去，如果不刻意提醒，我都不記得他了。」

花向晚轉頭看向對岸燈火，語氣溫和：「人都會變，我當年喜歡你這樣的高冷仙君，現在喜歡沈道君那樣小意溫柔的，你再多活幾年，就能看開了，沒有誰會喜歡誰一輩子，既然她拋棄你……」

「她沒拋棄我，也不會忘記我。」謝長寂突然開口，打斷花向晚。

花向晚一愣，她轉頭看向「謝無霜」，就看他看著河面，語氣很輕，「她只是去了往生之界。」

「她說過會喜歡我一輩子。」謝長寂覆在眼上的白綾飄在風中，聲音中滿是堅信，「和妳不一樣。」

他的晚晚說過，她活著一日，便喜歡謝長寂一日。

她不是晚晚，是惑心印迷了他的心智，是他太渴望她活過來讓人擾了心神。

謝長寂收起心中一地狼藉，片刻都不想待下去，他看著花向晚詫異的眼神，微微俯身，將花燈放在旁邊石墩上，低啞出聲：「我祝花少主與沈道君夫妻恩愛，白頭偕老。天亮了，」他直起身，語氣很輕，「夢該醒了。」

說著，謝長寂提劍轉身，他前方化作一條沒有盡頭的長路，一片黑暗。

花向晚在石墩上愣了片刻，這才反應過來自己要做什麼，她站起身來，大呼出聲：「謝道君！」

謝長寂頓住步子，轉過身去，就看花向晚站起來：「我送你個東西吧。」

花向晚說著，手上結了一個法印，手腕一翻，一隻隻藍色蝴蝶憑空出現。

謝長寂的目光落在這些藍色蝴蝶上，花向晚抬手畫了個圈，便提了一盞燈琉璃燈。

這些藍色蝴蝶飛入琉璃燈中，宛若螢火。

她朝他伸出手，將蝴蝶遞給他：「這叫幻夢蝶，日後當你想你那故去的心上人，就可以觸碰它，它會讓你見到你最想見的人。」

謝長寂不說話，他靜靜凝視著這些幻夢蝶。

花向晚將一燈幻夢蝶交到「謝無霜」手中，兩人握著琉璃燈的長杆，趁著他愣神間，她開口，靈力灌在語音之上，施展咒術：「謝無霜。」

她叫他的名字，施展咒術第一步，就是要確認對象。

聽到她的呼喚，對方神色恍惚起來，他愣愣抬頭，花向晚和他一起握著幻夢蝶的燈籠，周邊夢境因為她的靈力震動不穩，她開口，字字真言。

「你不記得靈虛幻境中發生了什麼。」

謝長寂茫然地看著花向晚，夢境坍塌，他看著面前女子施咒，聽她一字一字灌注著靈力，清晰地告知他：「你不記得瑤光，不記得晚仙師，不記得桃夭，不記得祭河神。」

「靈虛幻境中的一切，你都不會記得。」

音落剎那，謝長寂站著的夢境驟然碎開。

謝長寂抓著裝著幻夢蝶的燈籠墜落虛空，他愣愣地看著她站在高處，神色平靜看著自己。

而花向晚看著墜落下去的「謝無霜」，心裡重重舒了口氣。

把最後一個隱患解決掉，明日成婚，她就可以帶著沈修文和「那東西」安心回西境了。

想到西境那些人，花向晚在床上緩緩睜開眼睛，目光中帶著冷。

她在床上抬起手，指尖出現一片薄刃，她用指尖靈巧翻轉著寒光凜凜的刀刃，用以鍛煉皮膚下那一段一段被縫合的筋脈。

翻轉不過片刻，她便失了手，刀鋒劃過指尖，血液滴落在臉上。

聞著臉側陌生又熟悉的鮮血味，花向晚目光變暗。

等回了西境……她早晚，會拿回屬於她的一切。

「少主，」她想著，門外傳來靈南高興的呼喚聲，「嫁衣和鳳冠都趕製好了，您快起來試試。」

聽到這個聲音，花向晚指尖傷口瞬間癒合，她撐著自己起身，揚起笑容：「好，我這就來。」

夢境破碎之後，死生之界，風雪驟大。

謝長寂猛地睜眼，氣息微亂。

靈虛子趕忙上前，焦急開口：「怎麼樣？她能拔出問心劍嗎？」

謝長寂不說話，他呆呆地看著地面。

靈虛子皺起眉頭：「你說話啊，你怎麼了？」

「她……」謝長寂茫然地轉過頭來，愣愣地看著靈虛子，「她想改我的記憶。」

靈虛子也是一愣，隨即察覺不對，他趕緊道：「你再把靈虛祕境中的事給我說一遍。」

謝長寂直覺有什麼不對，他儘量回憶著靈虛幻境的一切，開口：「我和她掉進度厄境，我入境就認出來，這是根據我的記憶構建的記憶，當年我和晚晚一起救下瑤光……」

「不可能，」靈虛子打斷他，皺著眉頭，「這不可能是你的記憶。」

謝長寂愣住，靈虛子抬眼看他：「你因入魔心智不穩，我早擔心你會誤入度厄境，所以和掌門用了祕術，遮掩了你的神魂。你入度厄境，度厄境只能窺探到無霜的記憶，不能窺探到你的，這樣一來，就能保證度厄境對你沒有影響。你沒發現嗎？」

靈虛子轉頭看他，頗為奇怪：「你以為那是你的記憶？」

「那……」謝長寂克制著情緒，問得謹慎，「我如何確認，靈虛幻境中，到底是以花向晚的記憶為基礎構建的幻境，還是無霜的記憶？」

「看身分。」昆虛子答得認真，「如果構建這個祕境的記憶來源是花向晚，她一進入幻境就會是她記憶中那個身分，你以謝無霜的身分進入她的記憶，你就是個外來人。當然，如果記憶來源是無霜的，那情況就反過來。」

謝長寂說不出話，一瞬之間，靈虛幻境的一切紛湧而來。

進入祕境後，瑤金秋先找到的是花向晚，叫她「晚仙師」，而他像一個外人，是由花向晚介紹給瑤金秋，瑤金秋根本不認識他；整個過程裡，瑤金秋都在和花向晚交談，祕境的一切，都圍繞花向晚展開。

那不是他的記憶構建的祕境，也不是謝無霜……

謝長寂心跳得飛快，意識到一個幾乎不可能的事——那個他以為獨屬於他、他和晚晚相遇的記憶所構建的祕境，根本不是他的！

是花向晚……

是花向晚的！

所以她拿著清心鈴卻深陷度厄境不能自拔，而他明明心智有失卻能從容抽身。

因為花向晚才是度厄境針對之人，所有的記憶，都來源於花向晚。

意識到這件事那一刻，他氣息急促起來。

如果說過的話、做過的事都可以是巧合；如果口味也是巧合；如果她拿劍的姿勢也是巧合；那記憶，也可以是另一個人擁有的巧合嗎？

但如果是她，如果她真的還活著，那為什麼她拔不出問心劍？為什麼感應不到鎖魂燈？

為什麼兩百年都不曾出現，留他一人在死生之界苦等。

青松已作滿山桃花，死生之界再無妖邪，她說會喜歡他一輩子，她怎麼不回來？

如今回來了，好不容易回來了，她為什麼不說？

她身處困境，明明這麼需要一個強者跟隨她回西境，明明知道雲萊第一人清衡道君是他謝長寂，她為什麼寧願和元嬰期的沈修文結親，都不肯說一句，她回來了？

他腦海中閃過度厄境中她手執斷旗，滿地血水的場景；想起西境那些修士嘲弄的口吻；想起方才夢境中，她艱難舞動的那根樹枝；想起許多年前，弟子向他稟報：「上君，西境邊防大破，十萬魔獸入境，圍攻合歡宮，少主花向晚領弟子苦守宮門一月，至金丹碎盡，劍折旗斷，方得援軍。合歡宮精銳於此戰近乎全滅，其他宗門對其虎視眈眈，天劍宗可需過問？」時，他淡然回應那一句：「西境援軍已至，後續皆為內鬥，與我們無關，不必過問。」

他覺得有什麼狠狠劃在心上。

她喪師喪友，她金丹半碎，她被一群宵小欺辱不得不遠赴千里，低聲下氣向他人求親。

可哪怕這時候，她都不肯和他有半點聯繫，不肯承認一句，她就是當年的人。

她說她從不用劍，她說她不曾來過雲萊，她騙他所有的一切都是因為惑心印，她甚至還打算和他師門其他人結親，哄著他說那句「我祝花少主與沈道君夫妻恩愛，白頭偕老」……

她說她忘了，她喜歡過許多人，她已不喜歡他……

怎麼可能是她？怎麼可以是她？

他的呼吸漸漸急促，因為胸腔處的劇痛忍不住微微佝僂，旁邊昆虛子察覺不對，一把扶住他：「長寂，怎麼了？」

「師叔……幫我一個忙。」

「什麼？」昆虛子不明白，這種情況他還要做什麼。

謝長寂沒說話，他彷彿什麼都顧忌不了，什麼都看不見，神色渙散，沙啞出聲：「合歡宮還有誰留在宗內？」

「靈北，」昆虛子茫然，「怎麼了？」

「我要見他。」他死死抓住昆虛子，抬起頭來，通紅的眼裡帶著幾分祈求：「師叔，讓我見他。」

夜裡有些冷，烏雲聚在高處，似乎會有一場小雨。

可這並不影響靈北的興致，他同江憶然對過明日婚禮細節後，正高高興興往客院走。

剛走到半路，他聽到一聲呼喚：「靈左使？」

靈北聞言回頭，就見昆虛子站在不遠處，手持拂塵，笑意盈盈看著他。

靈北愣了愣，隨後趕緊行禮：「昆長老。」

「叨擾靈左使，」昆虛子笑了笑，從暗處走出來，「我有點事兒，想請你幫個忙。」

聽到這話，靈北心中打了個轉。

昆虛子與他地位懸殊，能有什麼忙要越過花向晚直接找他？

他遲疑著開口：「不知昆長老需要晚輩做什麼？」

「沒什麼大事，就是明日就要成婚，宗內想再瞭解一下花少主，想請靈左使去聊聊。」

「如此。」靈北心上一凜，笑了笑，「那容晚輩同少主稟報一聲，畢竟事關少主……」

「一點小事，」話沒說完，昆虛子便抬手搭在靈北肩頭，靈北瞬間覺得動彈不得，他僵在原地，聽靈虛子和善開口，「不必勞煩花少主了。」

說著，昆虛子提著靈北縱身起落，沒一會兒就到了一個房間，開門把靈北扔了進去。

「問什麼答什麼就是，」昆虛子笑了笑，「別緊張。」

靈北滾落到地上，緩了片刻，便覺得身上柔軟下來，又能動彈。

他撐著自己起身，看了周邊一眼。

這是一個極其普通的客房，中間放了個屏風，屏風後燈火通明，旁邊門窗緊閉，設了結界，昆虛子守在外面，他想逃走，難如登天。

他站起身來，想去尋找出路，然而剛一動彈，就聽見了聲音。

他轉過頭，便見屏風之上出現一個人影，那人生得高瘦，頭戴玉冠，不知怎麼進了房屋，緩緩走向屏風中間。

隨著他入屋，威壓鋪天蓋地而來，靈北身體根本不受控制，「撲通」一下跪了下去。

這是強者對弱者的絕對征服，靈北已是元嬰期以上，僅憑威壓就能做到這種地步，必須要化神……不！至少渡劫！至少要渡劫才能做到！

渡劫期的強者，這當世能有幾人？

靈北跪在地上，冷汗涔涔。

對方緩慢落座，隔著屏風凝望著他。

「晚輩……晚輩靈北……見過……見過前輩……」

靈北一句話說得極為艱難，開口之後，才開始慢慢適應這種程度的威壓。

對方沒說話，他似乎是在想著什麼。

靈北也不敢出聲，跪在地上拼命思考著對方的來意。

兩相僵持之間，一隻藍色蝴蝶穿過屏風，翩飛而來，停落在靈北眼前。

「這是你合歡宮獨有的法術？」對方出聲。

靈北有些掂量不清對方意圖，顫抖著聲開口：「是。」

「每個弟子都會使用此術？」

靈北不敢出聲，想著到底要如何撒謊。

只是他還沒開口，就聽對方警告：「有些問題答案我知道，你若撒謊，我會直接搜神。」

這話讓靈北臉色沉下來，屏風後的人又補了一句：「我只是想知道一點事，不會傷害合歡宮的人。」

靈北沒說話，咬牙神色幾轉，屏風後的人似乎失去耐心，平靜開口：「說話。」

音落那一瞬，便有威壓當頭而下，靈北感覺彷彿有千金壓在脖頸，他支撐不住，一個踉蹌，趕緊用手撐住身子，急急出聲：「此乃祕術，僅有宮主和少宮主會此術。」

聽到這話，屏風後的人沉默，靈北心中忐忑，努力克制著微亂的呼吸。

過了好久，對方重新開口，語氣聽不出喜怒。

「你今年幾歲？」

「二百三十有餘。」

「在合歡宮待了多久？」

「從出生至今。」

「花向晚可離開過西境？」

「未曾聽說。」

「上清元年，花向晚在哪裡？」

「不……不知道。」

「什麼叫不知道？」

「那時候少主在外雲遊……」

「她何時回的合歡宮？」

「合歡宮被圍困前半個月……」

「上清三年，十一月。」

對方確定了日期。

靈北驚疑不定，這些消息都不重要，他不明白對方問這些做什麼。

而對方喃喃出這個時間後，便安靜下去。

上清元年，晚晚出現在雲萊。

上清三年十月中旬，死生之界大破，晚晚以死封印魊靈。

十一月，花向晚回到合歡宮。

十一月中，合歡宮被困，苦守一月，方得援軍。

屏風後的人似是在控制情緒，過了一會兒，他再次開口：「鎖魂燈是合歡宮的東西？」

「是……」

「為花向晚所有？」

這個問題靈北不敢回答，而對方見他沉默，便肯定：「為花向晚所有。」

「這位前輩，」靈北聽到這些，大概明白對方是衝著什麼來，他抬起頭，頗為激動，「鎖魂燈的確為我家少主所有，可如今我家少主已經無法操控鎖魂燈，如果您打的是解開魊靈的主意，就不必多問了。」

「為何無法操控？」

「因為，」靈北深吸一口氣，「少主的血，早就不是自己的了。靈器與主人血脈相連，少主連血都不是自己的，何談操控？」

「她的血……」屏風後的人聲音有些抖，「為何不是自己的？」

「合歡宮當年被魔獸圍困一戰，」靈北破罐子破摔，說得有些艱難，「少主不僅金丹半碎，筋脈盡斷，還身中上百種劇毒，為了保命，只能去血池重新換血，十年一次，如此往復兩百年。如今……除了心頭精血，她身上，沒有一滴血是自己的。」

「所以，」屏風後那人，聲音帶啞，「她握不起劍了。」

「是。」靈北眼眶微紅：「我家少主當年，天資卓絕，於劍道一途前程無量，是當年西境最頂尖的劍修之一。上清三年一戰後，少主的筋脈花了十年修補縫合，起初連筷子都握不住，後來她成為法修，說沒有什麼不甘心，可我好幾次在後院都看見少主試著練劍，但她拿劍的手一直在抖，她根本做不到。」

「本命劍呢？」

如果本命劍在，就算不能握劍，也好一些。

「她身體中血脈盡換，」靈北壓抑著情緒，「靈器不識得她，本命劍自然也不識得。」

本命劍都不認識的人……更何況是他？

謝長寂坐在屏風後，輕輕閉上眼睛。

「那這兩百年……」他疲憊出聲，「她都不曾想過，來天劍宗求援？」

「前輩說笑，」靈北苦笑，「合歡宮與天劍宗非親非故，為何會出手幫忙？此番若非走投無路，合歡宮也不會貿然造訪天劍宗。」

非親非故……

聽到這話，謝長寂忍不住想笑。

拜堂成親，雙修結契，生死相諾，最後只是——非親非故？

靈北說完這些，自知失言，他跪在地上，侯了一會兒，恭敬地跪叩在地上：「前輩，鎖魂燈與我家少主真的已經沒什麼關係，若前輩是為魃靈而來，還請高抬貴手，放過我家少主。」

屏風後的人不說話。

好久，他才出聲：「我不是為魃靈而來。」

靈北愣愣抬頭，就看他站起身，往外走出去：「我是為她。」

說著，他如來時一樣，緩緩走了出去。

這一次靈北終於看清，這個人竟然直接穿過牆壁走了出去。

靈體！

靈北終於反應過來，那個屏風後面的，根本不是本人，對方只是來了個靈體，威壓就能強大至此！

這豈止是渡劫？怕是早已接近天道，渡劫大圓滿才能有的能力！

而這世上渡劫大圓滿有幾個人？

難道不是只有那位……

靈北愣愣看著對方離開的地方，腦海中浮現出一個名字。

清衡上君，謝長寂。

「靈北，今夜之事，不必記得。」

對方開口，每一個字都化作符文飄入房中，竄入靈北腦海。

靈北腦中瞬間一空，閉上眼直接倒在旁邊。

而青年走出房間，站在長廊之上。

旁邊昆虛子見他出來，趕緊迎上來。

「問完了趕緊回去吧，你這個情況出死生之界容易出事，就算是靈體，沒有死生之界陣法壓制，你的心智也容易迷失。」

「我還要去找她。」謝長寂聲音很低，他轉過身，朝著長廊往前。

昆虛子愣了愣，追著上去：「你要找誰？花向晚？她現在在山下，你的靈體去不了這麼遠！」

謝長寂不回聲，徑直往前，昆虛子衝到前方，抬手用法陣攔在他身前：「長寂你到底在做什麼？你瘋了！」

「師叔，送靈北客房，到死生之界等我。」

謝長寂沒聽他的勸告，低著頭穿過法陣，走出長廊。

天下下起連綿小雨，他走在雨裡，聲音很低，不知是說給自己聽，還是別人。

「既然當真是她，既然她活著，那我——」

「總得要個結果。」

靈體狀態不穩，他無法走出天劍宗。

最重要的是，當他走出院落，他也不知道為什麼，一瞬間彷彿失去了所有勇氣，最後還是用了謝無霜的身體，淋著夜雨下山到了安置花向晚的四合院。

四合院中燈火通明，人聲鼎沸，他走到花向晚房間門口，就看見花向晚正在試嫁衣。

許多女孩子圍著她，誇她漂亮，她自己對著鏡子轉了幾圈，似乎也很滿意。

一行人笑笑鬧鬧，好久才發現他。

靈南驚詫出聲：「謝道君？」

聽到靈南的聲音，所有人一起看過來。

看見這位站在雨中的道君，大家不約而同感受到莫名的壓抑，紛紛沉默下來。

花向晚看見「謝無霜」也是一愣，隨後詫異出聲：「你……你怎麼在這？」

謝無霜的性子，來這裡必然有什麼事。

莫非是她消除他記憶之事被察覺了？

可她修為本就高謝無霜一個臺階，又是法修，她給謝無霜下咒消除記憶，按理來說應該不會出什麼岔子。

那謝無霜過來做什麼？

花向晚心思幾轉，不敢貿然開口。

而謝長寂不說話，他只是靜靜看著穿著嫁衣的花向晚。

他記得她當年嫁給他時，穿嫁衣的模樣。

那時候她還不是現在的長相，她沒這麼豔麗，也沒這麼漂亮，但她有一雙清澈又溫柔的眼睛，眼裡裝滿了二十三歲的謝長寂。

他們是自己在外面成的婚，她的嫁衣是她一針一線自己縫製，遠沒有今天這樣複雜精美，可是當他掀開蓋頭那一瞬，仍舊感受到令人窒息的美麗。

謝長寂的沉默讓花向晚有幾分尷尬，她看了周遭一眼，小聲吩咐：「妳們先回房吧。」大家都知道情況不對，沒有出聲，小聲散去。

等周邊不再有人，花向晚才看向「謝無霜」，一面打量著他，確認著他的情況，一面遲疑詢問：「你……怎麼了？要不要先進來？外面下雨。」

「她沒死。」謝長寂突然開口，花向晚聽不明白，疑惑反問：「誰沒死？」

「我等的那個人。」謝長寂看著她，聲音沙啞：「我等了她好多年，我以為她死了，可她活著。」

花向晚聽著，反應過來，他說的應該是夢境裡聊過那位讓他入魔的女子。

雖然有些莫名其妙為何這種事來找她，但想著謝無霜這狗脾氣大概沒什麼朋友，現下這個樣子頗為可憐，便大發慈悲指了指屋中：「怪不得你難過，要不你先進來，我陪你聊聊？」

「她沒來找我。」他根本不管花向晚的話，只是盯著她，彷彿在宣洩什麼，「這些年，她過得很不好，我一直等著她，可她都沒來找我。」

花向晚聽明白了，這不是和她差不多嗎？

「那個，」她開口勸對方，「一段感情，有開始就有結束，你也別太強求。而且你未必有多喜歡她，可能是死了你才不甘心，現在知道她活著，你先冷靜冷靜，說不定過兩天就發現，這事兒你放下了呢？」

「為什麼不來？」謝長寂盯著花向晚。

花向晚反應半天，才明白他是在問她那個女孩子的心態，她替他想了想，揣摩著：「這我也說不好……可能想著你不喜歡她，找了也沒用；也可能是她移情別戀，有了新的人生？反正我想啊，她沒來找你，就是她放下了，那麼你也該放下，這樣對大家都好。」

「可她說過會喜歡我一輩子。」謝長寂執著開口。

花向晚失笑：「誰年少時沒說過這種傻話？這種話你別太放在心上，許多人只是說說，之後就忘了。」

這話說出來，花向晚突然覺得有些過於殘忍，她看著對方悄無聲息捏起發顫的拳頭，遲疑了一會兒，小心翼翼：「那個，要不你去找你師父請教一下？」

「請教他……」謝長寂聲音很輕，聽上去有些飄忽，「做什麼？」

「他活了兩百多年，一輩子總該有幾個喜歡的人，可依舊能修至問心劍大圓滿，」花向晚笑起來，「他應該是知道怎麼控制自己，不去喜歡一個人的。」

聽到這話，謝長寂忍不住笑了。

這笑容讓花向晚有些莫名心虛，她輕咳了一聲：「總之，有時候，大家兩兩放手，各啟前程，也是好事。」

「放手……」他輕喃，緩緩抬頭，直直盯著花向晚，「妳騙我。」

這樣的謝長寂讓花向晚有些害怕，她心虛否認：「我怎麼騙……」

「妳來過雲萊。」

花向晚猛地抬頭，謝長寂盯著她的眼睛：「靈虛幻境裡是妳的記憶，那是雲萊鳳霞鎮。」

「你……」花向晚有些說不出話，沒想到「謝無霜」竟然沒忘。

他沒忘，他來問這些做什麼？

「鎖魂燈是合歡宗至寶，獨屬於妳，而當年，晚晚就是用它封印魊靈。」

聽到「晚晚」這個稱呼，花向晚心上一跳。

而對方不管不顧，語速極快，繼續開口：「幻夢蝶是合歡宮祕術，只有妳會，謝長寂從妳這裡學會，用它沉溺幻境兩百年。」

「妳曾經用劍，晚晚當年也是。」

「妳說妳喜歡過一個人，喜歡到可以為他丟了性命，妳喜歡那個人，是不是就是……」

謝長寂語調一頓，好久，才開口：「謝長寂？」

花向晚沒說話，震驚地看著對方，等澈底消化對方說什麼後，她才冷靜下來，神色慢慢平靜。

雨聲淅淅瀝瀝，花向晚想了想，無奈出聲：「你就這麼叫你師父和長輩的名字？」

謝長寂盯著她：「是不是？」

花向晚知道謝無霜肯定是拿了鐵證才來找她，已經無可抵賴，便坦然承認：「是。」

她抬頭，看著空中落下來的夜雨：「我當年喜歡的那個人，的確是你師父謝長寂。兩百年前我來過雲萊，化名晚晚，糾纏於他，你師父不喜歡我，我心灰意冷，自行離開。現下已經過去兩百年，我與他恩怨兩清，你也不必再多生是非。」

既然來的是他，不是謝長寂，那他應該沒有把此事告知謝長寂。

花向晚想著，拼命思索著如何挽救。

謝長寂聽著這話，他克制著自己，不敢出聲。

他將目光緩慢挪移到花向晚手上，聲音微顫：「妳以前用劍，妳劍術很好。」

「我棄了。」

「妳曾天賦絕倫，十八歲位列化神。」

「都是過去的事。」花向晚輕笑，「說多了，就是笑話了。」

「花向晚，」謝長寂抬眼看她，「他已經是當世第一人，妳是他的結髮妻子，他欠妳一條命。」

妳本可以和他索要一切。

花向晚聽到這話，忍不住輕笑，「他欠我？不，他不欠我什麼。」

花向晚看向這個年輕人，解釋著當年的是非：「封印魊靈本就是我師門要求，與他無關，我與他相交，他救我，我還他，不曾相欠。」

「晚晚是為他而死。」

「她不是，哪怕是，也讓她死在過去。」

花向晚靜靜注視著「謝無霜」，冷靜得讓人心寒。

看著年輕人固執的眼神，強調：「不要打擾你師父，也不要打擾我。明日我會定下夫婿，後日我會同修文成親，再過兩日我就會遠離雲萊，他與我再無干係。你告訴他，是要做什麼呢？」

「他是問心劍主，是雲萊第一人，他不可能隨我回西境，可若告訴他，他結髮妻子要與他人再紅燭同枕，又何等難堪？不如就當晚晚死了，過些年，他飛升得道，我再得良緣，豈不兩全其美？」

謝長寂沒有說話，他只是看著她。

「無霜，」花向晚嘆了口氣，「從當年我假死開始，我與他的緣分就斷了。姻緣不可強求，我已經重新開始，他再出現，只是困擾。」

「困擾？」謝長寂喃喃，他難以理解，茫然地看著眼前的人：「可明明……是妳先說喜歡他的。」

「抱歉。」

花向晚低頭，這話出口，她莫名有一種錯位的錯覺，好似當年的自己和謝長寂調了個位置。

那時候總是他在說抱歉，可其實只有說抱歉那個人，才是真的傷人。

好在眼前這人不是謝長寂，她說話也能放鬆些。

她無奈地看著「謝無霜」，輕聲勸說：「我的確說過喜歡，可如今，已經不喜歡了。」

謝長寂愣愣抬頭，不敢置信地看著花向晚，花向晚面對他的目光有些難堪，想了想，轉身往裡走。

她轉身離開的剎那，謝長寂突然上前一步抓住她。

他的手很冷，帶著夜雨的濕潤。

他顫抖著，死死盯著她發問：「他做錯了什麼？」

做錯了什麼？

她說放下就放下，說不愛就不愛。

說好喜歡他一輩子，臨死前還在而慶幸，還好他不喜歡她，就不必為了她的死而痛苦。

她至死都在為他著想，怎麼兩百年……

才兩百年……

再次相見，連相認都不肯呢？

花向晚聽到這話，一時有些恍惚。

她想了好久，苦澀笑開：「他什麼都沒錯，如果一定要說，我和他之間錯了什麼，大概只有，」花向晚頓了頓，隨後緩聲開口，「當年我喜歡他的時候，他沒喜歡上我。」

謝長寂愣住。

「但其實這也不是錯，」花向晚很快調整了語氣，頗為輕鬆，「問心劍求以人之身窺天道，心中無執。他當年乃問心劍傳人，死生之界岌岌可危，他不可能為我棄道重修，也就不可能深愛於我。是我自己沒搞清楚，我以為他只是普通的天劍宗弟子，苦苦糾纏。」

「不過還好，他沒喜歡上我，」花向晚笑起來，「如今他問心劍圓滿，對我想必也只是愧疚，你作為弟子，應當看明白才是。」

「不喜歡……妳又怎知，他不是喜歡？」謝長寂喃喃。

花向晚抬眼，篤定地看他：「若你不信，可回去問他。」

「從過去，到現在——他敢對我說一句喜歡嗎？」

謝長寂說不出話。

他呆呆地看著面前的女子，腦海中浮現出過往無數次，乃至最後一次，她都在問他——

「謝長寂，你喜歡我嗎？」

花向晚見他平靜下來，她拉開他的手，勸他：「回去吧，這不是你小輩該想的是，當什麼都不知道就是了。」

說著，她轉身往裡走。

謝長寂呆呆地看著穿著嫁衣的女子消失在自己身前。

過了好久，魂魄不穩所帶來的疼痛才讓他微微清醒，他用僅剩的理智控制著自己轉身，安頓好謝無霜的身體後，慢慢回到死生之界。

昆虛子在死生之界早就等得快瘋了。

看見謝長寂平安回來，他趕緊迎上去，頗為激動。

「你這小子嚇死人了，還好回來了。」說著，昆虛子抬起手，握住他的脈搏，「靈氣穩定，還好還好。」

說著，昆虛子才想起來，抬頭看他，遲疑著：「你要的結果，要到了嗎？」

謝長寂沒說話，他從昆虛子手中收回手，緩緩朝著坐在崖邊的身體走去。

昆虛子茫然看他，他走到崖邊身體上坐下，靈肉融為一體，而後看著蒼山大雪，不發一言。

昆虛子抓了抓頭，不甚明白：「你們這些年輕人是做什麼啊……」

「問心劍求以人之身窺天道，心中無執。」謝長寂背對著昆虛子，喃喃開口：「她說，謝長寂問心劍至渡劫大圓滿，已近天道，無愛無恨。」

「誰？」昆虛子下意識反問，隨後反應過來，應當是花向晚。

他一時不敢多說，就看謝長寂坐在不遠處。

他看著懸崖前方已經徹底乾涸的深洞，神色平靜，自顧自說著自己的話。

「我一直追求這樣的境界。」

「長寂……」昆虛子忐忑地走到謝長寂身後，想說點什麼，卻不知該說什麼。

「在異界，我斬殺妖魔，掏盡他們五臟六腑，一面想找到她的痕跡，一面不敢找到。」

「這……這都沒聽你說過。」昆虛子尷尬笑起來：「都過去了……」

「每日絕情丹一粒，而後往前，不知前路，不知歸途。」

這話說出來，昆虛子一愣。

他沒想過，謝長寂居然一直在服用絕情丹。

常人一粒便足夠忘記一個人，可他卻是每日服用一顆……

他說不出話，只能靜靜聽著，陪謝長寂一起看著大雪落山。

他說了好多，說起當年那個少女，他滔滔不絕。

鳳霞鎮相識，從此結伴雲遊。

被西境設伏，於山洞雙修結為夫妻。

直到最後，他的聲音有些飄忽。

「我無數次做夢，夢見她問我喜不喜歡她，這個問題，她從最開始問到最後，我都只說抱歉。」

「她生前我不敢言，因為心知需承襲問心劍，以守死生之界，宗門培養我不易，我若棄劍，何人守劍？」

「她死後我亦不敢言，因我若言情，人已不復，情何以堪？只能修天道，以絕凡情。」

「問心劍何以大圓滿？」謝長寂低下頭，微微佝僂身軀，似是哭一般笑出聲來，「只因若不修劍，又以何為道？」

她活著時，他不敢說那句喜歡。

因為她來時，死生之界結界將破，他是當時唯一能繼承問心劍的弟子。

若他只是喜歡那麼一點點，不會因此影響對天道的追尋，為萬事萬物公正的審判，那或許他還敢承認這份喜歡。

可當他第一次意識到，他想帶她回死生之界；他想等死生之界平定，下一位繼承人到來後下山；他想像一個普通弟子一樣，帶著她來到天劍宗，拜見各位長輩，跟隨她回家鄉。

那時他便隱約明白，這份喜歡，他不能認。

道心破碎，問心劍再無繼承，這個結果，他和天劍宗，都承受不起。

等後來，他終於有了能力，她卻已經死了，於是日日夜夜，連「喜歡」這件事都不敢承認。

問心劍大圓滿，不是因為近乎天道無執，而是因為執念太過，以至連承認都不敢。

因為那個理應偏執之人，早已不在。

「長……長寂，我這裡還有絕情丹，你先服下吧。」

這是謝長寂頭一次說這麼多話，昆虛子聽著，覺得內心酸澀，卻也無法，只能狼狽掏出丹藥，朝著前方青年遞過去。

這丹藥謝長寂服用了兩百年，然而這一次，他卻沒接。

昆虛子見他不動，抬眼看他。

就看謝長寂微微仰頭，看著頭頂泛著金光的問心劍。

「可她還活著，她又問我了。」謝長寂輕輕閉上眼睛。

「師叔，」謝長寂聲音很輕，彷彿跋涉千里的旅人，倒下前最後一句呢喃，「問心劍一道，我已無路可走了。」

說話間，光粒從謝長寂身上散開。

昆虛子愣了愣，隨即意識到謝長寂在做什麼，驚呼出聲：「長寂！不要！」

然而謝長寂卻平靜地閉著眼睛，任由道心破碎，修為化作漫天靈氣，一路四散而去。

青絲瞬間轉白髮，血肉頃刻作枯骨。

延遲兩百年的歲月似乎突然報復式回歸到這人身上，好似天壽已盡，人至窮途。

昆虛子慌忙抬手布下結界隔絕了與周遭的動靜，抬手點在謝長寂身後穴位之上，引導他保持正常筋脈運轉。

「長寂！別犯傻！你已經走到這裡了！就差一步便可飛升，你有什麼看不開的！」昆虛子激動出聲。

然而謝長寂閉著眼，卻感受到了有生以來從未有過的輕鬆。

他感覺自己好似回到十八歲那年，走在鄉間小道上，白衣紅繩繫髮的少女蒙著眼睛，從後面走來，輕輕握上了他的手。

少女手上帶著常年習劍的劍繭，有些冰涼，但是柔軟異常。

他渾身一震，聽見對方撒嬌：「謝道君，我看不見路，你拉著我嘛。」

當年他守矩地拉開她，然後將自己的劍遞到她手中。

而這一次，他反過手，輕輕握住了她。

他們走在鄉野小道上，走了好久，好長。

然後又回到那一夜，他們一起被高手圍困，有人想殺她，他為她擋了一劍，身受重傷。

她背著他一路逃竄，最後到了一個山洞，她守著他，看著他血流不止，驚慌失措。

他被傷了金丹，靈力無法運轉，而她一場大戰之後，本也是強弩之末。

也就是在那個雨夜，她靠在他胸口，聲音很輕：「謝長寂，我們成親吧。」

無數次回憶起來，他都會迴避這場情事。

他都假裝自己當時不知。

但其實內心深處，他清晰的知道，當她吻上他的雙唇時，他內心的悸動與渴望。

他主動擁緊過她的纖腰，與她糾纏。

那是他一生所擁有過，最美好的放縱。

因為過於沉淪，以至於不堪回首。在第二日醒來，慌忙離開。

那一夜，她一遍一遍問，謝長寂，你喜不喜歡我？

他從未給過答案。

而這一次，他終於伸出手。

擁抱她，占有她，親吻她，然後告訴她那個始終不敢承認的答案——

我喜歡妳。

比洪荒宇宙永恆。

比亙古歲月長久。

花向晚。

這個名字出現的剎那，所有記憶都變得模糊。

他眼前清晰浮現出一個身影。

對方終於不再是兩百年前的模樣，她穿著嫁衣，姿容豔麗非凡，而她身後是合歡宮滿地鮮血，斷旗殘劍。

那一刻，他突然湧起巨大的渴望，朝著她伸出手。

他該在。

兩百年前，如今，未來。

他都必須在她身邊。

他錯了。

他不該讓她獨自一人守在合歡宮前與眾親死別；不該讓她一個人走過這兩百年，獨守孤燈；不該讓她毀了劍道；不該讓她受人欺辱。

巨大的渴望充盈他生命所有，始終壓抑的執著翻湧而上。

執念確定的那一刻，他的身體澈底失去生息。

昆虛子感覺靈力運轉驟然停止，他僵住身子，愣愣地看著眼前已經成為一具乾枯老人模樣的身體，眼中滿是不敢置信。

然而驚慌不過片刻，便覺周遭靈氣彙聚，天上雷雲集結，而後只聽一聲雷響，靈氣如龍朝著那已經沒有生息的人轟然而下！

昆虛子猛地睜大眼，磅礴靈力將他猛地震飛。

他滾落在地，一口鮮血嘔出來，身後突然有人扶住他，急道：「怎麼了？」

昆虛子還來不及說話，旁邊第六峰峰主白英梅就驚呼出聲：「長寂這是……破心轉道了？」

眾人震驚抬眼，愣愣地看著不遠處華光中的青年。

破心轉道，這僅存於古籍猜測之事，從未有過真人記載。

修士修道，道心乃其根本，所謂道心，即修道之目的，元嬰之下，修為、靈根、神識決定了一個修士的上限，然而元嬰之上，道心堅定與否，才是他們最終能否飛升的關鍵。

對於謝長寂這樣已達渡劫期、差一步就可飛升的頂尖修士而言，道心便是最重要的存在。

道心有瑕，走火入魔，難得飛升。

道心破碎，則修為盡散，坐化成灰。

只有一種情況，可以讓修士在道心破碎之後，還延續生命——乃至修為不落。

那就是，他的道，本就不只一條。

在其中一顆道心消散之時，另一份信念足夠堅定，堅定到足以支撐他如今全部修為。

可古往今來，一顆道心修道能成者便已極為稀少，更何況有兩份執念？

眾人愣愣地看著面前近乎神跡的情況，滿是震驚。

看著華光中的人被重新注入生命，枯白的頭髮逆轉青絲，血肉迅速充盈，回到二十出頭最英俊的面容。

看著雷霆雲集在高處，他身上一道一道金光亮起，周邊威壓一層一層往上攀升。

練氣、築基、金丹、元嬰、化神、渡劫！

到達最高境界剎那，雷霆伴隨著華光轟然而下。

蘇洛鳴臉色巨變，高吼出聲：「布結界！結陣！是雷劫！渡劫期的雷劫！」

第一聲雷響震天而下時，天劍宗附近十里都被撼動。

花向晚坐在銅鏡面前，嚇了一跳。

隨後就見靈南急急忙忙衝進來，有些不安道：「少主，天劍宗那邊好像有些不對勁。」

「有什麼不對？」花向晚皺眉。

靈南抬手指了天劍宗的方向，激動開口：「好大的雷！」

聽到這話，花向晚趕緊起身，走到窗戶邊，就看見死生之界方向，雷雲集結，轟得整個死生之界都被籠罩在雷電之中。

好在第一聲雷霆後，天劍宗就布置好結界，此刻只能遙遙看見電閃雷鳴，倒不像剛才那樣嚇唬人。

「這是誰渡劫啊？」

合歡宮的人陸陸續續過來，站在長廊探頭探腦，靈南想了想，轉頭看向花向晚：「不會是清衡上君吧？」

這麼大的雷劫，眾人認知中，好像也只有清衡上君了。

聽到這個名字，花向晚有些發愣，她緩了片刻，猛地反應過來。

謝長寂渡劫了？

渡劫好，渡劫完就要飛升，飛升就要離開這個小世界，大家就永永遠遠不必相見了。

那她還有什麼好擔心？

之前她一夜不睡，就是在擔心謝無霜去找謝長寂把她供出來。

謝無霜這孩子也不知道是吃什麼長大，她消除不了他的記憶也就罷了，還被他猜出了身分。

聽他的語氣，以及他知道她和謝長寂這麼多事兒，這一對師徒估計還是有些感情的，謝無霜要是顧念師徒情誼決定在成婚前夕給謝長寂通風報信，那這門親事怕是要立刻告吹。

可現在謝長寂要渡劫了？

這簡直是天大的喜訊！

花向晚揚起笑容，頓時又活了過來，趕緊催促靈南：「快，問問靈北，看婚禮有沒有受影響，要不要如期舉行。」

靈南看著花向晚簡直高興到想放鞭炮的樣子，一時有些懵，愣了片刻，才回過神，點頭道：「好。」

說著，靈南趕緊聯繫靈北，靈北似乎剛剛睡醒，被靈南一問，他趕緊起身，找天劍宗那邊的人核對了一下情況後，才放心回應：「放心吧，是清衡道君飛升，掌門和各峰長老趕過去了。但沈道君說不影響我們，婚禮如期。」

這話讓靈南舒了口氣：「行，那你好好準備，我們負責把少主打扮得漂漂亮亮等著沈道君。」

「知道了。」靈北嘆了口氣：「留我一個人在山上，今天醒過來，忙得頭痛死了。」

「好了我不和你說，」靈南懶得在這時候和他聊天，「我去給少主稟報消息。」

說著，靈南便切斷了聯繫，轉頭看向花向晚。

花向晚這時脫了衣服準備沐浴，她在旁邊聽了全程，見靈南看過來，不必靈南多說，便點頭道：「知道了，一切照舊。」

人逢喜事精神爽，確認謝長寂要飛升，花向晚終於有了點成婚大喜的感覺。

她沐浴焚香後，便穿上嫁衣，畫好妝容，忙忙碌碌到了清晨，侍女還在給她周身衣衫用帶了香球的香爐熨燙妥帖，就聽外面傳來了接親的喧鬧聲。

「少主！」靈南從外面跑進來，高興開口，「少主，沈道君來了！快，」靈南從旁邊抽了喜帕，拉開喜帕在花向晚面前，高興道：「快把蓋頭蓋上！」

花向晚沒說話，她最後看了遠處天雷一眼。

這天雷似乎更大了。

靈南順著花向晚的目光看過去，這才注意到那無聲的天雷，忍不住皺起眉頭：「這劫雲的樣子……也不知道清衡上君能不能堅持。」

「您老人家可別操心了。」靈北的聲音從外面傳來，所有人一起回頭，就見一位淺粉色長衫青年搖著扇子走進來，他滿臉喜慶，笑著朝著花向晚行禮：「少主。」

「靈北？」花向晚挑眉，似是詢問他為什麼在這裡。

靈北不用她出口，就知道她的問題，解釋道：「少主，沈道君已經到門口了，我過來看一下情況。若少主準備好，我們就扶著少主出去。至於妳——」

靈北轉頭，拍了一下靈南的頭：「人家可是清衡上君，肯定會飛升得道，別瞎說。」

「我這不是擔心嗎……」

「嘴碎！」靈北叱責了靈南，不讓她再說出什麼不吉利的話。

花向晚聽到靈北的話，也放輕鬆幾分。

那可是謝長寂啊……

創造過無數次奇跡，每一次都強大的令人出乎意料的謝長寂。

過去那麼多次他都沒死，怎麼可能會在一場天劫中出事？

她笑起來，朝著靈南低頭，吩咐她：「把蓋頭蓋上吧。」

「好嘞！」靈南的話，趕緊舉起喜帕，為花向晚蓋上蓋頭。

紅色遮住眼前一切。

修真者神識可查探周遭，可這蓋頭是特製的，哪怕是花向晚，也無法查看周邊，只能像一個普通的新娘子，由旁人扶著，聽著外面喜樂聲大氣，而後鞭炮響起，大門「嘎吱」打開，在祝福唱喝聲中，由靈南扶著她走在紅毯上往前。

走到門口，她手中被塞進一段紅綢，有人在前方引著她，兩側花瓣灑落而下，她走下臺階，由紅綢另一頭引著走到花轎，而後有人替她掀起簾子，靈南扶著她跨進花轎。

「琴瑟永諧，鸞鳳和鳴，起轎——」

旁邊傳來長者唱喝，隨後花向晚便覺轎子一震，開始顛簸往前。

這不是她第一次成親。

可這的確是她第一次坐在花轎上，聽著這麼多祝福之詞，經過這麼多繁文縟節，嫁給一個人。

以前她一向討厭這些，不知道為什麼，今日被這麼祝福著，聽著喜樂，她突然覺得，這樣複雜的成婚，似乎也很是不錯。

花向晚的花轎一路往天劍宗前行時，死生之界，雷霆越發聲勢浩大。

天劍宗七峰峰主齊聚，緊張地看著雷霆中被轟得血肉模糊的青年。

雷霆早已劈開了眾人祭出的抵抗雷劫的法器，一道一道轟在青年身上，青年身上早已無一處完好，卻始終不絕生息。

「只剩半步，他就可以窺得天道。」蘇洛鳴皺眉不解，「為何突然就……」

「不是突然……」昆虛子痛苦搖頭，「是我錯了。我早該察覺……這兩百年他根本沒有真正參悟過，他早就撐不住了。我早該知道的……」

「那他……」白梅英滿是不解，「他的問心劍到底怎麼修到渡劫的？」

「每日一粒絕情丹，」昆虛子沙啞開口，「兩百年自欺欺人，他修為無礙，劍道非凡，唯獨這顆道心……全靠丹藥強撐。他師父死了，晚晚姑娘也死了，這麼多年他根本不敢面對，便強行修習問心劍，只是希望自己不要這麼痛苦。所以早在二十年前，他便已經道心不穩，走火入魔……」

「這麼大的事你不早說！」蕭問山聞言怒喝。

崑虛子抬手捂住自己額頭：「我就算說了，又怎麼樣？他沒有辦法，你們除了把他關起來，又有其他辦法？」

這話讓所有人沉默，謝長寂已是天劍宗至強者，他若無法，其他人又能如何？

蘇洛鳴想了想，嘆了口氣，抬眼看向前方：「事已至此，最重要的就是當下。」

說著，他看向旁邊的白梅英：「這破心轉道，怎會有這麼大的雷劫？」

聽到詢問，白梅英嘆了口氣，眼中帶著幾分憐憫：「破心轉道，本就不是易事。天道豈容你說棄就棄？二次渡劫，難度更比之前。是死是活，端看長寂本身。」

這話讓眾人心裡異常沉重，只看天雷越劈越狠，雷霆中的青年氣息也越發微弱。

眼看著這人魂魄不穩，白英梅不由得紅了眼眶，聲音微啞：「可能撐不住了。」

「不行，我要去幫他……」崑虛子聞言，就要往前。

蘇洛鳴一把抓住他，激動出聲：「你過去，雷劫就不只這個程度了！」

雷劫只能自己扛，若有人相替，天道便會降下雙倍雷劫作為懲罰。

崑虛子僵住身子，看著雷霆中的人，慢慢紅了眼眶。

眾人一時無言，謝長寂是崑虛子一手帶大，感情非凡，如今眼睜睜看著這孩子走到這一步，他們都已看不下去，更何況崑虛子？

蘇洛鳴拉著崑虛子，忍不住嘆了口氣，拍了拍崑虛子的肩：「師兄，節哀。」

崑虛子不說話，聽見雷聲沉沉嗡隆，他抬起頭，就看最後一道雷劫在雲端凝聚，而地面上的謝長寂，已經幾乎失去了意識。

他隱約感知到自己命數已盡，趴在地面上，看著被雷電劈出來的、黑色的泥土。

死生之界很少有這樣的顏色，它總是白茫茫一片，冰冷得滲人。

然而黑色他也不喜歡，他不知道什麼時候開始，喜歡上了生機勃勃的顏色。

喜歡豔麗的紅，喜歡桃花的粉，那些都是她的顏色。

當年她說過，天劍宗青松太過古板，如果種的是滿山桃花，她就願意多來看幾眼。

於是他挪了滿山青松，為她種下桃花。

現下桃花應當開了。

他想著，聽見遠方有喜樂歡歡喜喜傳來，對方敲敲打打，好不熱鬧。

他趴在地面，感覺血液似乎流乾流盡，一片桃花不知從何處被風捲來，輕輕落在地面。

那一瞬間，最後一道天雷轟下！

天雷砸在地面，發出驚天巨響。

塵囂瞬起，所有人被巨浪逼得疾退幾十丈。

劇痛砸落在身上，謝長寂用盡所有力氣，卻只是顫顫伸出手，握住那片不該出現的桃花。

花向晚。

他心中默念這個名字。

在最後一道天雷中緊緊握著那一瓣桃花。

雷霆淹沒了這個人，他的血肉被擊散，白骨也成焦黑。

鮮血淋漓的黑色骨指間，唯有那片桃花，始終完好。

「長寂！」昆虛子看不清裡面的情況，跪倒在地面，號哭出聲。

雷霆一道接一道，不知過了多久，天雷終於停止。

地面上被這場雷劫擊打出一個巨大深坑，塵囂瀰漫，所有人愣愣看著雷劫中央已經完全被塵土遮擋的位置。

過了片刻，一道霞光溫柔地破開雲霧，落到深坑之上，而後靈雨突降，灑滿整個死生之界。

昆虛子最先反應過來，他從地面上踉蹌起身，急急朝著中間衝過去：「長寂！長寂！」

然而衝到一半，他便愣住。

塵埃慢慢落下，中間顯現出一個青年身影。

他從塵囂深處走出來，逐漸露出他的輪廓，他的樣貌。

身上淺藍色袍子已經破破爛爛，頭髮也只被一根褪色得有些發白的紅繩綁在身後，碎鬢落在兩側，面上還帶著青色翁渣。

塵埃漸薄，他的身影越發清晰，最後停在昆虛子身前，與昆虛子隔著一丈距離，靜靜相望。

昆虛子愣愣看著他，眼前青年一雙眼睛黑白分明，一片澄澈。

好似與兩百年前，又有幾分不一樣。

遠處喜樂吹吹打打，死生之界卻獨餘落雨之聲。

過了一會兒，謝長寂率先開口：「師叔，問心劍留在這裡，我走了。」

「你……你去哪兒？」昆虛子茫然地看著謝長寂。

謝長寂目光轉向不遠處正辦著喜事的首峰，語氣平靜：「我去接她。」

昆虛子還是不明白。

只看謝長寂轉過身，踩在有小草破土而出的冰雪之上，一步一步朝外走去。

蘇洛鳴最先反應過來，疾呼：「長寂！你別……」

就是這片刻，劍意從天而降，眾人便感覺身體突然無法動彈，一股巨力死死壓住他們，將他們困在原地。

他們只能眼睜睜看著他穿過風雪，身影消失在眾人眼前。

這時已近日落。

夕陽西下，迎親的長隊抬著花轎，行在天劍宗的青石臺階上，已接近天劍宗大殿。

上過最後一階臺階，前方便是天劍宗正殿，成親儀式就準備在這裡。

花向晚蓋著蓋頭，靠在花轎裡，已經澈底昏睡過去。

昨夜一夜未眠，一個下午坐在轎子裡，聽著「吱呀吱呀」的轎攆顫動聲無所事事，著實太過無聊，哪怕是成親，她還是不知不覺睡著了。

好在新娘睡著，對眾人沒有任何影響，該吹的吹，該鬧的鬧。

沈修文同靈北一起領著迎親隊伍一起踏上青石臺階，等花轎落穩，他們才發現原本應該舉辦儀式的正殿大門緊閉。

沈修文和靈北對視一眼，靈北趕緊上前敲門，開著玩笑：「江憶然，幹什麼呢，快開門。」

靈北說完，大門緩緩打開。

夕陽落入大殿，眾人逐漸看清大殿場景。

一位青年站在正門前，他手中無劍，只穿著破破爛爛的長衫，站在門口靜靜看著他們的迎親隊伍。

身後正殿中原本準備成親儀式江憶然帶著弟子跪了一地，都低著頭不敢說話。

沈修文一愣，正要說些什麼，就感覺威壓鋪天蓋地而下，周邊所有人「撲通」一下全都跪了下去，一點聲音都發不出來。

而後這位青年走在人群中，踏著紅毯，緩緩走向前方花轎。

他每一步都走得十分緩慢，極為鄭重。

等到最後，他停在轎前，微微彎腰，捲起半邊轎簾。

眼眸微垂，朝著轎中伸出手。

迷迷糊糊中，花向晚聽見熟悉又有些陌生的聲音從不遠處傳來：「花向晚，把手給我。」

第十章　成婚

到了？

花向晚聽到聲音，迷迷糊糊醒過來。

她下意識將手伸了出去，對方的手有些涼，讓她忍不住打了個激靈，而對方也在她觸碰到手掌的瞬間輕輕一顫，而後便握緊了她的手，拉著她起身。

花向晚克制著睏意在對方的引領下走出花轎，隨後便察覺有些奇怪。

周邊安靜得異常，和之前熱熱鬧鬧的氣氛截然不同。

這麼安靜，是天劍宗特殊的拜堂規矩嗎？

而且，就這麼直接伸手而不是用紅綢接她出花轎，這也是天劍宗成婚的禮節嗎？

她心裡帶著幾分疑問，但想著管他什麼情況，先趕緊和沈修文拜堂成婚要緊，免得誤了吉時又出什麼岔子，便沒有作聲。

她眼前被喜帕遮擋，盡是一片紅色，唯一能看到的只有腳下的紅毯，紅毯上落著桃花花瓣，她和旁邊的青年雙手交握，緩慢走過。

旁邊的人都被威壓死死按住跪在原地，只能神色各異地看著兩人一起走向正殿。

等兩人走過臺階，站定在大堂中央，這時大堂內的威壓終於消失，但所有人依舊不敢起身，跪在地上安靜不言。

花向晚站著等了一會兒，終於忍不住開口，遲疑著詢問：「是……出了什麼事？還不拜堂嗎？」

這話出來，謝長寂看了旁邊的禮官一眼，禮官慌忙起身：「無事，無事發生。」說著，禮官深吸一口氣，緩了緩情緒，唱喝出聲：「一拜天地——」

謝長寂拉著花向晚，轉頭朝向門外天地，花向晚感覺旁邊的人動了，便壓著疑惑，跟著一起向外拜去。

「二拜高堂——」

拜過天地，花向晚那跟著旁邊人一起回身，高堂位子上空空如也，但上方立著一幅字畫，上面寫著天劍宗歷代祖師的名字。

兩人一起躬身彎腰。

「夫妻對拜——」

聽到這一聲，謝長寂終於放開她的手。

他似乎站定沒動，花向晚等了一會兒，才感覺對方彎下腰。

他動作很慢，似乎將這事看得十分鄭重，花向晚心頭不由得湧過一絲暖意。

兩人面對面彎下腰，髮冠輕輕觸碰在一起，而後又一起起身，這時旁邊終於傳來禮官的唱喝：「禮成！」

這話出來，花向晚舒了口氣，這事兒總算成了。

她等著旁邊侍女來攙扶她，不想對方又重新握住她的手。

「這邊，少主往這邊走！」

禮官趕緊開口，花向晚便感覺拉著她的人牽引著她往旁邊走去。

這讓花向晚有些意外，覺得天劍宗的規矩果然和西境大不一樣。

按理西境該比雲萊更狂放才是，怎麼天劍宗成親這麼親密的麼？

花向晚跟著對方一路前行，周邊始終安靜，安靜到讓花向晚甚至覺得旁邊沒有人任何人，但從周邊傳來的氣息又可以感覺到，這裡到處都是人。

疑惑越來越重，而對方拉著她的手慢慢有了溫度。

花向晚看著雙方交握的手掌，有那麼一瞬間，突然想起了她第一次成婚。

好似也是這樣。

只是那個婚禮很簡陋，簡陋到只有三個人，她，謝長寂，還有證婚人昆虛子。

他們就在一個小院裡，她坐在房間等候，然後謝長寂走進來，握住她的手，領著她走出房間。

長廊很短，他們來到大堂，兩個人在昆虛子高興的唱喝聲中拜了天地，而後謝長寂便握著她的手，一起回到新房。

他握著她那一路，是她這輩子最高興的時光。

因為那一刻，她打從心裡覺得，謝長寂喜歡她。

如果沒有他掀開蓋頭後，說那一句：「我既與妳有了夫妻之實，便當對妳負責。」

大概這種錯覺所帶來的幸福感，能持續很久。

想到這一點，花向晚內心一凜，趕緊打住自己的胡思亂想。

那個人的事兒這輩子想起來都覺得糟心，反正他馬上要離開這個小世界，以後不會再見，還是別想了。

這時兩人停在新房門口，對方推開房門，替她提起繁重的裙角，拉著她進了屋子。

他將她引到床邊坐下，而後她聽見他從旁邊取了什麼。

那東西輕輕探到蓋頭邊緣，花向晚這才看清，這是一個玉如意。

察覺周邊沒有旁人，她忍不住輕笑出聲：「沈道君，我還以為天劍宗當真一切從簡，連玉如意都省了。」

對方動作一頓，掀喜帕的動作停住，花向晚有些奇怪：「沈道君？」

對方沒有說話，片刻後，玉如意將喜帕緩緩掀開。

花向晚眼前落入其他顏色。

入目是一種接近白的淺藍，衣衫襤褸破舊，她不由得一愣，而後茫然抬頭，一路順著人身往上而去。

如玉琢冰雕、骨節分明的執劍手；被腰帶包裹、纖細有力的腰；雙肩寬闊，脖頸纖長，帶著青色鬍渣輪廓鮮明的下顎，薄唇，英挺的鼻梁，一雙如筆繪一般黑白分明的眼平靜中帶了幾分克制，低頭靜望著她。

「我不是沈修文。」他開口。

花向晚整個人僵住，滿臉震驚地看著面前人。

誰？

這是誰？

謝長寂？

花向晚看著這張熟悉又遙遠的面容，整個人都懵了。

兩百年過去，他比當年，看上去更加沉穩冰冷。

若說兩百年前他像一把鋒芒畢露，但清光婉轉的君子劍，如今他更像一把早已劍下屍骨成山，帶著幾分疲憊的殺人劍。

滄桑難言銳利，寒氣自溢。

兩人都沒說話。

謝長寂不知當說什麼，花向晚則是純粹嚇到失聲。

他不是渡劫了嗎？他為什麼會在這裡？謝無霜把昨夜的事告訴他了？

謝長寂看著她震驚的模樣，微垂眼眸，放下手上玉如意，輕聲詢問：「是直接喝合巹酒，還是先喝點粥？」

「你……」聽到他的聲音，花向晚慢慢回神，謝長寂沒主動開口，她是不可能承認自己身分的，她遲疑著，故作陌生：「你是誰？」

謝長寂動作一頓，他沉默片刻，似是並不意外她的詢問，輕聲開口：「謝長寂。」

他沒說自己道號，而是說了自己名字，花向晚一時也分不清他到底是知不知道她的身分。

如果他知道，他為什麼這麼平靜，還回答她的問題？

如果他不知道，他為什麼會出現在這裡，為什麼報上的是自己的名字而不是道號，還……還問她要不要喝粥？

她驚疑不定，謝長寂見她不回應，便走到一旁，倒了兩杯酒，拿著酒回到花向晚面前。

他微微彎腰，將酒遞給花向晚：「先喝合巹酒吧。」

聽到這話，花向晚瞬間清醒，她驟然起身退開，驚呼出聲：「清衡上君？」

謝長寂不說話，他握著酒杯，靜靜看她。

花向晚彷彿是第一次見他的晚輩，急急躬身行禮：「未知上君駕到，晚輩有失遠迎，還望見諒。」

修真界以修為高低區分輩分，他們雖然年紀相同，但謝長寂修為太高，花向晚在他面前只能自稱晚輩。

看著花向晚刻意疏離的動作，謝長寂動作一頓，過了好久，他的聲音帶著幾分澀意：「妳不必如此。」

「禮不可廢。」

「妳我之間還需禮節嗎？」

「上君說笑。」

花向晚神色冷淡，顯出了異常的恭敬：「我與上君非親非故，初次見面，自需以禮相待。」

謝長寂看著她，一時不知道該說什麼，他沉默許久，只道：「先喝合巹酒吧。」

「上君，」聽到這話，花向晚抬頭，帶著幾分提醒：「今日與我成親的，當是沈修文沈道君，此事眾人皆知，還望上君為天劍宗的聲譽，多加考慮。」

「今日未曾宴請外人，」謝長寂答話，「天劍宗內，我自會處理。」

「沈道君畢竟乃上君師姪，強行搶親，於禮不合。」

「此事我會同修文親自解釋，妳不必擔心。」

「天劍宗與我定下親事的乃沈修文沈道君，」花向晚見謝長寂油鹽不進，深吸一口氣，抬頭看向謝長寂，目光中全是審問，「此刻臨時換人，是將我合歡宮置於何地？婚姻大事，又非兒戲，豈能說改就改！」

這話說得重了，謝長寂沒有出聲。

花向晚見他沒有反駁，正打算再罵，就看謝長寂抬起手，張手向前。

他手心浮起一道微光，片刻後，一卷寫著「婚契」二字、外表已經做舊泛黃的卷軸出現在他手中。

花向晚一愣，她呆呆地看著用紅繩繫著的卷軸，一時說不出話。

「妳說得對，」謝長寂開口，他看著她，眼睛似如汪洋，平靜的海面，下方波濤洶湧，他開口，聲音帶著幾分啞，「婚姻大事，又非兒戲，豈能說改就改？」

說著，卷軸上紅繩驟斷，卷軸攤開，浮在半空，露出上面久遠的字跡。

民間成親，那叫婚書。

而修士之間成親，則為婚契。

意味這一段婚姻，不僅只是一段姻緣，還是因果相承的契約。

這婚契上面寫滿了祝福之詞，末尾之處，留著兩個人的名字。

結契人：謝長寂、晚晚。

兩人名字下方，還被人玩笑著畫了一個同心符。

看著這份婚契，花向晚說不出話。

謝長寂注視著她：「既已相許，生死不負，妳又怎可另許他人？」

花向晚沒敢應聲，她咽了咽口水，扭過頭去。

謝長寂等了一會兒，見花向晚沒半點回應，遲疑著開口：「晚晚……」

「我……」花向晚突然出聲，謝長寂看向她，花向晚緊張地笑了笑，隨後放軟了聲，「我餓了。」

謝長寂沉默，他轉過頭，去拿桌上的蓮子粥。

花向晚見他動作，立刻開口：「我想吃你煮的麵。」

謝長寂動作頓住。

當年她最喜歡的，就是他煮的蔥花麵。

他緩慢抬頭，看向對方，花向晚見他看來，心裡越發緊張，面上卻自然下來，看著他面上鬍渣、身上衣衫，似是有些疑惑：「而且你這一身……怎麼破破爛爛的？」

聽到這話，謝長寂僵了僵。

片刻後，他微微低頭，輕聲道：「那我去換一套，給妳煮麵。」

「嗯。」花向晚低頭，沒有多說。

謝長寂收起婚契，轉身往外走。

走了幾步，他似是想起什麼，小聲開口：「日後……萬事有我。」

「嗯。」

「妳等我回來。」

「好。」

謝長寂聽到這話，回過頭，就看花向晚坐在床邊，面上笑容異常溫和，眼裡帶著幾分掩飾不住的興奮：「我等你回來。」

謝長寂不言，他平靜地看著她。

過了片刻，他又走回房間，花向晚一驚，就看他取了兩個杯子，倒上酒，端到她面前：「成親是要喝合巹酒的。」

說著，他把酒杯遞給花向晚，花向晚愣了愣，隨後點頭反應：「哦，好。」

她應聲，便拿了酒杯，主動伸手，乾脆利索的和謝長寂手挽手，仰頭將酒一飲而盡，隨後催促他：「趕緊去吧，我餓了。」

謝長寂喝完酒，他低頭看著酒杯，片刻後，他點點頭，收手將酒杯放在桌面，聲音很輕：「我走了。」

他這次沒有遲疑，幾步走出屋外。

開門那一瞬間，花向晚透過門縫，才看見庭院裡密密麻麻站滿了人，但花向晚只來得及匆匆掃上一眼，就看門又合上。

謝長寂關好門，平靜轉身，看著庭院裡的長輩和合歡宮的人，面上不帶半點情緒。

夜風吹來，兩方靜靜對峙。

片刻後，謝長寂終於開口：「她餓了，我去給她煮碗麵，餘下的事，我們之後談。」

在門關上那刻，花向晚再也感覺不到外面的情況。

她跳起來，又在屋內布了一層結界，隨後趕緊拆了身上鳳冠和外面沉重的嫁衣，開始搜刮屋內所有用得上的東西。

暴露了！她肯定是暴露了！

依照謝長寂那「一諾千金」的狗脾氣，他絕對不會放過她。

那是婚書嗎？那是欠條！

他這是利滾利兩百多年，找她要債來了。

要是平時就算了，可她現下帶著那東西，被謝長寂纏上，說不定沒幾天就會被發現。

她不能留在這裡，她得走，立刻走，想辦法把那東西處理乾淨。

今夜不跑，更待何時？

她行動得很快，無所不用其極的搜尋，不過片刻就收拾好了所有跑路需要的東西。為了防止謝長寂等人以為她被綁架，她決定留書一封。

她抓了紙筆，下意識想寫「休書」二字，可沒落字，她就意識到。

寫了休書等於認了那份婚契，那玩意兒又不是寫她名字，她怎麼可能認？

於是她換了一個名字，匆匆寫下——義絕書：前塵已了，恩怨兩消，我與謝長寂恩斷義絕，再無瓜葛，勿尋。

寫完這一句，她猶豫片刻，還是克制不住心中憤怒，又加上一句——還有，謝無霜，你這隻走狗！謝長寂的走狗！

寫完之後，她用蓮子粥把紙一壓，跑到窗戶前，抬手將一個法印按在結界上。

沒了片刻，結界悄無聲息消融出一個洞口，她開了窗戶，隨即發現這竟然是個有高低差的高樓。

入門是普通房間，結果開窗後落到地面竟然至少有三層樓高。

下方是一片密林，花向晚看了遠處一眼，確認一下路線，隨即便聽一個熟悉的聲音帶著幾分驚訝響起來：「花少主？」

花向晚一愣，低頭看下去，才發現竟然是沈修文站在下面！

兩人四目相對，片刻後，沈修文最先反應過來，伸出手催促：「少主，跳下來，我接著您！」

花向晚一時無言，她雖然沒金丹，但好歹是個修士，這麼點高度毫無難度。

聽沈修文的話，她便知道，他不打算抓她，於是她毫不猶豫一躍而下，抓著沈修文就往旁邊密林裡衝了進去，小聲道：「走。」

沈修文跟上她，看著她的打扮，便知道了她的意圖，驚詫開口：「花少主，您這是要逃婚？」

「廢話，」花向晚看他一眼，「新郎都換人了，我還不逃？」

沈修文聞言一愣，似是有些茫然：「上君修為非凡，地位崇高，有何不好？」

按理花向晚來天劍宗的目的，一來是求一位雙修道君修復金丹，二來是為了引入天劍宗進西境平衡局勢。

那謝長寂過去，不比他沈修文好許多？

花向晚被問得一噎，隨口敷衍：「他太老了。」

這話把沈修文聽愣了，片刻後，他笑起來：「花少主，修真界不講年紀，而且經歷的事多，才懂得照顧人。」

「你是來當說客的？」花向晚聽他說話，轉頭看他。

沈修文趕緊搖頭否認：「不是，我只是來看看……」

「靈獸園在哪兒？」花向晚停下步子，看了看周邊，有些茫然。

沈修文趕緊指路：「那兒。」

花向晚得了方向，拽著沈修文往靈獸園跑，一面跑一面不忘勸說他：「要是你不是來當說客的，就看在謝長寂搶你的婚你得狠狠報復他的份上，幫我跑出去。我保證我出門就跑得無影無蹤，絕對不會連累你。」

沈修文不說話，他垂眸看著花向晚拉著他的手，過了片刻，溫和道：「少主當真要跑？」

「你以為我在開玩笑嗎？」

「那，上君現下是被少主支開了嗎？」

「我讓他去煮麵了，」花向晚說著她的計畫，「他煮麵至少要一刻鐘，咱們就這麼點時間，等出了天劍宗，我帶了隱匿法器，到時候往林子裡一鑽，天南海北隨我走，保證他找不著。」

沈修文點頭，似在思索。

花向晚出口後才發現，自己好像暴露了自己和謝長寂很熟悉的事情，但沈修文沒有疑問，只是一把拉住她，輕聲道：「若時間如此緊急，少主，咱們不能這麼走。」

花向晚有些茫然，隨後就感覺周邊場景突然快速變動，等她反應過來，發現自己已經到了靈獸園。

「少主，妳要找妳的坐騎得快。」沈修文提醒她。

花向晚愣了愣，下意識道：「在天劍宗使用法術，你不會被發現嗎？」

「放心，我乃宗內弟子，」沈修文解釋，「不會被注意的。」

「哦。」

花向晚點頭，也不多說，趕緊衝進靈獸園，感應著坐騎找了過去。

她要跑，開啟傳送卷軸需要損耗的靈力巨大，一般非緊急情況很少有修士使用，而她這種必須依賴靈氣珠才能維繫靈力的人更是不可能使用傳送卷軸。

傳送卷軸用不了，她也不可能像普通修士一樣一路馭劍或者使用飛行法器，所以坐騎是必須要帶上的。

她找了片刻，便看見她的坐騎。

那隻平日威風凜凜的白虎坐騎不知道被誰餵了一罎喜酒，此刻已經倒在地上，醉得不省人事，不知做著什麼夢，微屈的爪子還時不時抽搐一下。

花向晚：「……」

這一定是靈北幹的！只有他會餵靈獸喝酒！

醉酒的靈獸聽不見主人召喚，連最基本的變大變小都做不到，更別提背著她下山了。

沈修文也察覺這困境，皺起眉頭：「怎麼辦？」

「我叫牠試試。」花向晚黑了臉，上前拍牠的虎臉，「小白，醒醒，小白！」

白虎被她迷迷糊糊拍醒，看了花向晚一眼，頗為嫌棄，兩隻爪子搭在自己腦袋上一縮，假裝聽不見，又睡了過去。

看這個樣子，一時半會兒是醒不過來了。

沈修文站在她身後，有些憂慮，想了想，提出解決方案：「要不我們直接下山，我送您到西境。」

「這不行，」花向晚搖頭，「我把你帶走了，你就脫不了干係了，你幫我已經是仁至義盡，我不能再拖累你。」

「那少主打算怎麼辦？」沈修文滿眼擔憂。花向晚想了想，抬手給小白塞了兩顆醒酒藥，咬著牙將手伸到牠腹下，在沈修文震驚的眼神中，沉了口氣將牠扛了起來！

「吃了醒酒藥，沒一會兒就醒了。」花向晚用另一隻手順開擋在臉上的毛，咬著牙開口：「我們走！」

沈修文聽到這話，才緩過神來，壓住震驚的情緒，點了點頭：「好，那我們這就下山。」

說著，沈修文便抓住她的手，來到劍陣旁邊。

守山弟子本背對著他們，花向晚正打算神不知鬼不覺衝上前去，旁邊沈修文卻突然出聲：

「林師弟、汪師弟。」

聞言，兩位守山弟子下意識轉身，花向晚和沈修文映入眼簾片刻，沈修文便掠至兩人身前，兩個手刀，將兩人砸暈在地。

花向晚愣了愣，她完全沒看明白沈修文為何要叫他們。

正疑惑著，就聽沈修文開口：「我開劍陣了。」

說著，一個劍光組成的圓環出現在沈修文身前，沈修文抬手將圓環往劍陣中一送，圓環融入劍陣之中，光芒四散開去，劍陣隨即轟隆隆打開，花向晚立刻朝著劍陣外一躍衝了出去。

等她躍出劍陣，沈修文也緊隨其後跟了過來。

「沈道君，」花向晚看見跟過來的沈修文，帶著幾分歉意，「就送到這裡吧，你趕緊離開，別和我扯上關係。」

「守山弟子已經看到我了，」沈修文搖頭，「我送妳到西境吧。」

這話讓花向晚遲疑片刻，沈修文聽見身後傳來人聲，他頓時冷下臉，一把抓住花向晚：

「走！」

花向晚和沈修文一起出逃時，天劍宗各峰峰主和合歡宮的人都等在廚房門口，神色各異看著謝長寂做麵。

廚子站在一邊，戰戰兢兢端著鹽罐子，驚慌地看著謝長寂切菜。

他刀工極好，切蔥花薑片利索乾脆，均勻等分，切好之後，熟練地熱油、翻炒、下麵。

這一切做得行雲流水，不到一刻鐘，便將熱氣騰騰的蔥花麵放進盤子，還順便加了一個煎蛋。

「靈南。」他開口。

靈南立刻站了出來，結巴道：「上……上君……」

「把麵條給妳家少主送過去，讓她吃完不要馬上睡，走一走消過食，再睡下等我。」謝長寂說著，用帕子擦乾淨手，轉身看向天劍宗各峰峰主，平靜道：「師叔，走吧。」

蘇洛鳴看著周邊的人，神色起起伏伏，憋了片刻，終於轉身看向靈北，深吸一口氣，勉強笑起來：「靈左使，今日大婚之事，您稍作等待，我們一定會給合歡宮一個答覆。」

「啊，」靈北一時不知該說些什麼，吶吶點頭，伸手道：「您請。」

「不過我與花少主成親之事，不會再有更改。」謝長寂在一旁平淡開口，靈北一愣，就看謝長寂朝他微微頷首，語氣中帶了些請求意味，「勞煩今夜通知合歡宮，以及岳母大人。」

「長寂！」蘇洛鳴聽到這話，急急出聲想要訓斥，卻又不知當說什麼才合適。

昆虛子站在一旁，嘆了口氣，攔住蘇洛鳴：「罷了，先去侍劍閣。」

蘇洛鳴不好多說，怕留謝長寂再在這裡又說出什麼驚人之語，趕緊提步走出屋外。

一行人來到侍劍閣，剛一進屋，合上大門，蘇洛鳴便轉頭大吼：「跪下！」

謝長寂平靜地跪在地面，昆虛子沉默著走到蘇洛鳴旁邊的位子坐下，也不說話。

蘇洛鳴氣得來回踱步：「你是什麼毛病，眾目睽睽搶修文的婚，你還要臉嗎？天劍宗還要臉嗎！」

「她是我妻子。」

「你和她就拿魊靈路上見過幾天，她就是你……」

「她是晚晚。」

謝長寂這話出來，所有人都愣了。

「晚晚」這個名字，六峰峰主都聽過，當年死生之界封印魊靈，這個突然衝出來的女子以死相祭，而後謝長寂獨身去異界，此事他們早從昆虛子口中聽了個大概。

蘇洛鳴呆呆地看著謝長寂，片刻後，他不可思議：「她不是死了嗎？」

「她沒有。」

「你確認？」旁邊昆虛子開口。

謝長寂轉眸看他，肯定出聲：「我確定。」

「憑什麼？」昆虛子不理解：「她給你下惑心印……」

「靈虛幻境裡，她有晚晚的記憶。我也找靈北、乃至她本人，親自確認過。」

「可鎖魂燈……」

「當年西境合歡宮被困，她身中劇毒，一身血脈盡換，所以無法感應鎖魂燈，也不能得問心劍承認。」

這話出來，所有人都說不出話。

兩百年前合歡宮的慘烈，更勝於死生之界結界大開、天劍宗近乎滅宗那一次。天劍宗當年問心劍弟子近四百餘人，那一戰之後，問心劍一脈僅剩謝長寂一人。可天劍宗至少還保留了多情劍一脈的精銳，而合歡宮……

眾人一時說不出話，謝長寂恭敬叩首在地。

「諸位師叔，」謝長寂聲音低啞，「當年我守宗門，守死生之界，兩百年，如今宗門鼎盛，死生之界亦已平定，問心劍一脈亦有傳承，宗門已無需長寂，還請諸位念在這兩百年，放長寂下山吧。」

「可是……」第六峰峰主白英梅面帶擔憂：「長寂，她既然是晚晚，如今回來，選的卻是修文，你知道這意味著什麼嗎？」

謝長寂動作一顫，片刻後，他開口：「我知道。」

「長寂，」白英梅提醒，「感情一事，不是你付出得多，做得多，她就會回應。就算你為她破心轉道，你今日為她離開師門，可這與她無關，她也未必喜歡……」

「我明白。」謝長寂打斷她：「可我總得做點什麼。」

「無論是為她，亦或者是為我自己，」謝長寂說得肯定，「我都得隨她去西境。」

「可萬年來從未有問心劍主離開之事！」一旁坐著的第四峰峰主蕭問山忍不住，「若人人效仿你如此……」

「去吧。」不等蕭問山說完，昆虛子突然出聲。

眾人一愣，所有人看向昆虛子，就見這老者似乎突然蒼老下去，「宗門未有，但不是不能，當年第一任問心劍主便說過，要離開死生之界，可以。但第一個條件，散道重修，第二個條件，受二十道打魂鞭。」

說著，昆虛子站起身來，看向謝長寂：「你確定要走？」

「弟子已破心轉道，散道重修，」謝長寂雙手抵在地面，「請師叔賜鞭。」

「好。」昆虛子應聲，緩步上前。

他抬起手，供奉在靈位前的打魂鞭便落到手中，打魂鞭被昆虛子注入靈力，倒刺豎立，昆虛子低頭看著手中的鞭子，輕聲開口：「你少時出生於寒冬，家中遇難，被妖魔屠盡，唯餘你埋於冰雪，僥倖還生。你師父得卦占卜到你出生，讓我前去，將你從雪中抱回。養育十載，你送入死生之界，得雲亭真傳，那時我問你，願不願意修問心劍，你說願意。」

昆虛子神色疲憊，抬眼看他：「你十九歲，我第一次見你和晚晚，便再問過你，還願不願意修問心劍，你還說願意。」

「弟子不悔。」謝長寂開口。

昆虛子微微閉眼，片刻後，咬了咬牙，狠狠一鞭抽了下去。

鞭子在謝長寂身上抽出血痕，帶著紫色微光，證明灼燒在魂魄上。

哪怕是謝長寂，也忍不住為之一顫。

可他不動，任由昆虛子發洩一般將鞭子抽打在身上。

「不悔？你以為你是誰？你當這世上離了你謝長寂，問心劍就無人了嗎！」

「你師父有沒有教過你要冷心冷情？有沒有教過你要守心如一？有沒有教過你天下萬物皆為大愛？你這是做什麼？如今是做什麼！」

「我讓你優柔寡斷！」

昆虛子紅了眼，一鞭一鞭抽下去：「我讓你道心不堅！」

「我讓你違背師長！」

「我讓你後知後覺！」

一鞭一鞭抽下去，謝長寂疼得身子微微蜷起，旁邊白梅英看不下去，趕緊起身：「師兄，夠了！」

旁邊蕭問山也忍不住上前攔住，急急開口：「長寂，說句好話吧！非得下山嗎？」

然而謝長寂沒有聽勸，只是輕輕叩首：「請師叔賜鞭。」

昆虛子眼裡被眼淚溢滿，他一把推開周邊的人，一鞭一鞭抽打在謝長寂身上：「走！你走吧！你師父死了，你是屠盡異界的大功臣，也沒人管得了你了！你想走，那就走！」

末了，二十鞭打完。

謝長寂還跪在地上，昆虛子卻似是精疲力盡，往後退了一步。

蘇洛鳴扶住他，昆虛子看著地上跪著的青年，叮囑道：「如今你仍是問心劍劍主，太多人盯著，你破心轉道，問心劍最後一式怕是再也用不出，此事對於你來說太過危險，不能再多一人知道。」

「是。」

「此番去西境，把問心劍也帶去，追回魊靈一事，仍舊交由你查辦。」

「弟子領命。」

昆虛子說完，沉默許久，終於沙啞開口：「去吧，兩百年前就該去了。修文那邊，我去給你解釋。」

「謝師叔。」謝長寂恭敬行禮，隨後站起身。

白梅英趕緊上前，握住謝長寂的脈搏，給他送進靈力，隨後焦急開口：「長寂，你先休息，等之後……」

謝長寂搖搖頭：「她還在等我，我換身衣服，便回新房。」

說著，他轉身往外，昆虛子低著頭，沙啞開口：「長寂。」

謝長寂頓住腳步，昆虛子低聲吩咐：「若你不想待在西境，天劍宗，你什麼時候都可以回來。」

謝長寂站在門口，好久，輕輕頷首：「好。」

說完這句，他走出門外。

他腳步還有些虛浮，旁邊白梅英看著，滿臉擔憂：「他……他才渡了天劫，又受二十道打魂鞭，現下都不休養一下，你們都不管管嗎？」

「梅英，」昆虛子疲憊道：「妳讓他去吧。」

說著，昆虛子抬起頭，看著謝長寂滿身傷痕的背影：「他等了兩百年了。」

離開侍劍閣，謝長寂去自己原本在第二峰的房間。

他熟練地給傷口止血，沐浴，起身，隨後穿上昆虛子讓人送來的紅衣，鄭重戴上鑲嵌珠玉的金冠。

他對著鏡子，細細刮過臉上青色的鬍渣，露出清俊面容。

等一切準備就緒，謝長寂走出房門，謝無霜領著另一位弟子站在門前，恭敬開口：「師尊。」

謝長寂點了點頭，輕聲道謝：「辛苦。」

「為師尊分憂，是弟子本分。」謝無霜說著，引著謝長寂往前。

一路上張燈結綵，外面都是賓客喧鬧，謝長寂聽著這許久沒聽過的俗世人聲，走進庭院。

他一入庭院，所有合歡宮弟子全都緊張起來。

謝長寂走向房門，靈南最先反應過來，衝上前擋在謝長寂身前，激動道：「上君，我們少主睡下了，要不您明天再來？」

謝長寂動作一頓，他抬眼看靈南，靈南攔著他的手微微顫抖，謝長寂平靜出聲：「讓開。」

「我……我們少主吩咐的，」靈南說話都結巴起來，「不讓任何人打擾。」

謝長寂沒說話，他平靜地看著靈南，靈南和他對視片刻，站在謝長寂身後的謝無霜平穩開口：「靈右使，勞煩讓路。」

靈南聽到這話，看了謝無霜一眼，終於猶豫著退開。

謝長寂上前，走到門口，他停頓片刻，抬手緩緩推門。

門一推開，涼風從對面打開的窗戶迎面吹來，房間內放下的床帳在風中輕舞，房間裡東西被人搞得東倒西歪，只有一碗早已冷透的蔥花麵放在桌面。

合歡宮的人瞬間「唰」就跪了下來。

靈南結巴著開口：「上……上君，少主是有些悶，出去透氣，靈北已經去找了！」

話音剛落，外面就傳來一陣急促的腳步聲。

「上君，不好了！」江憶然急急忙忙衝進庭院，謝長寂回頭，就看江憶然跪到他身前，喘著粗氣：「方才，方才守山弟子來報，說半個時辰前，看見花少主扛著坐騎，同沈師兄一起跑了！」

全場一片靜默，靈南瞬間驚出一身冷汗。

冷風吹過，謝長寂一身喜袍在風中輕搖。

他平靜地看著江憶然，只問：「哪一位沈師兄？」

江憶然這才發現說錯話，他跪在地上，低著頭，艱難出聲：「第二峰……沈修文。」

第十一章　逃婚

這話說出來，所有人都有些害怕。大家覺得，今夜的風有些過於冷了。

謝長寂站在原地靜默著，竭力控制自己情緒。

他知道自己不能在眾人面前失態。

他也知道她會走。

雖然他心存僥倖，在走出房門前，聽到她承諾說那句「我等你回來」時，他也希望過她不是騙他，可其實他清楚知道，她就是打算離開的。

但他沒想到的是，她會同沈修文一起走。

只相處過幾日而已……

喜歡溫柔的？就這麼喜歡嗎？

他腦海中一瞬間浮現諸多思緒，他微微垂眸，讓自己儘量冷靜下來。

片刻後，才好似什麼都沒發生一般，平靜吩咐：「憶然，去長生殿看修文的魂燈。」

江憶然一愣，隨後趕緊應聲：「是。」

「靈南，通知靈北，」謝長寂說著，轉頭看向靈南，「準備好東西，到山下明陽鎮等我，明日直接出發去西境。」

「是……可是……可是少主……」

「我會找到她。」說著，謝長寂一抬手，一把光劍從他手掌飛射而出，朝著一個方向直奔而去。

這時花向晚扛著小白跟著沈修文奔在密林中跑著，她突然感覺身體中有什麼躁動起來，花向晚當即覺得不對，只是她還沒動作，沈修文便一掌擊在她肩頭！

花向晚一個踉蹌，就看一道追蹤印從她身體中脫離而出，被兩隻紙片人拽著一路往前轉個彎狂奔向另一個方向。

隨後她聽身後傳來風聲，沈修文拽著她一躍而起，落到樹上，抬手一個法陣亮在身前。這刻，一把光劍從他們腳下飛竄而過，兩人屏住呼吸，就看光劍追著追蹤印疾馳過去。等光劍離開，花向晚驚疑不定地看向沈修文：「這是什麼？」

「天劍宗追蹤印。」沈修文皺起眉頭：「此地不宜久留，趕緊走。」

說著，他拉著她一躍而下，毫不猶豫轉頭朝著另一個方向離開：「跑。」

不知道謝長寂此刻在哪裡，兩人不敢使用靈力，只能一路在密林中狂奔，企圖早點混入最近的城鎮。

但跑了一會兒，花向晚步子越來越慢，呼吸越發急促，明顯有些跑不動了。

她一把拉住沈修文，喘息著出聲：「等……等等！」

「怎麼了？」沈修文皺眉回頭。

花向晚將白虎甩到地上，往地上一坐，擺手道：「我跑不動了，不跑了。」

「可是……」

「這樣，」花向晚咽了咽口水，指了一個方向，「咱們分頭跑，這樣抓得了一個抓不了兩個，你先往那邊跑，我休息一下。」

「不行，」沈修文皺眉，「我怎麼能丟下妳呢？」

「那這樣，」花向晚轉頭指向旁邊正甩著腦袋清醒過來的白虎，「小白太重了，要不勞煩你替我扛上。」

沈修文沒有說話，她看著沈修文猶豫的樣子，有些疑惑：「沈道君？」

沈修文看著逐漸清醒，還有些迷茫的小白，站在原地不動。

花向晚眨了眨眼：「沈道君不會扛不動吧？」

說著，花向晚撐著自己起身：「還是說，沈道君不敢碰這隻陰陽吊睛虎？」

陰陽吊睛虎，能識別認人的魂魄是否屬於本體。

這世上只有一種人不敢碰陰陽吊睛虎，那就是奪舍之人。

聽到這話，沈修文溫和地笑了笑：「什麼時候察覺的？」

「沈修文再怎麼樣也是天劍宗核心弟子，與我不過幾日相處，怎麼可能為了我背叛師門，私自放我下山，還與我私奔？一路上，哪怕是個正常修士，也要幫我扛一下小白，可你明明平日溫柔體貼，卻在這時不聞不問。種種跡象，除了奪舍，還有什麼可能？」

聽到這話，面前「沈修文」輕笑：「既然知道，還跟我走？」

「不得請你幫幫忙嗎？」花向晚看了不遠處快成形的陣法一眼，「若不是道友，我能這麼順利離開天劍宗？」

「不怕我害妳？」

「你知道奪舍之人最怕什麼嗎？」花向晚突然反問，「沈修文」臉色驟變，身影瞬間出現在花向晚面前，手上黑氣凝結，朝著花向晚就是一掌！

花向晚早有準備，在他來時便疾退拉開距離，手上法印飛快變化：「十方諸神，驅邪除魅，天地有靈，惡無可生！」

音落剎那，手上一合，符咒瞬間消失在手中，狂風驟起，沈修文身後一個法陣大亮，四條光藤破土而出，如靈蛇一般纏繞絞緊沈修文，沈修文神色一凜，但已來不及回應，就被光藤直接拖回身後法陣！

華光衝天而起，花向晚落到白虎身上，她看著沈修文，輕輕嘆了口氣：「道友，雖然我看著弱小無助又可憐，但我可不是兔子。感謝你一路幫忙，祛厄鎖魂陣，好好享受吧。」

說完，她擺了擺手，騎著白虎轉頭就往密林外衝去。

沈修文站在法陣之中，被光藤死死纏繞，他周身黑氣瀰漫，身體開始腐爛。

他看著遠去的花向晚，嘆了口氣，頗為無奈：「阿晚，妳不乖。可我還是得——」

說著，他抬手一甩，十幾張紙片人從法陣中飄落而出，落到地面時，便化作了一具具咧嘴齜牙的屍體，朝著花向晚咆哮著追趕上去。

沈修文帶了笑：「送妳份禮物。」

看著身後跟上來的東西，花向晚頗為意外。

雖然知道這玩意兒肯定還有後招，但沒想到這人不僅精通陰陽宗控屍之術，竟還會巫蠱宗的紙人？

好在巫蠱宗的紙人需要依靠施術者的靈力支撐，只要脫離了施術者操控範圍，便會化為廢紙。

法陣困住了沈修文，這些紙人做的屍體早晚沒用，花向晚也不擔心，騎著白虎穿梭在密林中，四處躲避著撲過來的紙屍。

這些紙做的玩意兒腦子不好，她原本打算繞幾圈路甩開他們，但試了幾次，這些紙屍都能精準找到她的位置。

花向晚有些奇怪，正疑惑到底是為什麼，突然意識到不對，低頭一看，便見自己乾坤袋一直忽閃忽滅閃著光。

這光芒雖然微弱，但這些紙做的東西對光線再敏感不過，這點光對於紙屍而言簡直是夜裡打燈籠，想找不到都難！

花向晚乾脆放棄彎彎繞繞，騎著白虎把乾坤袋裡的傳音玉牌取出來，一看是謝長寂的名字，她毫不猶豫劃了過去，往旁邊一側身，就躲過了紙屍突襲。

玉牌安靜不過片刻，又亮起來，花向晚低頭一看，發現是謝無霜。

花向晚看見這個名字，瞬間回想起之前的一切。

為什麼自己會在這裡逃難？

為什麼自己好好的會被搶婚？

為什麼自己只差最後一步就完美收官會在此刻一敗塗地？

都是因為這隻走狗！

此刻他還在影響她，她看著這個名字，氣血往頭上湧去，抬手一掌轟開一隻紙屍，劃開傳音，怒罵道：「謝無霜你竟然還敢給我傳音？還有臉和我說話？你幹的叫人事兒嗎？我把你當朋友，你就這麼對我？」

「我都告訴你我和謝長寂結束了，你還要賣我！就算不考慮我，你都不考慮一下你宗門的嗎！」

「現在好了，我……」

「花向晚。」謝長寂冷靜的聲音傳來，他那邊都是風聲，聽不出在哪裡，「沈修文可能被奪舍了，妳很危險。」

聽到這話，花向晚愣在原地，謝長寂略顯擔心的聲音傳來：「花向晚？」

「謝長寂……」花向晚慢慢回神，她很是震驚，「你在死生之界兩百年臉皮是被風霜打磨成了千年玄鐵無堅不摧了嗎？搶師姪的婚，用徒弟的傳音玉牌？你還要臉嗎？」

謝長寂沉默，片刻後，他回應：「妳不接我傳音。」

「你有什麼重要事一定需要我聽？」

「沈修文……」

「沈修文奪舍還用你說？」花向晚怒喝，「危險？我告訴你我最大的危險就是你！別再給我傳音了，再傳我就死定了！」

說完，花向晚直接把傳音玉牌往後一扔，在白虎上倒掛金鉤一踢踹飛一具紙屍，躍起剎那，一隻潛伏許久紙屍朝她猛地一撲，花向晚猝不及防，被旁邊這紙屍猛地壓下地面，一口咬了過來！

好在白虎及時趕到，咆哮著咬住紙屍後頸，狠狠甩開，花向晚迅速同這些東西拉開距離，一張一張符紙甩飛出去。

她剛才同沈修文交手，已經用了大半靈氣珠，此刻和這些東西糾纏這麼久，靈氣珠已經見了底。

好在現下只要再往前十丈就出了沈修文的控制範圍，這些紙屍便會失效，她只要再往前十丈！

只是這些紙屍明顯知道她的打算，彷彿用盡全力，變得格外焦躁凶猛，死死攔住花向晚去路，一具又一具朝她撲來！

她如今是個法修，不擅近戰，這些紙屍一心一意來撲她，一時竟將她逼得有些狼狽。

她靈巧躲避著不讓這些紙屍近身，但越躲離他們失效的界限距離越遠。

花向晚想了想，心中定下，一把抓爆所有靈氣珠，朝著前方猛地一轟，兩具紙屍被直接轟開，她提步疾馳而去，眼看著到了邊界，一隻手從她身後抓來，花向晚旋身抬掌，便見對方亦是一掌！

兩掌相接，黑氣在兩人掌心炸開，花向晚感覺有什麼瞬間鑽入心口，隨後便被一陣巨力轟開。

也就是那一刻，一隻手突兀而來，橫攔在她腰間，止住了她的去勢。

鼻尖是淡淡冷香，像是冰雪混雜了青松冷梅，花向晚驚愣抬頭，就見青年紅衣金冠，面容清俊，扶著她沉穩落地。

而後他不發一言，折枝為劍，直接衝了上去。

他的劍快，極快，但一招一式卻讓人看得異常清晰，宛若命運審判，明知死亡到來，卻避無可避。

頃刻之間，所有紙屍便定在原地，隨後血液噴灑而出，紙屍化作一張張血紅色被劃壞的紙人，飄然而落。

紅衣青年拈枝作劍，枝上桃花染血，月下落葉映人，他回眸看過來，一雙眼沒有半點情緒，莫名帶著一種讓人直直冷到骨子裡的寒。

人如寒劍，美豔獨絕。

花向晚愣了片刻，隨即毫不猶豫，轉身就跑！

「妳跑。」謝長寂的聲音在後面響起來：「我跟著。」

花向晚動作僵住。

有一個渡劫期跟在她後面，她有什麼好跑？

她站在原地，深吸了一口氣，讓自己冷靜下來，隨後才回頭看了過去。

謝長寂站在原地，平靜地看著她。

兩人四目相對，謝長寂的目光很平靜，一如他這個人。

他總有一種讓人莫名其妙安靜下去的神奇魅力，這是她當年極愛的一點。

然而如今她已經不需要借助另一個人來平靜，她自己已像一灘死水。

兩人相隔不遠，花向晚想了片刻，終於開口：「你到底想怎樣？」

「麵冷了，」謝長寂彷彿什麼事都沒發生一般，語氣一如既往，「妳回去，我重新給妳做一碗。」

「我騙你的，我不想吃麵，我就是想跑。」

「我知道，沒關係。」謝長寂走上前，拉過花向晚的手，將靈力灌入她的筋脈。

靈力順著筋脈遊走進去，花向晚瞬間覺得似如靈泉灌入，筋脈舒展，她身體中的黑氣一寸一寸撫平，舒適得讓她想嘆息出聲。

他垂眸看著她的手背，語調徐徐緩緩。

「妳已經騙過我很多次，以後想騙我多少次都可以。只要妳願意騙，騙我一輩子，我都不介意。」

說著，他抬起頭，神色看不出喜怒。

「晚晚，」他說：「我們今日拜堂，喝合巹酒了。」

「你……」花向晚有些不明白：「你故意讓我走，就是想喝這杯合巹酒？」

「喝了合巹酒，才算禮成。」

聽到這話，花向晚終於確認，謝長寂腦子壞了。

放在當年，他根本不在意這種事，他們當初成親，便是沒喝合巹酒的。

那天晚上他才揭開她的蓋頭，愣愣看她看了許久。

她忍不住笑：「看這麼久，是不是覺得我很好看，很喜歡我？」

他握著喜帕的手一顫，隨後垂下眼眸：「抱歉。」

「又說這句，」花向晚頗為無奈，「既然不喜歡，又為何娶我？」

「我既與妳有了夫妻之實，」他說得艱難，「便當對妳負責。」

本是隨口一問，沒想到他答得這麼實誠，兩人沉默下來，片刻後，她站起身：「算了，先喝合巹酒吧，喝完了，才算禮成。」

然而話剛說完，昆虛子就趕了過來，說是死生之界出了事，召他回去。

他立刻提起劍，只留了一句：「妳且等我。」

便像逃一樣跟著昆虛子離開，速度快得花向晚甚至懷疑，昆虛子是他安排過來的。

她一個人坐在喜房裡喝完了所有喜酒，喝完了就想明白了，其實這事兒也不重要。

如今謝長寂這麼認真，反把她嚇了一跳。

她忍不住試探著開口：「那個，謝長寂，你渡劫沒出什麼事兒吧？」

比如被雷劈壞了腦子？

謝長寂動作一頓，沒回答她的話，放開她療好傷的手，轉移了話題：「師叔已經帶修文去了明陽鎮，我們先過去。」

「你今早渡劫……」

「那人在妳身體裡留了魊靈的邪氣。」謝長寂提醒，這話讓花向晚豁然抬頭，一時什麼都忘了，她驚訝出聲：「魊靈？」

「嗯，」謝長寂點頭，「包裹在他的靈力裡，我暫時把他的靈力拔除，但魊靈的邪氣已經在妳體內蔓延，回去再想想辦法。」

這話讓花向晚驚疑不定。

她確認那一掌，是沒有魆靈的氣息的。

那這魆靈的氣息，只能是……她自己身體裡的。

可謝長寂沒看出來。

是謝長寂出了問題，還是剛才那人那一掌……幫了忙？

花向晚心思幾轉，她握著方才被謝長寂觸碰過的手背，掃了謝長寂腰間一眼。

他腰間沒有掛劍，只懸著傳音玉牌，正一閃一閃在亮。

一個劍修，卻沒有配劍。

他今日渡劫，到底是……

花向晚思緒幾轉，謝長寂見她不出聲，轉頭看向旁邊一直假裝自己不存在的白虎，小白看見他的眼神，戰戰兢兢走了出來。

「變小點。」謝長寂吩咐。

花向晚聽到他的話，這才回神，正想說自己的靈獸怎麼會聽他的話，就看小白瞬間縮成一隻幼崽大小，在地上看著謝長寂。

花向晚一愣，謝長寂走上前，將小白抱起來，像抱一個嬰兒一樣，一手環在胸口，轉頭看向花向晚：「我馭劍帶你們過去，快些。」

花向晚震驚地看著小白，小白用爪子蒙住臉，往謝長寂懷裡一埋頭。

已是無顏見她了。

謝長寂等了片刻，花向晚才緩過神來，想了想，如今謝長寂既然查探不出她身體的狀況，那最大威脅已經解除。

回去……倒也不是不可以。

而且她得搞清楚，謝長寂到底出了什麼問題，問心劍到底怎麼樣了。

想明白這一點，她大大方方走到謝長寂面前，伸手抓住謝長寂衣角：「走吧。」

謝長寂看了她握著的衣角一眼，眼神柔和幾分，轉眸過去，馭劍而起，便穩穩往明陽鎮行去。

明陽鎮距離密林很近，不到一刻鐘，他們便趕到了鎮中。

花向晚跟著謝長寂走進一家客棧，她不由得有些好奇：「沈修文還活著？」

「他魂燈未滅。」

聽到魂燈，花向晚就明白了，每個天劍宗弟子都會在宗門用心頭血點一盞魂燈，魂散燈滅，死前的景象就會傳到宗門，方便宗門追殺。

或許也是因為這個原因，所以對方才選擇讓他活下來奪舍。

可奪活人的舍，可比死人難得多。

「他魂燈未滅，又有能力抹除你一個渡劫期的追蹤印，所以你猜他被奪舍？」

「嗯。」

「然後你利用魂燈找到了他的位置，又如何找到我的？」

「靈力波動。」

謝長寂提醒，花向晚才想起來，謝長寂是在她動用靈力之後，才及時出現。

她一想就捏起了拳頭：「你知道，你差點弄死我嗎？」

「不會。」謝長寂確定。

花向晚挑眉：「這麼有信心？」

「合巹酒裡，我放了雙生符，妳的致命傷都會到我身上來。」

花向晚一愣，隨後急道：「可是剛才……」

「所以他那一掌，不是傷。」謝長寂看向花向晚。

花向晚心頭一跳，她有些緊張：「那是？」

「我不知道，或許想用魊靈的邪氣干擾妳的心神。」謝長寂誠實回答。

花向晚放鬆些許，點頭：「或許是。」

兩人說著，走進後院。謝長寂似乎已經提前知道位置，直接帶她進了一個房間。

進屋之後，就看見許多人圍在沈修文旁邊。

謝長寂一進來，眾人紛紛讓路，花向晚這才看清床上的沈修文，他身上扎了許多銀針，旁邊一個銅盆，他手懸在床邊，中指有黑血順著落下，滴落到銅盆當中。

靈北坐在一邊，神色嚴肅施針，等拔出最後一根銀針後，沈修文一口血嘔出，指尖黑血終於見了鮮紅之色。

「好了。」靈北收起銀針，從位置上讓開來，轉身看向旁邊的昆虛子：「昆長老，毒已清空，沈道長應無大礙。」

說著，他這才注意到旁邊的花向晚，激動出聲：「少主！」

「等會兒說。」花向晚做了個手勢攔住靈北，走到床邊，看向床上的沈修文。

沈修文迷迷糊糊睜開眼，神色恍惚，花向晚好奇道：「沈道君？」

沈修文轉過頭來，看著花向晚，眼神中帶著些茫然，似乎完全不認識這個人。

「修文，」昆虛子走到一旁，滿眼擔憂地看著沈修文，「你現下還好吧？」

「昆……長老？」沈修文沙啞開口，謝長寂從一旁倒了一杯水，端到沈修文面前，沈修文看見謝長寂，愣了片刻後，隨後震驚出聲：「上……上君！」

看著沈修文的反應，花向晚便清楚，他被奪舍期間，記憶怕是一點都沒有。

她越過眾人，徑直詢問：「沈道君，今日是幾月初幾？」

「四月初三？」沈修文茫然回應，隨後疑惑：「姑娘是……」

花向晚和旁邊靈北對視一眼，四月初三，剛好是他們進入雲萊當天。

也就是他們從一開始見到的沈修文，就是假的。

「是陰陽宗？」花向晚詢問靈北，倒也不避諱眾人。

靈北搖頭：「是有陰陽宗控屍術的影子，但手法比陰陽宗高明得多，他保證了沈道君神魂安穩，在此基礎上控制了沈道君的軀體。」

「不經過本人同意，在不傷害神魂的情況下要控制軀體，這不是易事。」昆虛子思索著。

靈北點頭：「不錯，所以他應是神識極為強大，強行壓制了沈道君的神魂，然後用蠱術將沈道君軀體煉化如同屍體，之後再以控屍術操縱。」

「他還會用紙片人，」花向晚聽靈北說著，忍不住笑起來，「那他這來歷，怕是追查不到了。」

「也別灰心，」江憶然大大咧咧的聲音響起來，「反正都是西境的法術，等上君去了西境，慢慢查總能查出來的。」

這話一出，所有人都安靜下來。

大家下意識看了沈修文一眼，沈修文被看得有些茫然。

昆虛子想了想，抬眼看向花向晚，遲疑著：「花少主，不妨移步一談？」

花向晚正有此意，點頭道：「好。」

說著，花向晚轉頭同昆虛子一起走出去，謝長寂提步跟上，昆虛子轉頭看過去：「長寂，你先處理這邊的事，修文也好好休息，其餘的事，明天再說。」

謝長寂步子微頓，片刻後，他點頭：「嗯。」

得了謝長寂應答，昆虛子才轉過身，同花向晚一起走出房中。

兩人尋了一間客房，一起坐下，昆虛子親自給花向晚倒了茶，招呼著花向晚：「少主，坐。」

花向晚跪坐到昆虛子面前，看著老者沏茶，聽他道：「今日長寂搶親，是天劍宗的不是，只是事發突然，我們也沒能反應，還望少主見諒。」

「所以呢？」花向晚坐下來，抬眼看向昆虛子：「現在你們反應過來了，打算怎麼辦？」

「這得看少主，」昆虛子喝了口茶，「想怎麼辦？」

「謝長寂你們攔不攔得住？」花向晚單刀直入。

在這一點上，花向晚覺得，她與天劍宗應該統一戰線。

昆虛子嘆了口氣：「若攔得住，又怎會讓他做這種事？」

花向晚沉默下來，昆虛子嘆了口氣：「如今修文確認是被奪舍，有修文和長寂的事在前，天劍宗大約沒有第二個弟子願意同少主回西境，我們也不能強逼弟子，現下天劍宗唯一的聯姻人選僅有長寂，就看少主打不打算帶長寂回去。」

「如果我不帶呢？」

「少主當年以鎖魂燈封印魃靈，天劍宗感激不盡。」昆虛子說著，拿出一份卷軸，「這是合歡宮求親時給的禮單，天劍宗願三倍還給少主，以表感激。日後合歡宮若有需要，宗門亦願盡力協助。」

花向晚沒說話。

拿了這份禮，就真的要空手回西境，她不帶一個人回去，鳴鸞宮和清樂宮不可能信天劍宗會幫她。

沒有天劍宗制衡兩宮，合歡宮式微，她就得想其他辦法，魔主之爭，一下被動許多。

「若我帶他回去呢？」花向晚好奇。

昆虛子聞言，點了點頭，將卷軸收回：「那一切計畫照舊，長寂隨少主到西境查魃靈之事，事了之後，若少主與長寂兩情相悅，長寂便留在西境。若兩人心有間隙，我會去西境，接長寂回來。當然，長寂名下所有財產都會作為聘禮送到合歡宮。」

說著，昆虛子拿出十份卷軸放在桌面：「這是暫定下來的禮單，長寂作為問心劍主兩百年，名下法寶靈石眾多，一時還沒統計完整。若少主定下來，你們先行出發，東西清點完整，便會送過去。」

花向晚被十份卷軸的禮單驚到，她想了一下，自己作為合歡宮少宮主有的東西，可能一份卷軸都寫不滿。

十份……謝長寂這得多有錢啊！

要有這麼多錢，合歡宮弟子不得磕丹藥像喝水一樣，煉製法器像買糖人一樣？

好在她沒有被金錢攻勢迷惑，趕緊清醒過來：「我帶謝長寂回去，對合歡宮其實更為有益，你們天劍宗還倒貼這麼多錢，他是不是有什麼問題？」

昆虛子拿著茶杯的手一顫。

花向晚皺起眉頭，直追重點：「今早我還看見他在歷劫，怎麼黃昏就來搶婚？整個人看上去還不太正常的樣子。按理他是你們問心劍劍主，你現在這麼急著把他塞給我，到底是有什麼圖謀？」

「花少主，」昆虛子被她問得深吸一口氣，勉強地笑了笑，「妳真的多慮了。」

「昆長老，」花向晚說得認真，「兩方聯姻事關重大，我至少要搞清楚，謝長寂到底出了什麼問題？」

昆虛子沉默下來，好久後，他緩聲開口：「他修行出了點問題，對妳心有執念。」

聽到這話，花向晚心裡有了數。

謝長寂的問心劍肯定出了問題。

她思索片刻，追問：「什麼執念？到什麼程度？問心劍他還拔得出來嗎？」

「少主，」聽到花向晚提及問心劍，昆虛子神色嚴肅幾分，「我可以確保長寂不會傷害妳和合歡宗。但長寂身分敏感，少主若問太多，怕是不妥。」

花向晚不言，她的確問得太多了些。

兩方僵持下來，昆虛子慢慢喝著茶，花向晚抬眼看了桌上卷軸一眼，想了想，開口：「他喜歡我？」

「應當是……」

「那這事兒不能談，」花向晚果斷起身，「我不欠情債。」

見花向晚抽身俐落，昆虛子急急開口：「但也可能是少主當年之死，對長寂衝擊太大。」

花向晚停頓下來，昆虛子看著花向晚：「如今長寂的情況，誰也不敢斷定。」

花向晚想了想。

謝長寂對她肯定是有執念，畢竟當年她慘死在他面前，無論是對自己無能的譴責，還是對她的愧疚，她成為他的執念，都在意料之中。

或許就是因為這份執念，他無法飛升，問心劍或許也出了問題，所以天劍宗急著修復他的心境，才願意將他放到她身邊來。

放到她身邊來……

少年謝長寂在她腦海中一閃而過，她下意識想拒絕。

但想到客棧中合歡宮的弟子，還有合歡宮城牆上烈烈招搖的宮旗，她不由得輕笑。

又不是年少，凡事隨著自己心意。

利益當頭，利字最大。

她權衡利弊，豎起一根手指：「謝長寂送親隊伍多增一百名金丹以上修士，在合歡宮停駐至少一年。」

這話讓昆虛子臉色微變。

他看著乾脆俐落討價還價的花向晚，憋了半天，才道：「妳帶長寂一個，已經足夠鎮守合歡宮了。」

「這就是我的條件，」花向晚笑起來，「明日清晨合歡宮啟程，長老想好了讓弟子今夜過來，清晨就可出發。要覺得不妥，就把那三倍賠償給我帶上，我回西境，自有其他辦法。」

「而且，我提醒昆長老一點，」她抬手敲在桌面，「西境不是雲萊這樣平和的地方，有魔主坐鎮，如果是為了魊靈，一個謝長寂，或許不夠。」

昆虛子沒說話，花向晚見話說得差不多，起身往外，走到門口，昆虛子突然開口：「晚晚。」

聽到這個名字，花向晚僵住步子。

昆虛子垂眸看著水杯，似乎有些疲憊：「其實，當年長寂是想去妳家提親的。」

「成親那日，他和我回天劍宗，路上突然問我，如果按照天劍宗成婚的流程，該怎麼娶妳。我告訴他，他得去妳家裡，三書六禮下聘，迎妳回天劍宗，然後帶妳拜見宗內長輩，再去死生之界，由他師父用問心劍為你們賜福。之後再拜堂成親，用玉如意掀開喜帕，交杯喝下合巹酒，從此白頭偕老，常伴一生。」

說著，昆虛子抬頭看她：「但那時候什麼都來不及，兩百年過去了，」昆虛子遲疑片刻，從袖中拿出兩個紅包，放在桌面，「這是我和雲亭的，妳若願意，就接下吧。」

花向晚不說話，她回過頭，靜靜看著桌上那遲來了兩百年的紅包。

好久後，她笑了笑：「昆長老，我不知道晚晚是誰。這兩個紅包您留著，等以後，」她聲音放輕，「給該給的人吧，我不是那個人。夜深了，」她輕輕頷首，「晚輩告辭。」

說著，花向晚走出房外，一出門，就看見合歡宮眾人站在院子裡。

花向晚看著這群人，冷哼了一聲：「一群狗腿，幫著外人來抓我？」

「少主誤會了，」靈南硬撐著笑容，「是宮主吩咐的。上君搶婚，您又跑了，這麼大的事兒我們哪兒做得了主？宮主吩咐，全力幫助上君，務必保全這門婚事。」

聽到這話，花向晚揚起手就想抽他們。

靈南嚇得抱頭，看著他們的樣子，花向晚也打不下手。

她娘親自發話，這宮裡誰也不敢不聽。

她輕輕拍了下靈南的腦袋，只道：「你們啊，什麼時候才能出息些。」

靈南不敢說話，花向晚左右看了看，見自己的坐騎不在，好奇：「小白呢？」

「清衡上君帶走了。」靈北開口回答。

花向晚聽見謝長寂道號，皺起眉頭，他怎麼老抱著她的坐騎不放？自己喜歡自己養啊。

但念在他被雷劈壞了腦子，她也懶得計較，只道：「好吧，你們先去休息，我們明日就回西境，我也去睡了。」

「少主，」靈北得話，遲疑著，「是我們自己回去，還是同天劍宗一起？」

「要麼帶著錢回去，要麼帶著人回去。」花向晚疲憊擺手，「明日清晨就知道了。」

說著，花向晚打著哈欠，讓侍從領路：「走吧，回房，我得睡一覺。」

眾人應聲，送花向晚離開。

花向晚跟在侍從後，走在庭院中，想著今日一切，不由得有些好笑。

她從來沒想過，自己居然要和謝長寂再當一次夫妻。

好在謝長寂被劈壞了腦子，等他清醒了，就該飛升了吧？

到時候她成為魔主，他得道飛升，想想也是雙贏。

而且說不定昆虛子捨不得一百個金丹修士呢？

花向晚胡思亂想著，走到房門，侍從恭敬行禮，便退了開去。

她推開房門，打著哈欠瞇著眼走進屋中，本能的就開始脫外面的衣服。

但手剛放到腰帶上，她下意識覺得不對，抬眼一看，就見青年白衣白玉蓮花觀，雙手結印，盤腿坐在正前方。

他前方是燃著薰香的香案，身後是畫著江山千里圖的屏風，小白還是幼崽模樣，乖乖跪在旁邊，眼巴巴看著花向晚。

花向晚嚇得像見了鬼一般退跌到門前，急急出聲：「你你你……你怎麼在這裡？」

謝長寂沒有睜眼，平靜回聲：「妳的條件，掌門同意了。今日清晨，弟子會到明陽鎮。」

「這麼快？」花向晚有些震驚，「你們都不再考慮一下的嗎？」

「修文奪舍之事，宗門震怒，弟子不甘，要求去西境找到凶手，嚴懲不貸。」

天劍宗護短這事兒花向晚向來知道，但全體上下這麼團結的還是少見。

她聽著謝長寂的聲音，稍稍平穩，轉頭看了滿眼求助的小白一眼，她試探著走過去，把小白撈起來，檢查著小白，帶著幾分懷疑：「你對小白做了什麼？」

「洗澡。」

這話出口，小白痛苦的「嗷嗚」了一聲。

花向晚一時無言，小白的確不喜歡洗澡。

「淨室我讓侍女放好了水，床上也用暖玉暖好了，妳睡吧。」謝長寂見花向晚不動，提醒她：「妳乃鎖魂燈主，取得魊靈之人必定在暗處窺伺，日後我為妳守夜。」

「你不嫌累，我無所謂。」

花向晚聳肩，謝長寂神色不動。

花向晚見兩人也沒什麼話好說，抱著小白去了淨室。

淨室水溫正好，小白看見水，「嗷嗚」一聲就跑了出去。

花向晚撇撇嘴，快速脫了衣服，沐浴洗漱之後，便回了床上。

床上被暖玉搞得暖洋洋的。

四月天，還帶著點春寒，她體質陰冷，就算是夏日也經常在夜裡凍醒。

她不知道他怎麼會知道這件事，或許在剛才探查她身體狀況時便預料到。

她轉身側目看過去，屏風上，青年背影清瘦挺立，如孤松青竹，又似長劍守山。

那明顯是個青年背影，但莫名與少年時好像沒什麼不同。

她記得他們待在一起那三年，他經常這樣，隔著一扇窗，一扇門，一扇屏風，靜默著守在外面。

她看了片刻，忍不住開口：「謝長寂，你到底在執著什麼？」

謝長寂沉默不言，花向晚看著他的背影，勸說著：「如果你是覺得對我愧疚，其實不用的。當年的事我沒怪過你。我知道你難，說實話，」花向晚想想，「如果那時候，你真的為了我置宗門、置雲萊於不顧，我才是真的看不起你。」

雖然傷心是真的，難過是真的，可是，從未因此怪過他，或者憎怨他，亦真的。

「要是你真的過不去這個坎兒，一定要補償我，其實你做點對我好的事就好，不用以身相許。」花向晚見他不說話，側過身勸他：「比如你隨便指派個弟子和我成婚，沈修文啊、謝無霜啊，甚至江憶然也行，」她開著玩笑，「再多給我些法寶、靈石，多派點天劍宗弟子給我，我就更高興了。」

「花向晚，」謝長寂聽著她做夢，終於開口，「妳心裡還有我嗎？」

這話讓花向晚有些無奈：「我的脾氣你又不是不知道，若是有你，一開始，我便來找你了。」

說著，她遲疑片刻，低聲：「謝長寂，兩百年前我走的時候，就放下了，你也別執著。」

「既然沒有，」謝長寂好似沒聽到她的話，語氣沒有半點情緒，「那我與沈修文、謝無霜、江憶然，有何不同？」

花向晚一愣，謝長寂聲音從屏風外傳來。

「為何眾人皆可，獨獨我謝長寂不可？」

第十二章　西境

這話問得花向晚有些懵。

為何其他人可以，就他不可以？

她想了想，或許是因為，其他人都不曾讓她傷過心。

但既然謝長寂要跟她一起出發，這些讓人膈應的話也就不必說出口。

勸不住謝長寂，她也懶得再勸，閉上眼睛拉好被子，一覺睡到天亮。

等到第二天她隱約聽到茶水聲，她迷迷糊糊醒過來，睜眼就看見屏風上正在倒茶的背影，嚇得「唰」的直了起來。

「起了？」謝長寂的聲音從外面傳來。

花向晚緩了緩神，才出聲：「早……早啊。」

「靈南。」謝長寂站起身，喚了外面的人：「進來吧。」

說著，大門發出「咯吱」之聲，許多人湧進來，靈南帶著侍女繞到屏風後，伺候著花向晚起身。

謝長寂背對著她，告知自己的去向：「我去點人，同師叔告別。」

「哦。」花向晚點頭，謝長寂便提步走出去。

花向晚簡單洗漱了一番，便同靈南領著人走了出去。

合歡宮和天劍宗都已經清點人準備好，天劍宗一百位弟子已經到位，有男有女，皆是一身藍衣負劍，一派浩然正氣。

見到花向晚出來，弟子恭敬行禮：「見過師祖母。」

聽到這個稱呼，花向晚整個人心上一抖。

兩百年雖然也不算小，但能幹到師祖這個輩分的，的確寥寥無幾。

花向晚尷尬點頭，由靈北引路，上了靈舟。

此次回西境人數眾多，天劍宗便直接給了一艘靈舟。

這東西速度極快，又能載物，唯一的缺點，就是費錢。

它消耗靈石運轉，造它費錢，用它費錢。反正合歡宮現在是用不起這東西的。

但天劍宗要用，花向晚自然樂意。

她跟著靈北進了客艙，打開窗戶，就看見昆虛子和謝長寂走了出來。

他換了一套衣服，雖然不是昨天的喜服，但仍舊是極為喜慶的紅色，昨天花向晚沒什麼心情看人，現下百無聊賴，驟然一見，目光竟有些移不開了。

說起來，謝長寂的確是她生平僅見的美人。

兩百多年過去，她現下再見，還是會被驚到。

他的五官並不精緻完美，甚至於有些寡淡，可是湊在一起，便有了一種山水墨畫一般的淡雅清雋。

自幼清修，更多了幾分不近人世的仙氣，平日握劍時似如寒劍出鞘，讓人不敢近身，如今穿上紅衫，收起鋒芒，便如謫仙落凡，好似哪家貴公子出遊，倒越發引人親近。

昆虛子一直在和謝長寂囑咐什麼，謝長寂頻頻點頭，十分有耐心。

花向晚目光凝在他身上，謝長寂似乎感知到，遙遙抬眼，兩人目光一碰，花向晚才驚覺自己做了什麼，不動聲色挪開眼去，狀似漫不經心打量周邊。

謝長寂目光微頓，又收了回去，聽著昆虛子的嘮叨，一起上了靈舟。

昆虛子一路送謝長寂到了房門前，進屋前還拉著他叮囑。

「這一百弟子裡面歲文和長生最怕黑，你領他們到黑的地方要注意把他們兩放中間。還有你自己，我給你備了三百顆清心丸，九百粒復元丹，東西都在包裡，你不要嫌麻煩，該吃藥得吃。」

「你的衣服我備了一百套，什麼顏色都有，你到了合歡宮，不用天天穿道袍，記得穿些好看的。」

「還有……」

「咳咳。」花向晚見昆虛子說個沒完，她忍不住咳嗽出聲，昆虛子聽到聲音，轉過頭來，她把手搭在窗戶邊，笑著提醒門外昆虛子：「昆長老，您再送送，清衡上君怕就要等到飛升歷劫了。」

昆虛子得話，猶豫著看了謝長寂一眼，謝長寂垂眸站在原地，沒有半點不滿。

可昆虛子也知道行程耽誤不得，他想了想，走到花向晚面前，行了禮。

這把花向晚嚇壞了，趕緊去扶昆虛子：「昆長老，有話好說。」

「花少主，」昆虛子由她扶著起身，嘆了口氣，滿臉懇求，「我們家長寂一心修道，許多俗事都不知怎麼打理，到了合歡宮，勞煩您多照顧擔待。」

「明白明白。」花向晚握著昆虛子的手，趕緊點頭。

哪個宗門的最強者是要管理俗物的？

她知道昆虛子不放心，認真承諾：「你放心吧，我既然帶著他去了西境，就一定會好好照顧他。」

「還有那一百弟子……」

「您也放心，」花向晚鄭重承諾，「我就借用一年，一年後，一定完好無損給您送回來。當然，要是有任何意外，我一定把仇人給您記下。」

聽到這話，昆虛子臉色變了變。

他似是有些想要反悔，但一看想到那些金丹弟子眼中按耐不住的興奮和激動，他咬了咬牙，終於還是點頭：「那就拜託少主了。長寂，」昆虛子說著，轉頭握住謝長寂的手，遲疑許久，才終於開口，「護好宗內弟子，我走了。」

說完，昆虛子甩開他的手，竟是轉頭就離開。

謝長寂見昆虛子走遠，轉身吩咐門外站著的江憶然：「走吧。」

「是。」江憶然應聲，趕緊下去做事。

花向晚聽到聲音，這才意識到此次江憶然竟然也跟來了。

她不由得有些好奇，轉頭看謝長寂：「沈修文來了嗎？」

謝長寂動作一頓，片刻後，他淡道：「他不來。」

花向晚點點頭，想起來沈修文受了傷。

不然按理來說，江憶然是第六峰嫡傳弟子，年紀又小，這種操辦雜事的位置，該是做慣了的沈修文來才對。

她想了想，不由得有些關心：「他傷勢還好吧？」

「嗯。」謝長寂點頭，「挺好的。」

花向晚放下心來，就聽謝長寂強調：「他不想來。」

花向晚一愣，總覺得這話裡有話。

然而謝長寂沒多解釋，走到旁邊蒲團上，掀了衣擺坐上去，便開始打坐。

這時靈舟啟動起來，靈舟騰雲駕霧上天，花向晚撐著下巴看著外面景色，看了一會兒，她又回頭看謝長寂。

昨天還想著從此不見，此刻這麼個大活人坐在這裡，她莫名有些不習慣。

可未來一段時間大概都要和他相處，她總得適應一下。
好在謝長寂不說話，左思右想，她乾脆盤腿坐在椅子上，也跟著入定。
她沒有金丹，入定純粹只是鍛煉神識，這些年她都是這樣度過。
謝長寂察覺她的動作，輕輕睜眼，看了片刻後，他開口喚她：「花向晚。」
花向晚聽他叫她，有些意外，她睜開眼，眼裡帶著疑問。
謝長寂坐在蒲團上，平靜地看著她：「妳過來。」
花向晚雖然不明白他要做什麼，但知道他總不是想和她閒聊，還是起身走到他面前。
「坐下吧。」謝長寂垂眸到面前蒲團。
花向晚依言，面對面坐到謝長寂對面，有些好笑：「坐什麼？論道啊？」
「把手給我。」謝長寂伸手。
花向晚聞言，微微一愣，有些想不明白謝長寂是想做什麼。
以謝長寂的能力，不需多言，就能看出她打坐是不運轉靈力的。
若是旁人在此時要她伸手，自然是要查探她的身體狀態，為她修復金丹。
這的確是她的來雲萊的目的，可是謝長寂……
她垂下眼眸，遲疑片刻，笑了笑，還是伸出手去。
謝長寂似乎沒看出她的遲疑，將手放在她的脈搏上，用靈力仔仔細細在她身體中遊走了一圈。

花向晚垂眸不說話，等了片刻後，謝長寂輕聲開口：「妳的金丹，已碎得差不多了。」

「嗯。」花向晚知道自己的情況：「當年用了一顆靈藥勉強吊著，早該碎了。」

「筋脈淤堵，運行不暢。」

「都是一寸一寸縫起來的。」花向晚苦笑，「能用不錯了，還提什麼要求？」

聽到這話，謝長寂抬眼，似是不贊同。

花向晚知道他是不喜歡這種話的，只道：「已是如此了。」

謝長寂不理會她，垂眸看著她的手腕：「我可以控制靈力進入妳的筋脈，將淤堵沾黏之處衝開，過程或許會有些疼，妳需得忍耐一二。」

用靈力衝開筋脈淤堵沾黏的地方，這個辦法過去不是沒想過。

但一來對施術者要求極高，要求對方對靈力掌握十分精確。二來她的筋脈本身就比常人要寬上許多，一般人的靈力難以做到這件事。

而合歡宮能做這事的都不在了，唯有她母親，卻也在當年渡劫不成，身受反噬，難以完成此事。

交給外人她不放心，拖來拖去，竟就到了今天。

這事兒比起雙修讓人接受度好上許多，花向晚鬆了口氣。

她點了點頭，謝長寂伸出雙手，讓花向晚將手背放在他手中。

掌心掌背相貼，一冷一熱，花向晚就感覺謝長寂的靈力徐徐緩緩進入她的身體，如同小溪一般彙聚在一處。

他的靈力如同他的人，有些涼，莫名讓人安靜。

筋脈沾黏之處，並非不能完全通過，只是變得極為狹窄。

謝長寂將靈力灌滿她的筋脈，來到第一個沾黏之處。

他的靈力控制得很精準，花向晚沒有任何不適，她閉著眼，感覺靈力滋養所帶來的舒適感。

她已經很多年沒有這種靈力充盈筋脈的感覺，年少時天資太好，從沒遇過低谷，後來等筋脈靈力枯竭，才知道沒有靈力滋潤，筋脈是怎樣難受。

謝長寂觀察著她的神色，察覺差不多，緩聲喚她的名字：「花向晚。」

「嗯？」

「渡過定離海要多久？」

「快則五日，慢則無邊無際，」花向晚不知道他為什麼突然聊天，但此刻心情好，願意多說幾句，「主要是找不到方向，當年我第一次來雲萊，一個人……」

話沒說完，謝長寂的靈力猛地衝擊向沾黏的之處，劇痛瞬間順著筋脈一路抵達天靈，疼得花向晚臉色劇變。

謝長寂握著她的手，平穩詢問：「一個人怎樣？」

「一個人……」花向晚明白他是要做什麼了，他在分散她的注意力，她克制著自己因疼痛帶來的顫抖，艱難回聲，「一個人飄在海上，飄了三個月才找到路。」

「後來呢？」謝長寂詢問。

花向晚咬著牙關：「後來上了岸，第一次看見這麼好看的地方，青山綠水，小河彎橋。」

「西境沒有麼？」

「沒有，西境多荒漠，常年黃沙漫漫，遮天蔽日。」花向晚說著，氣息漸緩，突然想起來：「你為什麼一直叫我花向晚？」

「我想叫妳的名字。」

而不是給我的謊言。

花向晚聽到這話，便明白他言語背後的意思。

還來不及多說什麼，第二次劇痛便隨即而來。

一連衝破十個沾黏之處後，花向晚終於熬不住，一口血噴出來，倒在謝長寂肩頭。

謝長寂不動，她頭抵在他肩上，輕輕顫抖。

她滿身冷汗，唇色蒼白，外面星河高懸，謝長寂握著她的手，隱約也在發顫。

「妳身上，」他感覺著女子身上傳來的熱度和氣息，聲音微啞，「一共三百四十二個淤堵之處。」

「嗯。」

「需得忍忍。」

「無妨。」

兩人沒有說話，他們挨得很近。

她隱約感覺他的呼吸似乎有些亂，但又分不清是不是她的錯覺。

她靠著他過了許久，疼痛逐漸消散，花向晚神智逐漸恢復。

她在他肩頭仰頭抬眼，見他額頭上也全是冷汗。這樣長時間精準控制靈力消耗極大，哪怕是他，臉色也有些蒼白。

她輕輕喘息詢問：「謝長寂，你還好吧？」

謝長寂聞聲垂眸，目光落在她臉上。

額頭的汗濕潤了她的髮，她眼裡似乎也帶著水汽

他盯了她許久，花向晚疑惑：「謝長寂？」

他聞言，似乎才緩過神，艱難地挪開目光，點了點頭，發出一聲鼻音：「嗯，還好。」

花向晚撐著自己直起身，兩人彷彿從水裡撈出來的，她低著頭緩了一會兒，謝長寂聽她呼吸平緩下來，他終於出聲：「我去淨室添水。」

說著，他站起身來。

他的神色看不出任何情緒，和平日沒有半點不同，花向晚聽著淨室中的水聲，餘痛漸消，人也慢慢冷靜下來。

過了一會兒，謝長寂走出淨室，他還是那副不受世俗干擾半分的模樣，好似一尊玉佛，不

染半點塵埃。

「好了。」謝長寂出聲，花向晚點了點頭，說了句「受累」，便扶著香案起身，自己去了淨室。

謝長寂聽著她進淨室，她對他似乎全不設防，猶豫片刻，還是走出門外，抬手關門。

他站在門前，過了一會兒，就聽房中傳來女子解開衣衫的窸窣之聲。

他神色不動，腦海中，想起方才她仰頭看他那剎，只覺那聲音和兩百年前山洞中女子拉開衣衫的畫面交疊。

微微垂眸，一隻手在袖下撚上清心印，然而這已經重複了不知少遍的法咒，又在水波蕩漾聲和女子輕嘆聲中止聲。

他手指扣在法訣上，遲遲不動。

過了片刻，他轉眸看向長廊，長廊盡頭是一扇圓形窗戶，窗外明月高懸，月光照在地上，他腦海中是山洞那夜忽明忽暗的火焰，不知怎的，他就想起渡劫之時，手握那一瓣桃花。

破心轉道，卿為我道。

手上法印緩緩散開，他收回看向窗外的目光，不作掙扎，閉上眼睛。

一面人間極樂，一面烈火焚身。

他體會著這世間俗人百般滋味，許久，才聽花向晚喚他。

「謝長寂，我好了。」

聽著花向晚的聲音，謝長寂張開眼睛，他緩了一會兒，遮掩住眼中欲色，才推門進去。

花向晚擦著頭髮走出來，轉頭看了看淨室：「你洗嗎？」

「嗯。」謝長寂應聲。

花向晚朝著淨室揚了揚下巴：「那你自己清理淨室，我要睡了。」

「好。」謝長寂話不多，直接往屋裡走。

花向晚擦乾頭髮，便躺到床上。

床上暖暖的，大約是暖玉一直放在上面，花向晚伸出一隻手，她看了一會兒，有些高興。

三百多個沾黏之處，不出一個月，她的筋脈就可全通。

雖然疼了些……但就是當時那一剎，也不是不可忍受。

之前是沒指望能把筋脈打通的，畢竟一個元嬰修士，能滋養金丹就不錯了，根本不指望能幫她修復筋脈。

但來的是謝長寂……

花向晚忍不住往淨室方向看了一眼，想著方才謝長寂的樣子，琢磨著，大約筋脈可以恢復，金丹得另尋法子了。

謝長寂不喜歡情欲之事。

以前她是從來不信的，總覺得這些道士道貌岸然，當年她想盡辦法，他都冷靜拒絕，一開始她是覺得這狗道士假裝矜持，直到他們真的成了。

第二天醒過來，她這一輩子第一次從他眼裡看到無措。

沒有半點歡喜，更無半分溫情，他撿起道袍，甚至不顧傷勢，便踉蹌著跑了出去。

那一刻她就知道，謝長寂真的是斷了欲的神佛，人間之事，對於他來說大約都是汙穢不堪的。

她不知道謝長寂為了那份「執念」，可以補償到什麼地步。

但若這件事是要謝長寂忍著嫌棄完成，那就算是為了金丹，就算謝長寂是渡劫期的修士，她也是不想忍的。

好在謝長寂似乎也不打算這麼委屈自己，應當會找一些其他辦法。

不用她開口拒絕，這再好不過。

花向晚渾渾噩噩想著，躺在床上，慢慢睡了過去。

謝長寂泡在冰冷的水中，看著浴池被他的血染紅。

聽著外面呼吸聲漸漸平穩，等他背上雙生符所帶來的十個血孔復原，他站起身來，披上白衫，將血水清理乾淨，提步走了出去。

他走路幾乎沒有任何聲音，踏著月光步到床邊，站在原地，看著床上熟睡的女子。

他用目光一一打量過她的眉眼，看了好久，見花向晚眉心微皺，似是做了噩夢。他坐到床邊，抬手一道螢光落在她眉心，花向晚便安靜下來。

他輕輕俯身，冰涼的唇落在她的額間。

「好夢。」

那一夜花向晚睡得極好，她也不知道是因為疏通筋脈太累的緣故，還是因為其他。

第二天早上起來，就看謝長寂端坐在香案旁邊打坐，香爐青煙嫋嫋，謝長寂一身白衣，長身如玉。

他聽她起身，微微側臉：「早。」

之後近半個月，差不多每日都是如此，謝長寂靈力恢復需要一些時間，於是每隔三日他幫她打通一次筋脈，其餘時間，花向晚便自己打坐或是找靈南等人打葉子牌。

等到夜裡，謝長寂就坐在香案前打坐守夜。

從天劍宗到定離海，再渡過定離海到西境，這一段路之前花向晚他們走了快一個月，如今有謝長寂的靈舟在，不到半個月，他們便抵達西境。

西境和定離海的入口有重兵把守，靈舟抵達岸邊，花向晚和合歡宮說了到達之事，讓合歡宮做好迎接準備之後，便換成了靈獸玉車，花向晚和謝長寂坐在車裡，往關口走去。

此處還沒進入西境，尚在海邊，定離海的沙灘是黑色的，眾人踩著黑色砂礫，由靈北領路，走向前方光門。

「第一次來西境吧？」花向晚看謝長寂端望著窗外景色，笑著舉杯：「我第一次到雲萊，也是你這個樣子。」

聽到花向晚說到過往，謝長寂回頭看她。

花向晚慢慢說著：「雲萊和西境不太一樣，山水漂亮，人也漂亮。」

「是麼？」謝長寂緩聲：「我以為西境之人，應當都生得不錯。」

「何以見得？」花向晚好奇。

謝長寂說得平淡：「至少溫少清應該不錯。」

聽他主動提溫少清，花向晚一愣，莫名有些心虛，又覺得似乎不該。

她打量一下謝長寂的神色，見他似乎並不在意，便放下心來，點頭道：「是挺好，但其實他沒薛子丹好看。」

「薛子丹？」謝長寂抬眼：「沒聽妳提過。」

「唔，就是在溫少清之前，」花向晚簡明扼要，「我去藥宗求醫，順手撿的一個人。」

「然後呢？」

「喲，」謝長寂剛問完，馬車外就傳來一聲驚呼，「我說是誰這麼大陣仗，原來是花少主回來了。」

聽到聲音，謝長寂轉頭看過去，花向晚也不急，她慢慢悠悠捲起車簾，看向站在車窗前的女子。

女子一身黑衣短裙長靴，兩隻手上都掛著暗器，看上去十分颯爽。

「我說是誰，」花向晚笑起來，「怎麼，輪到薛二小姐來守定離關了？」

「花少主還識得我？」女子嘲諷。

「當然，」花向晚眼神真摯，「藥宗薛二薛雪然，給我下毒不下兩百次，想忘也難。」

「這是妳活該。」薛雪然冷笑，目光往馬車裡看去：「怎麼，又去天劍宗收破爛……」

話沒說完，薛雪然話語頓住。

她的目光落在謝長寂身上，眼神有些呆滯。

謝長寂收斂了威壓，坐在馬車裡，平靜喝茶，旁人看不出他的修為，但卻知這張臉，那是西境有不起的絕色。

薛雪然愣了片刻，隨後不可思議地轉頭看向花向晚，笑出聲來：「花向晚，妳可以啊，自己是個繡花枕頭，還為了美色搞個不中用的回來？妳好歹找個金丹期啊？」

聽到這話，天劍宗弟子齊齊看了過來，謝長寂也抬眼，花向晚一看謝長寂神色不對，便抬手按住他，同薛雪然道：「行了，別廢話，放行吧。」

「好好好，」薛雪然趴在窗戶上抬手，笑得停不下來，「這種好消息我馬上回去告訴我哥，妳放心，等魔主試煉妳死在裡面，我哥一定會親自為妳收屍。」

說著，薛雪然退開，滿面笑容，抬手一揮：「走吧！」

花向晚放下簾子，舒了口氣。

轉頭看向謝長寂，發現看他著她壓著他手背的手。

她趕緊縮回來，有些不好意思道：「抱歉，讓你看笑話了。」

「她是誰？」謝長寂開口。

花向晚解釋：「薛子丹的妹妹薛雪然，薛子丹是藥宗少主，她是老二，擅長暗器用毒。」

「她向妳下毒兩百多次？」

「啊，」花向晚尷尬點頭，「小事情，反正也沒成功過。」

「為何？」

花向晚嘆了口氣，有些愧疚：「為她哥，當年……我要個東西，騙了薛子丹，他想把我留在藥宗，我跑了，回頭和溫少清定了親……」

花向晚越說聲音越小，隨後嘆了口氣：「算了，都是過去的事。」

「聽說妳和溫少清，是魔主指婚，為穩定局勢。」謝長寂端起茶杯，克制著語氣。

花向晚點頭：「不錯，不過我們算一起長大，本身也有些感情。」

謝長寂動作頓住。

花向晚想到什麼，轉頭又看他，忍不住叮囑：「他這人有些軸，現下局勢微妙，如果他對你做出什麼……」花向晚頓了頓，想半天，才想到一個合適的詞，「不敬的舉動，你不要生氣，繞開就好了。」

「他退了妳的婚。」謝長寂抬眼看她，刻意提醒。

花向晚嘆了口氣：「清樂宮本來就不同意這門婚事，是他和魔主一起堅持，才定的親，所以這麼多年一直沒成婚。他努力過了，我也不怪他。這些年他幫了我不少，當年合歡宮出事，第一支增援的隊伍就是他帶過來的。最最重要的是，現下我也不想和清樂宮起什麼紛爭，所以你千萬不要惹事。」

謝長寂不說話，花向晚見他不出聲，抬眼看他：「怎麼？」

「這兩百年，」謝長寂語氣聽不出喜怒，他垂眸看著茶杯，「妳過得甚是精彩。」

「還……」花向晚感覺他這話裡帶了幾分挖苦，但想謝長寂也不是這種人，強撐著笑容，「還好吧？」

「可還有其他我要注意的人？」謝長寂低頭喝了茶，神色微冷。

但他情緒太過內斂，花向晚也看不出區別，只當他在詢問西境生存之道，花向晚想想，也不在意：「其他都是些小角色，應當影響不了你，到時候我再給你介紹。」

這話出來，花向晚突然意識到不妥。

她其實把握不好謝長寂這個所謂的「偏執」，到底是什麼方向，這些時日他表現得太平靜，太淡，感覺就是一個報恩使者，讓她都快忘了他心裡還把她當妻子這事。

雖然不一定是喜歡，但當她是妻子，或許也是不喜歡有這麼多感情史的。

她遲疑著想要彌補解釋一下，不要讓氣氛太過尷尬，然而還未開口，就聽謝長寂善解人意出聲：「我知道了，」他抬眼，輕輕頷首，「我會有分寸的。」

得了謝長寂承諾，花向晚舒了口氣，想著是她想得太多。

謝長寂哪裡會在意這種事？

當年就不在意，如今他已成為上君，不過是道心有損出了岔子，當比年少更沉穩包容才是。

想明白這一點，她才大著膽子開始給謝長寂介紹西境的情況。

她拿出一張地圖，鋪開給謝長寂看。

「西境分成三宮九宗，分別是鳴鸞、清樂、合歡。鳴鸞擅長劍術，清樂宮主修樂器，合歡宮主要就是功法不同，可以以雙修之術快速進階，所以精於神識淬煉，功法基礎上，學什麼的都有，比如以前我學劍，後來轉了法修。」

「我知。」謝長寂點頭。

花向晚繼續：「宗就是陰陽宗、傀儡宗、巫蠱宗、劍宗、道宗、藥宗、百獸宗、天機宗、玉成宗。九宗下面有三百三十城，分別管理。以前是每宮管理十座大城和三個宗門，小城由宗門管理，每城都有各自的城主和一些小宗門。但現下合歡宮式微，甚至還不如九宗一些宗門強盛，所以這種管轄，早已名存實亡。如今合歡宮管控的，只有百獸宗，如今合歡宮實際管轄，」花向晚畫了一個極小的圈，「只有西邊這十座大城和二十座小城。所以，雖然明面上合歡宮還是三宮，我能仗著魔主的聲威將你們帶進來，但是我們能不惹事，還是不要惹事。」

「嗯。」謝長寂點頭，看著地圖：「那魔主試煉是怎樣的？」

「這個，試煉還未開始，」花向晚搖頭，「誰都不知道。」

說起這個，花向晚想起來：「魊靈呢，你打算怎麼著？」

「我們會有婚宴。」謝長寂突然說了這一句。

花向晚有些茫然：「不錯。」

「會邀請西境所有元嬰以上修士？」

「當然，」花向晚點頭，「能修到金丹便算有名有姓，西境所有稍有名氣的人物都會請到。」

「我對魊靈有感應。」

這麼一說，花向晚就明白了。

當日進入靈虛祕境的西境修士，都是元嬰以上，且極大可能出自九宗或者是鳴鸞清樂。

謝長寂打算在婚宴上直接找，倒也是個辦法。

「妳放心，」謝長寂莫名其妙突然說了句，「我找人，不會影響我們成婚。」

這話把花向晚說愣了，隨即笑起來：「影響也沒關係，找到魊靈最重要。」

謝長寂抬眼看她，神色莫名鄭重許多：「不。」

他說：「很重要。」

花向晚一時接不了話，謝長寂有時候對這些儀式莫名在意。

比如當年不肯喝合巹酒，是打算再給她一次正式的婚禮。故意讓她跟著沈修文離開，也是為了喝完一杯合巹酒。

但有時候又不是很有所謂，比如搶親那天那身衣服，不知道的以為他剛要完飯回來。

她搞不懂他的想法，也不想瞭解這個謎一樣的男人，便轉頭抽出一本人物冊子，開始給謝長寂介紹起西境需要記住的人物，方便他日後行事。

一路把西境大體情況介紹完畢，已經是三天後的事。

第三天醒來，便已經距離合歡宮不遠。

合歡宮早在她進入西境時便開始準備，現下她得按著迎親的規矩，給靈獸掛上紅色的同心結，再同謝長寂一起換上緋色禮服，一起坐在靈獸玉車上，緩步往前。

車隊前進，她便開始聯繫合歡宮。

然而傳音玉牌亮了許久，都不見有人回應，花向晚不由得有些擔憂。

謝長寂看了花向晚的神色一眼，喚了一聲：「靈北。」

聽到謝長寂的聲音，靈北趕緊回到車邊：「上君。」

「讓人去前方看看，聯繫不上合歡宮。」

靈北聞言，神色微凜，立刻道：「是。」

說著，靈北便轉身去找人。

謝長寂轉頭看花向晚：「不必擔心。」

說著，他的目光落在她有些歪的金冠上，抬手扶了扶：「我未曾感覺前方有靈力波動。」沒有，就等於沒有交戰。

未曾想謝長寂這麼清楚她在擔憂什麼，她垂下眼眸，輕聲道：「多謝。」

「當年妳和師父師弟們出事後，我許久睡不著。」

謝長寂突然提及往事，花向晚好奇，見他神色平靜，似乎沒有半點傷懷，彷彿是在說一件和自己無關的事。

「有許多年，我閉眼就好像聽見有人在喚我，周邊都是交戰之聲，後來我就不睡覺，一直清醒，便不會不安。」

「然後呢？」

花向晚想，他不是喜歡訴苦的人。

「然後我在異界待了近兩百年，等我回來那天，我看見天劍宗滿山桃花開了，許多弟子我都不認識，天劍宗已是雲萊第一宗門。」

「那天晚上我入睡，師弟和師父，便不再喚我了。」

只有她，還在夢裡，反反覆覆從他面前墜落而下。

花向晚聽著，笑了笑：「你這麼一說，我便有希望了。或許等哪一日，合歡宮重回鼎盛，我也就不會怕了吧？」

「嗯。」

謝長寂開口，花向晚轉頭，微笑看著前方，目光中卻沒有半點溫度。

車隊往前緩緩行去，沒了一會兒，靈北便趕了回來。

「少主。」靈北到花向晚身邊，壓低聲：「是清樂宮，溫少清帶了清樂宮五千弟子，把合歡宮圍了。」

聽到這話，花向晚皺眉：「他們沒傷人吧？」

「沒有，」靈北搖頭，「他們沒打算找合歡宮麻煩，是在合歡宮等著您……」靈北一頓，抬頭看了謝長寂一眼，最後還是出聲，「和上君。」

一聽這話，花向晚就頭疼。

她抬手扶額：「他鬧哪一出？」

「溫少主說，婚是他母親退的，他要和您談談，也要看看上君是什麼人物。」

「我人都帶回來了，」花向晚壓低聲，「他要和我談什麼？」

靈北不說話，花向晚想了想：「後門呢？他們也堵上了？」

「沒有，」靈北搖頭，「溫少主特意把後門留出來了。」

「那就從後門走，」花向晚立刻吩咐，「別起衝突。」

「是。」靈北點頭。

這些年合歡宮對這些衝突都是能避就避，養精蓄銳，好好發展。

然而靈北還沒轉身，就聽謝長寂開口：「不必繞路，繼續往前。」

聽到這話，花向晚一愣，和靈北一起看了過去，就見謝長寂面色不動，稍稍提聲：「憶然。」

江憶然聞言，從前方折回來，恭敬道：「上君。」

「吩咐弟子，揚旗往前。」

「是。」江憶然立刻應聲，隨即轉身離開，朝著天劍宗弟子大喊出聲，「揚旗！」

片刻後，天劍宗宗旗便同合歡宮的宮旗一起升起在車頭和前後排。

兩旗並列，在風中交纏在一起。

靈北和花向晚看著這個情況，有些不敢說話。

他們畏畏縮縮過了快兩百年，從未這麼囂張過。

謝長寂見宗旗升起，轉頭看向靈北，語氣聽不出喜怒：「溫少清在嗎？」

「在。」靈北反應過來，趕緊彙報前面情況：「溫少清帶了清樂宮兩位化神期的高手，都在。」

「嗯。」謝長寂點頭，只道：「開路吧。」

靈北聞言，便知道謝長寂是打算硬碰硬。

他一時有些激動，強行克制住心中興奮，故作鎮定沉穩：「是。」

說著，靈北便轉身去了前方領路。

花向晚好半天才反應過來謝長寂的意思，她有些心慌。

趕緊坐到謝長寂面前，握住他的手，激動懇求：「謝長寂，溫少清是清樂宮少宮主，你別亂來。」

謝長寂聞言，抬眼看她，「妳怕我殺了他？」

一開口就提「殺」，完全超出了花向晚「重傷」的心理預期。

她更慌了，立刻強調：「要是他死了清樂宮是一定要開戰的，合歡宮現在元嬰以上修士沒有多少，我沒有多少家底，咱們要養精蓄銳保持實力，不到萬不得已……」

「不必害怕。」謝長寂聽著她的理由，神色稍緩，他垂下眼眸，看上去極為平和：「我只是不想繞路，我有分寸。」

花向晚看著他沉穩神色，咽了咽口水。

想著謝長寂過往一直言出必行、十分穩妥，她終於放心了一些，但還是叮囑：「重傷也是不行的，一點教訓就可以了，也別太過分，終歸要給點面子。」

謝長寂低頭喝茶，沒有出聲。

車隊一路往前，繞過前面土坡，就來到合歡宮，從山丘上往上看，合歡宮前方是一個巨大的平原，五千修士列在合歡宮前方，整整齊齊，頗為壯觀。

花向晚撩著馬車車簾，緊張地看著兩邊隊伍越靠越近，旁邊謝長寂完全與之相反，平靜喝茶，沒有半點擔憂。

過了片刻，兩邊人馬終於交頭，馬車停下來，靈北在前方行了個禮，恭敬揚聲：「溫少主，我家少主攜少君歸來，還望少主讓路。」

沒有人說話。

過了片刻，就看前方修士讓道，軟轎上下「吱呀」之聲響起，人群中一位青年坐在軟轎上，緩緩而來。

他身著紫衣，頭頂羽冠，一手捧著金杯，一手搭在軟轎一邊，容貌豔麗，眉眼輕佻，眼角一顆紅痣，襯得他格外妖嬈，也帶著幾分銳利。

「阿晚，」他沒搭理靈北，看向馬車，揚聲道：「妳又帶了新歡回來呀？」

花向晚聽得這話，看了看謝長寂，見謝長寂似是發愣，便有些坐不住了，揚起車簾站出去，皺眉叱喝：「你來鬧什麼？不是都退婚了嗎？」

「阿晚，」看見花向晚，溫少清神色立刻鄭重起來，「此事並非我意，我被我阿娘關了許久，現下才逃出來就來找妳，我與秦雲衣沒有成親……」

「那也是退婚了。」花向晚打斷他，看了看他身後修士，壓低聲：「我已經在天劍宗成親了，退開吧，休要太過難看。」

聽到這話，溫少清臉色微變，他咬牙切齒：「成親了？」

「是。」花向晚應聲：「別糾纏了。」

「我糾纏？」溫少清聽到這話，氣急笑起來，「是我糾纏，還是妳毀約？當年妳答應過我，要一直同我在一起，也是妳答應我要同我成婚的！」

聽到這話，花向晚一時語塞。

馬車中謝長寂低垂眼眸，取了桌上一株插在瓶中裝飾的桃花。

「這都是過去之事，而且我答應你時，你也說好你會說服你母親，我已經給了你這麼多時間了，」花向晚為難，「你做不到，如今你有秦雲衣，我也成婚了，那就算了吧？」

溫少清不說話，他將目光挪到花向晚身後馬車上：「成婚了？好，好得很。」

說著，溫少清臉色驟變，手上一轉，一把古琴突然出現，抬手猛地一撥，音波朝著馬車如刀而去，他冷著聲：「那他死了，妳便又是我的了。」

音落，音波繞開花向晚，割破車簾，車簾落下瞬間，一把桃花飛灑而出。

桃花撞在音波之上，音波瞬間斬斷，而後花瓣如同飛劍，朝著溫少清疾馳而去，溫少清察覺不對時，桃花已至眼前！

溫少清慌忙撥琴，琴音匆匆攔下一片片刺來的桃花光劍，他一面躲閃一面奏琴，旁邊兩位化神修士見狀，當即加入戰局，一簫一笛協助琴音將桃花全都擊飛，然而也就是最後一片桃花落下的剎那，謝長寂放下茶杯，從馬車中提著桃枝，隨即而至。

他來得極快，化神修士見狀不妙，瞬間擋在溫少清面前。

一簫一笛尖銳出聲，謝長寂木桃枝一揮，劍意似如排山倒海，頃刻間，蕭裂笛折，桃枝衝過古琴音波，直取前人臉面。

古琴琴弦寸寸斷裂，溫少清一口血乾嘔而出，隨即便覺桃枝狠狠抽在臉上，瞬間將他抽翻在地！

他整個人狠狠撞在地面，還未來得及起身，桃枝已經抵到頸間。

他羽冠歪斜，頭髮散開，滿身滾得是塵土，喘息著抬頭，揚起被抽得滿是血痕的臉。

就見青年一身緋衣玉冠，神色平靜如潭，他只淡淡看了他一眼，便回頭看向花向晚。

輕描淡寫問了句——「可殺嗎？」

第十三章　合歡宮

這話出來，眾人都驚住。

溫少清下意識想掙扎，但渡劫期威壓隨即而下，當即將他壓得動彈不得。

他臉色微變，旁邊所有清樂宮人也面露震驚。

之前薛雪然傳信來說，明明帶回來的只是個煉氣期，怎麼是渡劫期？

然而毫不收斂的渡劫威壓瀰漫四周，這誰都作不得假。

常年殺伐所帶出來的血氣與合歡宮前黃沙混合交織，青年的桃枝抵在溫少清頸間，靜靜看著花向晚。

所有人都察覺，他不是在開玩笑，他真的會殺了溫少清。

「晚晚，」他再問了一遍，「可殺嗎？」

聽到這話，溫少清涼涼地看向花向晚，提聲：「阿晚？」

溫少清的話讓花向晚驟然驚醒，她看向謝長寂，趕緊開口制止：「教訓過了，便放了他吧。」

謝長寂不說話，隔著黃沙，他看出花向晚眼中的擔憂和緊張。

那眼神和當年她給他看傷口、每一次看他出事時，一樣。

他盯了她許久，直到花向晚加重語氣：「長寂。」

聽到這話，謝長寂微微垂眸，這才收起手中桃枝，轉身朝花向晚走回去。

他一轉身，威壓便收斂起來，溫少清由旁邊修士扶起來，死死盯著謝長寂的背影，低聲詢問：「敢問閣下尊姓大名？」

「天劍宗，」謝長寂頓住腳步，聲音平穩，「清衡。」

聽得這話，溫少清當即愣住。

天劍宗清衡？那不是天劍宗問心劍劍主，雲萊第一人，傳聞中一劍滅宗的當世最強者，謝長寂嗎？

他怎麼可能同花向晚回來？傳說問心劍不是要鎮守死生之界，不得外出嗎？

西境雲萊相隔太遠，定離海海域複雜，鮮少有人知道路徑，若非特殊情況，兩地修士一般不會跨海越境。

而問心劍又是天劍宗極少現世的一脈，眾人只聽其名，知之甚少，可無論如何，謝長寂出現在西境，還成為花向晚的夫婿，這都令人極為震驚。

溫少清聞言微微皺眉，忍不住出聲：「你不該鎮守死生之界嗎？怎麼會到這裡來？」

「異界已平，為何不能？」謝長寂轉眸看他，似是奇怪。

「異界已平？」在場眾人都露出幾分震驚，溫少清不敢置信，「如何平？」

「殺光即可。」

此言一出，所有人不說話了，青年一身緋衣似乎都帶著血氣。

若其他人說這話，或許會被人當做玩笑誇張。

可謝長寂滿身殺孽環身，說是殺光一界，沒有人敢質疑。

溫少清靜靜打量他，謝長寂見溫少清不動，轉頭詢問：「還不滾？」

「是，」溫少清不知想起什麼，笑起來，恭敬道：「晚輩這就滾，阿晚，」說著，溫少清轉頭看向花向晚，「原來妳是迎了渡劫大能回的西境，怎的不說一聲，讓西境上下好做個準備，為前輩接風洗塵吶。」

「我迎我的夫婿回來，早已上報過魔主，」花向晚說得不鹹不淡，「改日婚宴，便會昭告西境，是少清你來得早了。」

「原是如此。」溫少清笑笑，他恭敬行禮：「那——」溫少清抬手，轉頭走向軟轎，揚聲吩咐，「合歡宮少主讓行。」

說著，他便坐回軟轎，冷眼看著謝長寂走到花向晚身邊。

兩人重新坐回玉車，車簾已經被溫少清用音波損毀，謝長寂上車時動作停頓片刻，他抬頭看了不遠處一直看著他們的溫少卿一眼，想了想，抬手一揮，上千顆珍珠便從乾坤袋中飛出，由雲絲串成珠簾，懸在玉車之外。

珠簾隔絕了溫少清的視線，謝長寂這才坐回花向晚身側。

花向晚看著這些珍珠，忍不住看了謝長寂一眼：「你怎麼裝這麼多珍珠在乾坤袋裡？」

「不是我裝的，」謝長寂解釋，「是昆師叔。」

「他裝這個做什麼？」花向晚不理解。

謝長寂老實回答：「讓我到合歡宮，見人就發。」

花向晚：「……」

沒想到昆虛子連這個都要教謝長寂，有那麼一瞬間，她都覺得謝長寂不是來找魊靈的，是來選妃的。

沒了溫少清的阻攔，合歡宮打開大陣，很快就進了內城。

合歡宮很大，內城便是一個宮城，花向晚同謝長寂在廣場停下，隨後由侍從領著，進了主殿。

主殿裡，合歡宮三位長老都站在高處，頂端金座上正坐著一位女子，看五官年紀不大，三十出頭的模樣，生得極美，鳳目丹唇，不怒自威。

但不知為何，相較這樣年輕的容貌，頭髮卻如老年一般斑白，盤成高髻，搭配著一身紫色華服，明顯上了年紀。

眾人看見花向晚，都笑了起來，花向晚也克制不住笑容，上前一步，恭敬行禮：「阿娘，雲姑、夢姑、玉姑，向晚不負使命，領夫婿回來了。」

謝長寂聽花向晚的話，也跟著彎腰，認真道：「晚輩謝長寂，見過宮主大人，諸位長老。」

「上君有禮了。」高處坐著的紫衣女子虛弱出聲：「您乃天劍宗上君，到合歡宮便是貴客，上君不必太過客氣。」

「晚輩既與晚晚成婚，便是合歡宮的弟子，」謝長寂聲音平穩，「晚晚的長輩，便是我的長輩，晚晚的宗門，亦是我的宗門。宮主大人不必見外，叫我長寂即可。」

聽到這話，在做所有人都放下心來，帶了幾分喜色。

最邊上的白衣女子笑起來，溫和道：「既然上君這麼說，那就是一宗之人，上君還叫什麼宮主，應當叫母親大人才是。」

「雲姑說得不錯，」另一旁的綠衣女子打量著謝長寂，也分外高興，「我們本來只讓晚晚去天劍宗求一位金丹道君即可，沒想到她這麼有能耐，你們是怎麼認識的？就這麼幾天時間，你怎麼就願意同晚晚回來……」

「夢姑妳別說了，」最後那位藍衣女子笑起來，「這孩子的私事，哪裡有這樣急著問的，先安置他們，讓他們休息一下吧。宮主大人也累了。」

玉姑說著，看向花向晚，眼神溫柔許多：「妳母親本來還在玉潭休養，妳今日回來，她特意來接妳的。」

「阿娘，」花向晚抬眼看向高處，輕聲道：「以後還是以妳身體為重，女兒回來，自然會去看妳。」

「這不一樣。」花染顏搖搖頭：「妳帶夫婿回來，第一面，我如何都得來看一看。」

「行了，」雲姑見他們聊得差不多，打斷道：「我扶宮主去休息，你們去忙吧。」

說著，雲姑上前，扶著花染顏起身，往內殿離開。

等她們走了，夢姑和玉姑走下高臺，笑著道：「走吧，我們帶你們去內院看看，看這邊置辦得是否合適。」

說著，她們領著兩人一起往內，同花向晚打聽著方才的事：「我聽說少清那小子方才在門口鬧事？」

「是。」花向晚點頭，「他特意給謝道君留了後門，好在謝道君將他制服，我們便從正門進來了。」

聽到這話，夢姑嘆了口氣，語氣似乎極為熟悉，「這麼多年了，他還是孩子脾氣。」

謝長寂抬眼看了夢姑一眼，旁邊玉姑輕咳了一聲，隨後道：「也是我們合歡宮實力不濟，才任由他撒野，」說著，玉姑轉頭看向謝長寂，帶著幾分誠懇，「若放到以前，今日定不會讓長寂受委屈。」

「不妨事。」謝長寂搖頭，想了想，又道，「日後不會如此。」

「那是，」夢姑高興起來，「聽說長寂方才在前面，一劍就把蕭文、蕭笛兩兄弟給衝開了，這等實力，西境聞所未聞。」

「夢姑，」花向晚見夢姑越說越沒譜，怕她太過膨脹，提醒她，「人家最頂尖的高手還沒來呢，而且魔主試煉在即，就不要想著惹事了。」

「我也沒想惹事啊。」夢姑轉頭看向謝長寂：「是人家惹我們，是不是？」

「嗯。」謝長寂應聲。

花向晚頗為無奈，一行人走到後院，夢姑給他們說明了天劍宗弟子安置在哪裡後，隨後指了院子：「長寂住這裡好不好？」

「我與晚晚同住就可以。」謝長寂答得平穩，似乎沒覺得有絲毫不妥。

夢姑和玉姑一愣，隨後夢姑笑起來：「你願意那太好了，我們還擔心……天劍宗畢竟是名門正派，與我們有些差別。既然……」

夢姑沒說完，只笑著看了花向晚一眼，擠了擠眼睛：「那就去妳那兒住？」

「好。」

兩人領著花向晚和謝長寂轉了一圈合歡宮，等到晚間，合歡宮便大擺宴席，為天劍宗接風洗塵。

花染顏不在，便由花向晚主持，她同謝長寂坐在高臺，看兩宗弟子聯誼。

合歡宮弟子性情開朗，無論男女，都能歌善舞，看得天劍宗弟子目瞪口呆。

看了一會兒，便有男弟子上去給天劍宗的男弟子敬酒，這倒也正常，但喝著喝著，女弟子也喝了起來。

酒過三巡，場面就有點失控，天劍宗的弟子全被拉上高臺，大殿人聲鼎沸，聲樂俱響。

花向晚看著這個場面有些尷尬，轉頭看旁邊一直靜默的謝長寂，不安道：「那個……我們宮裡就這個氣氛。」

謝長寂聞言，轉眸看過來，花向晚解釋：「你……你不介意吧？」

謝長寂想了想，有些不解：「介意什麼？」

「就，」花向晚指了指下面，「他們又唱又跳，還喝酒。」

謝長寂遲疑片刻，只點頭：「我只會喝酒。」

「你會喝酒？」花向晚有些詫異，她記得當年謝長寂是不會喝酒的，她帶著他喝了一次，沒幾口就倒了。

謝長寂點點頭，花向晚笑起來，想了想，舉杯道：「那你我喝一杯？」

「嗯。」謝長寂應聲，花向晚給他倒了酒，兩人輕輕碰杯，謝長寂輕抿一口，遲疑片刻，不知想起什麼，又都喝了下去。

下面的人見謝長寂也喝，便趕緊上來敬酒，花向晚看謝長寂神色沒有拒絕之意，便在一旁笑著看，大家給謝長寂敬酒，自然也不會放過花向晚，但花向晚酒量大，倒也隨他們。

沒過一會兒，謝長寂臉上就有些紅潤，花向晚看他神色似乎有些醉了，將靈北叫了上來，同謝長寂輕聲道：「你先回去吧？」

謝長寂聽她的話，抬眼看他，神色似乎有些遲疑。

花向晚拍了拍他的肩，安撫：「回去好好睡一覺，我等會兒回去，這點時間，不會出事。」

聽到這話，謝長寂才遲鈍著點頭。

靈北上來，扶起謝長寂，往花向晚房裡送了回去。

花向晚同眾人喝到宴席結束，終於起身離開。

饒是她的酒量，也有些微醺。

靈南扶著她往房間走，等走進內院，眼看著就要到自己院子，突然她直覺不對，抬頭一看，便見長廊盡頭，青年紫衣玉冠，手抱古琴，站在不遠處看著她。

靈南看見來人，下意識想出聲，花向晚抬手止住靈南的話，有些頭疼地扶額：「靈南，妳先下去吧。」

靈南得話，遲疑片刻，輕聲道：「少主，我離得不遠，大叫一聲，我馬上過來。」

花向晚點點頭，但也知道估計不會有什麼事。

靈南放下花向晚，猶豫著退開，等靈南退出可以聽到他們說話的範圍，花向晚頹然坐在長廊旁的橫椅上，嘆息著開口：「你來做什麼？」

溫少清不說話，他走到花向晚面前，半蹲下身，仰頭看她：「他逼妳的是不是？」

「你說什麼呢？」花向晚笑起來，她抬眼看溫少清：「是我去天劍宗求他，他沒逼我。」

「為什麼不等我？」溫少清盯著花向晚。

花向晚苦笑：「清樂宮的人都到合歡宮退親了，你讓我怎麼等你？」

「我不知道。」溫少清似是不能接受：「我那時去了祕境找靈嬰子，他們說這可以修復妳的金丹，妳怎麼可以不等我就……」

「少清，」花向晚聽不下去，她抬頭，認真地看著他，「這是你能決定的事嗎？如果我等你，清樂宮就不會和鳴鸞宮聯手了？」

溫少清看著花向晚，花向晚抬手撫在他眉間：「少清，你不是你母親唯一的繼承人，你要明白。」

他的少主之位，不是永遠的。

溫少清聽她的話，臉色驟變：「所以，妳選了謝長寂？」

花向晚動作頓住，溫少清臉上帶著嘲諷：「因為他更強，更有能力，能修復妳這顆金丹？」

花向晚神色微冷，溫少清突然激動起來：「我也能啊，如果妳要，我也可以！阿晚，」溫少清伸出手，按住她的手，滿是懇求，「妳不要他，妳用我，妳不要讓他碰妳，好不好？」

「少清，」花向晚冷靜地看著他，「你知道你做不到，我需要的是天劍宗的心法。」

溫少清動作頓住，花向晚遲疑片刻，扭過頭：「而且，我和他的關係不是你想的……」

「那……那也可以。」溫少清突然出聲，花向晚一愣，她回頭看去，就見溫少清低下頭，似是在說服自己：「那我們……我們各謀前程，妳……妳修復金丹，我拿到宮主之位，我們再在一起！」

說著，溫少清彷彿找到了什麼解決之法，他抬起頭來，滿是期望：「我等妳，妳也等我好不好？我們利用他們，我們就在一起。」

花向晚平靜看著他，溫少清眼裡滿是懇求：「妳答應過我的，」他一遍一遍重複，「妳答應過和我一直在一起的。阿晚，」他激動伸手，似乎是想去抱她，「妳別拋下我，妳別……」

話沒說完，一陣靈力猛地傳來，將溫少清轟到牆上，隨即光劍朝著牆上的他急飛而去，花向晚慌忙起身，抬手一掌將光劍轟開，隨後同溫少清一起轉頭。

謝長寂身著單衫，胸前領口敞開，手中握著一盞長燈在風中搖搖晃晃。

他平靜地看著花向晚，冷淡開口：「讓開。」

花向晚不敢讓，溫少清喘息著撐著自己站起來，他抹了一把唇角的血，冷聲道：「阿晚，讓開，讓他殺了我。」

說著，他笑起來：「我倒要看看，一個雲萊的人在西境殺了我，魔主還能不能忍，他能一劍滅宗，百年滅世，我倒要看看，他能不能一人把西境屠盡！」

「你別說了！」察覺謝長寂情緒不對，花向晚輕叱：「趕緊走。」

溫少清不動，他盯著謝長寂：「你殺我啊，殺了我，我永遠活在她心裡。你算什麼東西？你和她認識多少年？我告訴你，我和她從記事就認識，就在一起，我們青梅竹馬一起長大……」

「溫少清！」

「她所有經歷過的時光都有我，而你呢？」

「她年少時練劍是我陪著，她享受無上榮光時是我陪著，合歡宮被困她倒在血水裡時是我去救她，她全身經脈盡斷是我背著她去尋醫，那時候你在哪裡？你算什麼東西！你不要以為你逼著她、娶了她，就可以和她一直在一起。」溫少清嘶吼著，「你比不過我！你永遠比不過我！」

謝長寂不說話，長燈搖曳，他看著溫少清，只道：「看在你救過她的份上，今夜饒你不死。」

「你……」

「溫少清，」花向晚終於出聲，「若你再不走，」花向晚轉頭看向他，「我便不會再幫你了。」

溫少清聽到這話，愣在原地。

花向晚朝他抬手：「把合歡宮的權杖還我。」

這是她當年給他的。

溫少清聽著這話，抱琴不語。

花向晚提聲：「還我！」

溫少清不說話，片刻後，他笑起來：「好。」

他伸出手，一把拽下合歡宮權杖，盯著花向晚：「花向晚，妳不要後悔。」

說完，他將權杖狠狠摔在地上，轉身離開。

「還有，」走出院落之前，他突然想起什麼，「今日的消息已經傳出去了，你們成婚之日，」溫少清轉頭，笑了笑，「我必來觀禮，順便，看看有人送你們的大禮。」

花向晚沒有說話，溫少清說完這句，便提步離去。

謝長寂看他走遠，目光落到地面的權杖上。

花向晚覺得有些難堪，她彎腰想去撿起權杖，但還沒碰到權杖，權杖瞬間便成了飛灰。

花向晚動作一僵，察覺謝長寂應當是生氣了。

謝長寂垂眸，輕聲道：「夜寒風重，回吧。」

聞言，花向晚點頭。

她跟在謝長寂身後，想了想，還是決定道歉，畢竟無論謝長寂出於什麼理由過來，今日之事都算是踩了他的面子。

「那個，不好意思，是我沒處理乾淨，給你添麻煩了。」

謝長寂不說話，花向晚解釋著：「少清性格有些偏激，但他人其實是不錯的，這些年幫了我不少，我沒想到他會這麼冒失，本來是想和他說清楚的。」

兩人說著，走進屋中。

屋內暖洋洋一片，謝長寂將燈放在旁邊，花向晚酒已經醒得差不多，她也覺得今夜之事有些尷尬，承諾著：「日後肯定不會有此事了。」

「花向晚，」謝長寂突然開口，他抬起眼，平靜地看著她，「三年是不是太短了？」

花向晚有些茫然，片刻後，她意識到他在說什麼。

他們當年在雲萊相處，從相識、成親、到別離，不過三年。

她垂下眼眸，溫和道：「對於修真者來說，三百年都是微不足道。」

更何況三年？

謝長寂聽著這話，微微垂眸。

兩人靜默著，花向晚想了想，轉頭去淨室：「我先去洗漱。」

「花向晚。」謝長寂又叫住她，花向晚回頭，看見燈火下的青年。

他白衫敞開，露出他寬闊的胸膛，整個人好似美玉雕琢，沒有半點瑕疵。

常年習劍，清瘦卻不失力量，此刻靜靜站立在那裡，便有獨屬於男性的氣息撲面而來。

「如果妳想修復金丹，」他平靜出聲，「不要有別人。」

花向晚愣愣地看著他，就看謝長寂抬眼：「沒有人比我更好。」

夜深露重，西境各宗徹夜不眠。

謝長寂入主合歡宮的消息一夜傳遍西境，擾得西境眾人揣測紛紛。

鳴鸞宮中，女子素衣玉簪，正提筆在書桌上作畫。

一位黑衣修士跪在地上，恭敬彙報：「溫少清本是打算帶五千人給花向晚的夫君一個下馬威，結果謝長寂出現，反將溫少清的臉打壞了。」

「確認打在臉上？」女子在畫面上勾勒出一朵豔麗的梅花。

黑衣修士應答：「對，用桃枝打的。」

「那看來，他是真的對花向晚動了情。」女子說著，塗出一根樹枝：「後來呢？溫少清不可能就這麼甘休。」

「他夜裡去了合歡宮，差點被謝長寂殺了。」

「謝長寂敢殺他？」女子詫異。

黑衣人點頭：「謝長寂曾經屠了一界，殺孽非常，似乎有些不管不顧，若非花向晚攔著，已經殺了，溫少清走之前，說要給他們大婚送一份禮。」

這話讓女子來了興趣，她抬眼看向黑衣人：「什麼禮？」

「不知。」黑衣人搖頭。

女子想了想，輕輕一笑：「好歹是我的未婚夫婿，我得幫幫他。你今夜過去——」

女子抬頭，清雅的眉目間俱是溫和，彷彿是在吩咐什麼救濟災民的好事。

「把薛子丹的『雲煙』交給溫少清，告訴他，若天劍宗的弟子死於花向晚情人之手，那麼，這門婚事，也就成不了了。」

聽到這話，黑衣人微微皺眉，他抬頭，似有遲疑：「若謝長寂發了瘋，直接殺了溫少清怎麼辦？」

「不會的。」女子聲音搖頭，「花向晚不會讓謝長寂殺了溫少清，若溫少清死了，我們即刻聯合清樂宮前往魔宮，請魔主出手，聯合西境全宗，立斬謝長寂。花向晚不會讓合歡宮陷入以一宮之力對上整個西境的局面。」

「但若她保了溫少清，」女子笑起來，「那她與天劍宗的聯姻，便算是完了。」

「可……」黑衣人還是有些擔心，「若謝長寂追查到我們怎麼辦？」

「為何會追查到我們？」女子看回來：「下毒的是溫少清，製毒的是薛子丹，而你——與我鳴鸞宮有何干係？」

黑衣人不說話，許久後，他輕聲一笑：「少主說的是。我這就去辦。」

「去吧。」女子抬手，一隻翠鳥落到她手指上，她溫柔地欣賞著這隻活蹦亂跳的翠鳥，片刻後，抬手覆了上去。

翠鳥驟然尖銳叫起來，沒了一會兒，血就沾在女子素白纖長的手指上，她回過頭，走到畫前，將血水往畫上一甩，似如血梅點點而落。

她欣賞著畫面笑起來，溫柔道：「真好看。」

合歡宮內，花向晚愣愣地看著謝長寂。

雖然知道早晚有這麼一天，但沒想到謝長寂會這麼直接地說出來。

謝長寂神色淡淡，這話似乎只是例行公事。

花向晚想了想，只道：「如今我筋脈不暢，靈力控制不全，貿然滋補金丹，怕是有害無益。還是等筋脈暢通之後，再做打算。」

說著，她笑起來，面上十分誠懇，但笑意卻未達眼底：「你的心意我領了，但還是得再等等。」

謝長寂不說話，他遙遙看著花向晚，好久，終於低下頭，應聲：「嗯。」

花向晚見謝長寂不作糾纏，舒了口氣，轉身走向淨室。

謝長寂抬頭望著她的背影。

他不知道自己是怎麼了。

他感覺自己心裡似乎住了一條巨蟒，它沒有神智，它所有渴求，所有妄念，都是眼前這個人。

它想纏住她，死死交裹，將她每一寸血肉，每一寸骨頭，與它緊緊相連。

想要她的過去，想要她的現在，想要她的未來。

想要將她一切據為己有，不讓他人窺視半分。

這樣的念頭太為可怖，他不敢讓她知曉，甚至不敢讓她察覺。

他聽著房間裡的水聲，好久，才克制住自己走上前的衝動，轉身到了蒲團上坐下。

對於謝長寂的一切，花向晚渾然不知。

她脫了衣衫，將自己浸入水中，悶了一會兒後，才覺自己冷靜幾分。

謝長寂是個目標感很強的人，自律克己，定下目標，便一定會完成。

一開始她還想或許他忍不了這件事，但今日看來，之前他大概是顧忌她身體狀態，打算找個最佳時機。

就像當年山洞雙修，雖是逼不得已，他也神志不清，但是他還是會把這件事做完。

如今他一心一意想幫她，這最重要的一件事，自然不會放棄。

其實換成旁人，她倒不是很在意，也沒什麼資格在意。

可謝長寂……

她笑了笑，決定不作多想，靠在浴桶上，將水凝結成刀片，在手指之間翻轉，鍛煉著手指上的筋脈。

這是她受傷後開始的習慣，一點一點磨，一點一點練。

每一寸筋脈，都是縫合，銜接，從無法使用，鍛煉到今日。

這次刀片終於沒有割出傷口，她冷靜下來後，回頭看了雲絲紗簾外端坐的道君一眼，片刻後，垂眸收起刀鋒。

垂頭看向水面，水面浮現出兩個金字——雲煙。

花向晚看著金字，想了想，抬手一撥，水面字跡消失，又成了普普通通的清水。

簡單做了清洗，花向晚站起身，走到床邊，謝長寂坐在蒲團上，花向晚已經習慣他夜裡打坐，打著哈欠上了床，好奇開口：「你天天打坐，不累嗎？」

「還好。」謝長寂背對著她，聲音不鹹不淡。

花向晚撐著腦袋，靠在床上，漫不經心閒聊：「三日後咱們大婚，你明日去對一下成婚流程？」

「好。」

「哦，有一點我和你說清楚，」花向晚想起什麼來，微眯起眼睛，「因為是我迎你入合歡宮，按著西境的規矩，這次是我的主場，我得在外面招待賓客，你在洞房等我，查探魊靈這件事，你只能在同我一起行禮時注意，這事兒你不介意吧？」

查探魊靈不方便也就罷了，畢竟還可以暗中查。

但換謝長寂在洞房等，便有些像入贅了，她把握不清楚，對於謝長寂這種土生土長的雲萊正派修士而言，這事兒好不好接受。

然而謝長寂聞言，也沒多說，只淡道：「好。」

花向晚聽他不介意，也放下心來，靠在床上，瞇著眼道：「你要是想睡，我讓人給你支個床。」

說著，花向晚覺得這話作為夫妻來說，顯得很不近人情。

於是她又客氣了一句：「當然，你想上來睡也行。」

雖然她覺得，謝長寂大約是不會上來的。

畢竟他要努力修行，而且，她記憶中，他是很怕與人接觸的。

記得那些年，不管再艱辛的環境，他始終和她保持距離，雖然她努力製造機會，但他都能想盡辦法不和她同床。

她買通店家製造「只有一間房，只有一張床」的假像，他能在地上打坐一整晚。

她故意受傷喊冷，他能運功給她發熱一夜。

如此的柳下惠千古難尋，這些時日他更是恪守規矩，想來雖然過了兩百年，習慣應當沒多大變化。

除了更瘋，更孤僻，話更少以外。

花向晚迷迷糊糊睡過去，等她睡著，謝長寂睜開眼。

他回過頭，靜靜地看著床上的人，過了片刻後，他起身掀了她的被子，便鑽了進去。

他身上有些冷，花向晚察覺，下意識縮了縮。

謝長寂想了想，運功讓身體熱了起來。

花向晚體質陰冷，沒一會兒，感覺到熱源存在，她便往前挪了挪。

謝長寂靜靜注視著她，她皮膚很白，在月光下彷彿透著光。

他感覺自己心裡那隻巨蟒伸出了信子，盤旋著，打量著，纏繞著。

過了許久，他終於閉上眼睛。

那一夜他做了一個夢，夢裡似乎又回到那個山洞。

他抱著她，好像要將她絞殺在懷裡。

她的腰好細，好軟，隱隱約約的啜泣聲，似如玉碎擊瓷一般動人。

她什麼都不記得，只會叫他的名字。

真好。

花向晚一夜睡得很沉，過往她從來沒睡得這麼死的。

想來或許是因為謝長寂守夜的緣故，其他她沒把握，謝長寂現在不會殺她，她是很清楚的。

第二天醒來時，謝長寂已經不在房間，靈南進屋來伺候她起身，花向晚看了外面一眼，忍不住詢問：「謝長寂呢？」

「上君去找玉姑核對婚禮流程去了。」靈南回著花向晚的話，同時給花向晚繫著腰帶，說著近來的情況：「這次宮裡要請的人多，請帖早早發下去，最近宮內都忙瘋了。」

「嗯。」花向晚點頭，想了想，只道：「這次負責宮宴的人都查過了？」

「查過了，」靈南應聲，「都是合歡宮自己的人，放心吧。」

「其他無所謂，」花向晚叮囑，「但給天劍宗那邊的衣食住行要注意，若是出了岔子，到時不好收場。」

「這我可不敢保證，」靈南實話實說，「婚宴請這麼多人，人手這麼雜，我只能說肯定盡力。咱們與其等著他們坐以待斃，不如主動出擊吧。」

靈南隨口一說，花向晚聞言，卻是笑了起來：「既然妳保證不了，那就去幫我做件事。」

「嗯？」

「別讓人發現，」花向晚聲音很輕，「去搞兩株靈均草給我。」

「明白。」靈南點頭：「我保證不讓人發現。」

靈南伺候著花向晚起身，下午就出了門。

謝長寂好似很在乎婚禮，每日親自檢查細節，等晚上回來守夜。

這幾日花向晚都睡得很好，等到大婚當日，精神飽滿，興致昂揚。

合歡宮這場大婚從花向晚去雲萊就開始著手準備，得知來的是謝長寂後，又趕緊增加了規格，當日禮儀繁雜程度與天劍宗截然不同。

兩人從清晨便起床，坐在花車上遊街，等到午時到達祭壇，一起祭天簽下婚契。

存。

婚契分成三份，一份燒在鼎中祭告上天，另外兩份各自交給自己帶來的侍從，裝入禮盒封

婚契花向晚先寫，謝長寂再寫，謝長寂看著婚契上落下花向晚的名字，眼神溫和了許多。

然後他寫下自己名字，他寫得很慢，很鄭重。

等寫完後，他抬眼看向花向晚，輕聲詢問：「這份婚契，可作數了？」

花向晚笑了笑，只道：「那自然是作數的。」

只是到什麼時候為止，她卻是不知道了。

說著，兩人牽著手，走下祭壇，然後乘坐花車，一起回到合歡宮。

等到宮中，已到晚宴時間，修士齊聚內宮，花向晚和謝長寂攜手從宮門一路走到正殿。

所有修士都在旁邊觀禮，花向晚轉眼打量著謝長寂：「可察覺什麼了？」

謝長寂不說話，他垂眸看著紅毯，一一感應過去。

西境元嬰期以上修士已經齊聚，剩下不在的並沒有多少，如果這裡沒有，那就要從剩下的名單，以及出西境入定離海的名單中去找。

這兩份名單有很多人，但如果兩個名單核對在一起，外加元嬰期以上，那篩選出來的修士，便很少了。

謝長寂心裡做著打算，面上不動，只道：「好好成婚，不急。」

謝長寂說不急，花向晚更不急，兩人一起走到大殿，能坐到殿內的，都是西境頂尖人物。

十八門門主和其親屬坐在最外面接近大門位置，往上是九宗宗主及其親屬，再往上便是三宮少主及其兄弟姐妹，等到頂端，便是三宮宮主。

花染顏坐在最高處，今日她特意畫了濃妝，遮掩了氣色，看上去與當年巔峰期並無不同。

她左右兩邊，一邊是一位黑衣中年男人，另一邊則是一位金衣女人。

謝長寂看了這些人一眼，便大概認出來。

右邊的中年男人，是鳴鸞宮宮主秦風烈，渡劫大圓滿，是僅在西境魔主碧血神君之下的頂尖高手。

左邊的女人則是清樂宮宮主溫容，渡劫中期，亦是排行前十的高手。

三宮之下，首座是空的，應該是留給花向晚的位子，之後是鳴鸞宮少宮主秦雲衣，她穿戴並不華麗，素衣玉簪，看上去極為清雅，笑容溫和，眼中滿是真摯，看著臺上一對新人，宛若一尊心地和善的玉菩薩。

她在西境青年一代頗有威名，不僅是西境最年輕的渡劫修士，還因為人和善頗得人心，是西境如今最有希望成為魔主的繼承人選。

而秦雲衣對面則是溫少清，他搖晃著酒杯，冷眼看著謝長寂和花向晚。

謝長寂淡淡一掃，局勢盡收眼底，他神色不變，跟著花向晚一起走到前方。

等走到長毯盡頭，一陣渡劫期威壓驟然從天而降，朝著花向晚直直壓去！

花向晚察覺不對，瞬間捏爆靈氣珠，然而威壓未至，另一陣威壓從謝長寂身上直接反撲朝向秦風烈。

秦風烈臉色劇變，謝長寂低聲提醒花向晚：「繼續。」

花向晚意識到謝長寂做了什麼，微微一笑，抬手放在身前，按著禮節，揚聲繼續：「奉承天命，締結良緣，詢問母意，我與天劍宗謝長寂結為夫婦，母親意下如何？」

知道發生了什麼，花染顏看著臺下花向晚和謝長寂，揚起笑容：「允。」

得了這話，花向晚轉身，舉著婚契，看向謝長寂。

「奉得母命，承得佳運，與君結緣，生死不離，」說著，花向晚將婚契交到他面前，「君意下如何？」

「因果與共，氣運相加，與卿結契，生死相隨，」謝長寂將自己這一份婚契交到花向晚面前，「欣然受允。」

兩人對著躬身行禮，交換完婚契，江憶然便上前來，領著謝長寂離開。

臨走之前，謝長寂看了高臺上還在強撐的秦風烈一眼，眼中帶著警告。

片刻後，威壓突然一增，秦風烈一口血嘔了出來。

謝長寂這才轉眼，同江憶然一起離開。

等他走出大殿，到了無人處，他突然一個踉蹌向前，捂著嘴嘔出血來。

江憶然急急扶住謝長寂，壓低了聲，慌張道：「上君！」

「扶我離開，」謝長寂看了周遭一眼，握住江憶然的手，「別讓人看見。」

秦風烈這一吐血，全場都安靜下來。

旁邊花染顏見狀，故作驚訝：「秦宮主，你這是怎麼了？」

「無妨。」秦風烈由旁人攙扶著，喘息著起身，朝著花染顏笑起來：「花宮主是找了個好女婿。」

「那是自然，」花染顏聲音裡帶著幾分嘆息，「也是天賜良緣，擋不住的事情。這也得感謝溫宮主。」

花染顏轉頭看向一旁一直不說話的溫容：「若溫少主不退婚，我們家阿晚，哪裡又能覓得良緣？」

「不敢當。」溫容聲音平淡，「不過妳家這位少君看上去殺孽緩聲，怕是前路有憂。」

「這就不勞溫宮主擔心了，」花染顏笑了笑，轉頭看向秦風烈，「秦宮主要不要休息一下？還是繼續在這裡同我們喝酒聊天？」

秦風烈聞言，冷哼一聲，站起身來：「宮中還有事，恕不奉陪。」

說著，秦風烈便大步走了出去。

秦風烈出去，所有人面面相覷，按照以往他們也是要走的，但如今看謝長寂的架勢，眾人思忖片刻，都坐了下來。

花向晚看著全場安靜異常，她舉著酒杯，轉頭看向眾人：「諸位，來喝喜酒，這麼安靜怎麼行？」

說著，花向晚拍了拍手，舞者魚貫而入，花向晚將酒杯對著眾人一劃：「大家當高興些才是。」

歡慶樂曲奏響，沒了一會兒，全場便高興起來，花向晚拿著酒杯，同眾人逐一喝過，等走到溫少清面前，溫少清已經有些醉了。

他盯著花向晚，花向晚握著杯子，看著他：「少清，不祝我一杯嗎？」

溫少清不說話，對面秦雲衣見狀，站起身來，走到花向晚背後，提醒道：「少清，花少主大婚，你若不祝酒，這個朋友，當得不地道。」

聽到秦雲衣的話，溫少清冷冷地看她一眼，隨後他似是想起什麼，突然笑起來：「好。」

他站起來，舉起酒杯：「我得祝妳，花向晚，我祝和天劍宗——」

他靠近她，聲音很輕：「互為仇敵，永無寧日。」

花向晚聽到這話，微垂眼簾，「少清，你這祝福，怕是成不了真。」

溫少清聞言冷笑，將酒一飲而盡，把酒杯狠狠摔在地上。

花向晚看了一旁邊秦雲衣一眼，提醒道：「秦少主，溫少主似是醉了，妳扶他去照看一下吧。」

「平清，」秦雲衣轉頭，喚了一聲溫少清身後的人，吩咐，「扶你家少主去休息。」

說著，秦雲衣看向花向晚，笑得溫和：「我也算看著妳長大，妳的喜酒，我當陪妳喝到最後才是。」

「妳說的是，」花向晚點頭，「等秦少主與溫少主大婚，阿晚也會這麼陪著妳的，這才不負秦少主對我一往情深。」

秦雲衣低笑，抬手指了旁邊：「花少主不妨一起坐下，邊喝邊聊。」

花向晚點頭，同秦雲衣一起坐到酒桌邊上。

兩人如同故友，邊喝邊聊。

「花少主這次迎得清衡上君入主合歡宮，可謂是如虎添翼，魔主之爭，想必是十拿九穩了吧？」

秦雲衣睜著眼睛說瞎話，花向晚聞言，輕聲笑開。

「秦少主說笑了，我一個金丹半碎、筋脈堵塞的廢人，爭什麼魔主之位？這話當送給秦少主，如今清樂、鳴鸞兩宮結親，秦少主年僅三百歲入渡劫，又受西境各宗愛戴，什麼陰陽宗、巫蠱宗，莫不馬首是瞻，秦少主說我一個廢人想參與什麼魔主之爭？」花向晚擺擺手：「想都不敢想。」

「不敢想麼？」秦雲衣笑起來，似是回憶起什麼：「我記得兩百年前——那時我才剛剛步入元嬰，便聽妳已達化神的消息。所有人都說，妳必定是西境下一位魔主，也是西境未來第一人。」

聽到這話，花向晚動作頓住，秦雲衣轉頭，溫和地看著花向晚：「我當時對妳羨慕極了，我想世界上怎麼會有這麼不公平的事。我竭盡全力修道百年，堪堪不過元嬰，妳輕而易舉，便步入化神，著實讓人太過豔羨。」

「這是好事嗎？」花向晚喝了口酒，轉頭看秦雲衣：「我聽過一句話。」

「哦？」

「一個人有多輕易站到高處，就有多輕易摔下來，」花向晚攤手，「妳看，我這不是摔下來了？所以，該是我羡慕穩穩當當過此一生的秦少主才是。我現在就想踏踏實實過日子，去天劍宗求親，也不過是求一條生路，還望秦少主高抬貴手，未來合歡宮可以退居九宗……不行，十八門也可以，再退也無所謂。只要能活著，都好。」

秦雲衣不說話，她看著花向晚，花向晚眼神真摯，似是沒有絲毫野心。

秦雲衣撐著下巴，聲音溫柔：「他們所有人勸我，說妳已經廢了，不足為慮。」

「難道不是實話嗎？」花向晚聲音平穩。

秦雲衣搖頭：「可我覺得不對。」

「花少主早該死在兩百年前，要是沒死，那就像雜草一樣。」

聽到這話，花向晚抿了口酒，笑了笑，轉頭看向秦雲衣：「所以，秦少主打算怎麼對付我這春風吹又生的雜草呢？」

秦雲衣不說話，笑著看著花向晚。

花向晚也撐起下巴，思索著：「秦少主肯定在想，以前有魔主照看著我，不方便下手，而且看上去人的確廢了，不值得得罪魔主。現在她居然能把天劍宗渡劫期弄過來，是得趕緊斬草除根，趁著兩方結盟不穩，把天劍宗弄出去，沒有魔主庇佑，殺我這麼一個廢人，不就像探囊取物？」

「我怎麼會這麼做呢？」秦雲衣否認：「我可不是這麼壞的人。」

「要不，」花向晚把酒杯往前一推，輕笑，「殺個人怎麼樣？」

「殺誰呢？」秦雲衣追問。

花向晚想了想：「天劍宗的弟子？用溫少清的手，薛子丹的藥，殺天劍宗的弟子。我保，或者不保，都脫不了干係。」

話音剛落，外面就有人急急忙忙衝了進來，跪到花染顏面前，激動出聲：「宮主，天劍宗一位弟子中毒了！」

「什麼？」花染顏震驚起身，旁邊溫容低頭喝茶，事不關己。

「真可憐，現下天劍宗的弟子死了，花少主打算怎麼辦？」

「死的可不只一個。」花向晚輕笑。

言畢，伺候溫少清的侍從從門外急急衝進來。

「宮主！」侍從激動出聲，跪在溫容面前，滿臉焦急：「不好了，少主中毒了！」

聽到這話，溫容瞬間起身，「中毒？什麼毒？」

「夢中斷腸。」侍從出聲，秦雲衣瞬間睜大了眼。

而這時，花向晚一個健步，已經急急衝向前方，著急出聲：「你說什麼？少清中了夢中斷腸？快！快把陰陽宗的人找過來！」

她面上焦急，比秦雲衣更為關心，彷彿完全忘記這是自己的婚宴，只當溫少清還是她的未婚夫，轉頭向一旁愣住的平清怒吼。

「快啊！」

第十四章 魔主血令

聽到這話，平清愣了片刻，趕緊下去叫人。

花向晚轉頭看向花染顏、溫容，恭敬道：「母親，溫宮主，天劍宗弟子與少清一起中毒，怕是可能有關聯，不如將兩人一道抬上大殿，方便一起查看情況。」

「好。」不等溫容開口，花染顏便點頭，吩咐旁邊的玉姑：「將無干的人清理出去，把人抬上來。」

玉姑得令，趕緊走下高臺去操辦。

大殿很快被清理乾淨，只留下西境三宮的人留在殿內。

溫容看了秦雲衣一眼，秦雲衣思考著什麼，溫容按住情緒，又扭過頭去。

沒一會兒，玉姑便領著兩位中毒的人趕了回來。

花向晚看了一眼，天劍宗中毒的是叫歲文的弟子，當初昆虛子還特意叮囑過，他怕黑，讓謝長寂好生照看。

他和溫少清並列睡在擔架上，兩人皆神色平靜，似乎是在睡夢之中。

陰陽宗最常見的毒藥，夢中斷腸，就是讓人在睡夢中悄無聲息死去，起初還會痛苦，但隨著毒性增加，神色會越發安詳。

此刻溫少清已經沒有任何痛苦之色，明顯是毒已入骨。

溫容見狀，從高臺上衝下去，快速封住溫少清穴位，不讓毒性蔓延，再也忍不住，轉頭朝著秦雲衣低吼：「妳快想辦法啊！」

陰陽宗原本乃清樂宮管轄的宮門，但當年秦雲衣救過陰陽宗宗主，加上清樂宮與鳴鸞宮近年交往密切，早已暗中將秦雲衣視為新主。

溫少清中了陰陽宗的毒，饒是溫容知道這中間可能有蹊蹺，卻難以控制情緒，朝著秦雲衣吼這一句，已是懷疑到了秦雲衣頭上。

秦雲衣得話，微微垂眸，神色穩定，只道：「溫姨，妳且冷靜一些，陰陽宗的人立刻就到，少清不會出事。」

說話間，平清領著一位身著灰袍的青年進屋。

他先看了秦雲衣一眼，隨後跪地行禮：「陰陽宗右使明煥見過溫宮主、花宮主、秦少主、花少主。」

「你快過來看看。」溫容抬手指了擔架，「看看少清的情況。」

明煥點點頭，走上前去，他給溫少清診脈，微微皺起眉頭。

「如何？」溫容緊張詢問。

明煥面露一絲茫然：「是我宗的毒藥，夢中斷腸。」

「我知道，」溫容皺眉，「我是問如何解！」

「這……」明煥遲疑著，「解藥，只有下毒之人才有。」

「這不是你們宗門的毒嗎？」溫容不解，不由得提了聲，「你們沒有解藥？」

「溫宮主有所不知，」明煥被罵，倒也不生氣，語氣穩當，「夢中斷腸製作一共有二十一種藥物，前二十味藥都是劇毒，最後一味藥靈均子則為藥引。根據製毒時排列順序不同，夢中斷腸對應解藥也就不同，解藥千變萬化，除了下毒之人，的確沒有人能知道製毒順序，更別提解藥了。」

聽到這話，溫容臉色一白，花向晚轉頭看向明煥，皺起眉頭：「那此毒要如何才能中毒？」

「吃下，聞過，皆可中毒。」明煥應答。

花向晚立刻轉身，吩咐一直候在一旁的靈南：「查，立刻澈查溫少主和歲文所有用的、吃的，搞清楚到底是怎麼中毒的，一定要把凶手抓出來！」

「是。」靈南恭敬出聲：「少主，屬下這就去查。」

靈南得話，立刻走了出去。

旁邊平清聞言，臉色一白。

等靈南走出去，花向晚轉身看向溫容，滿臉愧疚：「溫宮主，是阿晚不夠謹慎，才讓少清蒙此劫難。今日若少清和天劍宗弟子雙雙出事在合歡宮中，阿晚難辭其咎，今日阿晚一定會把此事查個水落石出，絕不會讓少清出事。半個時辰內，若還找不到凶手，阿晚願以身引毒，延緩少清毒性，還請溫宮主切勿誤會，將此事怪罪到合歡宮頭上。」

溫容聽了話，點了點頭，沒有多說，似是正在思索什麼。

溫少清在今日中毒，對合歡宮是沒有一點好處的，天劍宗弟子中毒，對合歡宮更是有害無利，花向晚對溫少清一貫重視，現下又主動提出以身引毒，與溫少清同生共死，更不可能是凶手。

若溫少清和天劍宗弟子死在合歡宮，清樂宮因此敵對合歡宮，那最大的獲益者，其實是唯一剩下的鳴鸞宮。

可現下沒有實證，她也不敢確定，只能轉頭看向一旁一直伺候溫少清的平清，厲喝：「今日少主到底吃過什麼？聞過什麼？」

平清不敢說話，面有豫色。

見平清的模樣，溫容立刻知道有鬼，威壓瞬息而下，平清當即跪在地上，地板都裂開去，平清痛苦哀嚎出聲，溫容疾呼：「少主都這樣了，你還要瞞什麼！」

「雲煙！」平清聞言，當即忍不住，驚呼出聲來。

溫容一愣，不甚明白：「雲煙？」

「這是另一種毒，由藥宗薛子丹當年研究了夢中斷腸後配出來的一種毒，前二十種藥材與夢中斷腸完全一致，只有最後一味靈均子沒有入藥。但少了靈均子中和，此藥更烈，也更為難下，必須口服才能中毒。」明煥開口解答。

溫容扭頭看向平清：「說清楚！」

「昨天夜裡，有人來找少主，」平清喘息著，「給了少主一味毒藥，說這是薛子丹製成的雲煙，讓少主給天劍宗弟子下毒，這樣一來，就可以破壞花少主和天劍宗的婚事。」

這話一出，眾人臉色都不太好看。

溫容克制著情緒，冷著聲：「然後呢？」

「然後少主安排了人……給天劍宗弟子下毒。但天劍宗弟子今日都警戒沒有用食，只有現下中毒這位弟子嘴饞，吃了侍女拿的糕點。」

「那個侍女是誰？」花染顏皺眉，平清遲疑。

花向晚聲音溫和，勸著他：「都說到這份上了，一個侍女，有何可瞞？」

「是……一個叫林綠的姑娘。」

花向晚得話，轉頭看向靈北，冷聲開口：「趕緊把人抓回來！」

可此時抓不抓林綠，對溫容已經不重要了。

她現下已經聽明白，溫少清是被人利用，他對花向晚一向情深，前兩天才來鬧過，人盡皆知，當時秦雲衣還寬慰她，如今想來，或許秦雲衣還覺得，鬧得好。

而溫少清給天劍宗下毒，最有利的就是秦雲衣，天劍宗的人或許鬧不清這其中的彎彎繞繞，會怪罪於花向晚和清樂宮，她卻清楚得很。

至於溫少清，無論是被故意下毒，還是無意中毒，但是給毒藥之人故意說錯藥名，卻是其心可誅。

溫容顧忌秦風烈，不想鬧得太難看，便低聲提醒：「雲衣，妳向來擅長醫術，幫少清和這位天劍宗弟子，把毒解了吧。」

這話出來，已經認定是秦雲衣了。

只有她，是除了清樂宮之外，唯一能從陰陽宗手中拿到毒藥的人。

也只有她，是這個事件中最大的獲益人。

秦雲衣聞言，抬眼看向溫容。

她知道溫容這是在給雙方一個臺階。

可現下如果她拿出解藥，就是認了這件事，若是不拿出來……溫少清的死，怕就要落在她頭上由她背了。

魔主試煉在即，兩宮結盟，不能有失。

可她這麼認下來，兩宮就沒有間隙了嗎？

秦雲衣思忖著，她緩緩抬頭，看向花向晚。

「解毒之法，現下只有一個。」花向晚察覺秦雲衣的殺意，悄無聲息捏爆了靈氣珠，「請花少主，引毒入體，幫少清一個忙吧！」

說罷，秦雲衣朝著花向晚直襲而上！

溫容終歸有了異心，對於她來說，不如趁機將毒引入花向晚體內，除掉花向晚。

花向晚需要陰謀手段，借力打力，可她不需要。

她是西境最年輕的渡劫修士，也是西境三宮頂峰鳴鸞宮的少宮主。

花向晚早察覺她的意圖，在她出手那刻，直接運轉靈力，疾退往外同時抬手一個法訣扔了出去！

然而她快，秦雲衣更快，在她落出窗外瞬間，便已緊追而上，提劍直刺。

劍如急雨，花向晚根本來不及施展任何法訣，只能躲閃。

兩人速度越來越快，旁人根本跟不上她們的動作。

合歡宮所有人襲向秦雲衣，秦雲衣看了鳴鸞宮的人一眼，大喝：「攔住他們！」

隨後法陣一開，將兩人隔在法陣之中。

她的靈力都用在其他人身上，手上僅有長劍可用。

她沒有用靈力，花向晚也沒有，只一味躲閃，在秦雲衣劍下，像滑不溜秋的泥鰍，劍鋒幾次將至，卻都觸碰不到她。

「妳果然藏著。」秦雲衣一劍揮砍而下，花向晚側身一躲，兩指夾住她的劍刃，平靜道：「我不是藏著，而是我與妳，有根本上的不同。」

秦雲衣聞言似是受什麼刺激，將支撐著法陣的靈力猛地一縮，全部修為灌注在劍上！

花向晚見狀心知不好，抬手一劃，手心鮮血飛出，秦雲衣全力一劍轟然而下！花向晚手上法陣同時亮出。

法陣和劍氣衝撞在一起，發出轟然巨響，花向晚被劍氣驟然震飛，她在空中一個倒翻，勉強單膝落地。

周邊塵囂瀰漫，秦雲衣提劍朝她走來，聲音帶笑：「妳不是說妳對少清一往情深，那現下為他引毒入體，為何又不願呢？」

「為了少清，」花向晚手觸碰在地面，血液融進去，和地面下早已準備好的法陣連結，她笑起來，「我當然是什麼都……」

「她不願。」

話沒說完，周邊突然響起清冷男聲。

也就是那一瞬，一把光劍從塵霧中破空而來，直襲向秦雲衣！

這光劍速度太快，秦雲衣只聽得身後疾風，驟一回頭，便被光劍直接貫穿胸前，猛地撞入大殿，狠狠釘在牆上！

她的法陣瞬間破碎，花向晚一愣，回頭就看塵囂中走來一人。

他還穿著禮服，目光落在遠處，花向晚有些詫異：「謝……」

然而對方沒有理會她，他越過她，徑直往前，走入大殿。

花向晚動作微僵，她垂眸看向地下的法陣，遲疑許久，終於還是緩緩收手，站了起來。

「妳還好吧？」夢姑、雲姑衝過來，扶起她小聲詢問，花向晚點了點頭，沒有多說。

雲姑見她沒有大礙，輕聲道：「長寂既然來了，進去吧。」

說著，所有人走回大殿。

剛步入殿中，花向晚一眼就掃到了秦雲衣。

她從未見過她這麼狼狽的模樣，捂著胸口冒血的傷口坐在牆角，喘息著看著進門的花向晚。

花向晚將目光從她身上掃過，站到謝長寂身後。

謝長寂蹲在歲文旁邊，將手放在歲文脈搏上。

他低著頭，朝著秦雲衣方向抬手：「解藥。」

「我哪裡來……」

「不然我拿妳換血。」

聽到這話，秦雲衣面色一僵，溫容咬了咬牙，終於顧不住顏面，抬眼看向秦雲衣：「雲衣，今日之事妳畢竟是為了兩宮謀劃，我可以不計較，但少清，」溫容強調，「不能出事。」

話說到這份上，秦雲衣再無僵持餘地。

她深吸一口氣，朝著溫容笑起來：「溫姨說得是。」

說著，她踉蹌著起身，朝著溫容遞了一瓶藥，「什麼都不如少清重要，我這裡有兩顆可解百毒的丹藥，給兩位服下吧。」

「憶然。」謝長寂出聲，提醒剛剛進來的江憶然，江憶然趕緊走到溫容身邊，取了另一顆藥。

溫少清和歲文吃了藥，沒一會兒，便咳嗽著醒了過來，他們還很虛弱，但看上去已無大礙。

「上君。」

歲文咳嗽著，謝長寂按住他，搖了搖頭，低頭為他輸送靈力，恢復被毒藥傷及的靈根。

而旁邊溫少清也醒過來，他看了看周遭，抬眼觸到旁邊的謝長寂，咬了咬牙，一把推開溫容，掙扎起身：「走！」

溫容一愣，隨後轉頭看向花向晚，勉強笑起來：「花少主，少清無事，我先帶他回宮。」

「溫宮主慢走。」花向晚笑著點頭。

溫容帶著人扶著溫少清往下走去，秦雲衣見狀，也笑起來，轉頭看向高處花染顏：「花宮主，晚輩也先行了。」

說著，不等花染顏回應，便自己提步，徑直往前。

花向晚看著秦雲衣和溫少清的背影，突然提聲：「溫少主、秦少主。」

溫少清和秦雲衣步子頓住，兩人回過頭，疑惑地看著花向晚。

此刻大殿外許多不清楚情況來圍觀的修士聚集在兩側，議論著情況。

花向晚抬手輕拍，就聽外面傳來腳步聲。

謝長寂跟著抬眼，同溫少清、秦雲衣等人一同朝著殿門外看出去，就見靈南帶了一干被鎖仙繩捆得嚴嚴實實的人上來，兩人一排跪在大殿門口。

看見門口景象，溫少清瞬間睜大眼，扭頭看向花向晚：「花向晚，妳這是什麼意思。」

「二位安插在我合歡宮多年的修士，今日我一併還給二位。」

「妳……」

「二位送我的大婚賀禮我收了，我以血作毯相送……」

「花向晚，」花向晚話未說完，謝長寂突然出聲，花向晚沒有回頭，聽見他在身後低低提醒，「今日妳我大婚。」

大婚之日，不作殺孽。

然而花向晚聞言，彷彿未曾聽見，繼續保持著語調：「還望二位笑納。」

音落，一排修士人頭瞬間落地，謝長寂瞳孔驟縮，看著血水噴灑而出，兩排修士撲倒在地，血水蔓延而下，彷彿紅毯一般一路鋪道往前。

花向晚抬眼看向殿外，音色中帶著幾分警告：「還望諸位日後，不要隨隨便便往我合歡宮送人。不然我這人講道理得很，禮尚，必有往來。」

話剛說完，溫少清往前跨一步，正想說點什麼，就聽一聲蒼鷹長鳴，隨後人群中傳來驚呼，花向晚抬眼看去，就見一個女子，一身紅衣，面色青白，踩著滿地鮮血，一步一步，彷彿被絲線牽引著，走進大殿。

一隻雄偉的老鷹跟隨她一起飛入殿中，盤旋在她頭頂。

她面上神情極為痛苦，仔細看會發現，她的紅衣是被鮮血所浸染。

她一路走到大殿正中央，「噗通」一聲跪在地上，抬起左手指向西邊，微微仰頭。

平清愣了片刻，隨後震驚出聲：「是林綠！她是林……」

話未說完，只聽「碰」的一聲巨響，女子驟然炸開。

她的血肉詭異的沒有四濺，反而是彙聚在半空，成了一個複雜的花紋。

一道威壓從花紋身上散開，在場除了天劍宗的人紛紛跪下。

「魔主聖令，」蒼鷹盤旋著飛出，所有人仰望著蒼鷹，聽見一個童子稚嫩的聲音：「魔主血令已碎裂各處，至今日起，不計手段，不計後果，最先於祭神壇重鑄血令者，為下一任魔主。」

「魔主試煉，至今日始，諸位候選人，各盡其力，各聽天命。」

說著，蒼鷹翱翔飛遠。

所有人應聲：「謹遵魔主聖令。」

過了一會兒，威壓消失，溫少清急促咳嗽起來，溫容趕緊扶起他，訓斥著往外走去。

秦雲衣緩緩起身，轉頭看向花向晚。

「花少主，」秦雲衣輕笑，「後會有期。」

花向晚保持笑容不變，抬手：「後會有期。」

說著，所有修士對視一眼，趕緊散去，回去將這極其重要的消息通知宗門。

花染顏見所有人離開，舒了口氣，讓雲姑同花向晚告別之後，便由玉姑扶著離開。

花向晚處理了所有雜事，等大殿中人都走得差不多，她舒了口氣，一回頭，竟發現謝長寂還站在原地。

他靜靜看著她，目光看不出悲喜。

花向晚垂眸，露出笑容：「抱歉，讓你看到這些。西境是這樣的，我也是沒有法子……」

「妳當早些叫我。」謝長寂開口，彷彿對一切一無所知。

花向晚似是不好意思：「我以前習慣自己解決了，等下次，下次一定叫你。」

謝長寂動作停頓，片刻後，他點了點頭，低聲：「嗯。」

兩人一起往後院走去，合歡宮的人在清理地面血水，兩人就踏著血水而過，回到了房間。

到了房間後，花向晚似乎心情極好，她哼著曲子去了淨室，高高興興梳洗。

謝長寂穿著禮服坐在原地，他看著屋裡點的紅燭，靜靜發著呆。

花向晚洗過澡出來，見他沒有打坐，她有些好奇，盤腿坐到謝長寂對面，擦著頭髮，小心翼翼道：「你在想什麼啊？」

「想以前。」謝長寂平靜出聲。

花向晚好奇：「以前？」

「我們第一次成婚。」謝長寂轉過頭，目光落在花向晚身上。

「那次妳出去了七天。」他開口，語氣沒有什麼起伏：「回來之後，妳受了傷，我給妳療傷，問妳去做什麼，妳說妳去把雜事清理乾淨。妳說，我們大婚之日，妳不想沾血。」

「哦，你說那時候。」花向晚點點頭，似是想起來：「那時候太多人想破壞死生之界封印，四處供奉魊，我殺了好幾隻魊，那些供奉的修士一直糾纏我，我想著咱們要成親，乾脆找個地方一起解決了。」

「現在怎麼不這麼想了呢？」

他回頭看她，花向晚一愣，才想明白，他是在在意今天的事。

她不由得笑起來：「謝長寂原來你這麼矯情的，我以為你不在意這些。」

過往不曾在意，可她教會他在意。

只是教過之後，又從容抽身。

他看著兩百年後的她，這已成為他如今的習慣。

他想尋找所有他能找到的痕跡，想去理解面前這個人。

其實她不像晚晚，可她偏生就是晚晚。

明明沒有半點過去的痕跡，卻又總隱隱約約、哪怕不知道她的身分，卻能察覺，就是這個人。

他不明白為什麼，只能遵循著自己的感知，靜默守在一側，等待著某個答案。

他靜靜望著她。

花向晚覺得這話似乎有點傷人，她輕咳樂一聲，決定認真解釋一下：「大概……時過境遷，我現在破規矩沒這麼多了。」

「為何呢？」

「覺得沒意義。算了，」花向晚想到什麼，笑了笑，「我說了你也不明白，不說了。」

「為何不明白？」謝長寂少有的執著。

花向晚一哽，她知道，謝長寂要麼不問，他若要問，那是一定要問到底的。

想了想，她輕聲回答：「有些事情，不站在那個位置，你想不明白。你雖然有過坎坷，但是你始終是強者，沒有真正的迫不得已。」

花向晚說著，垂眸看面前的茶杯：「我也是到連筷子都握不住的時候，才真的意識到，人活著有多難。什麼規矩、尊嚴，那都只是因為那時候我不知道天高地厚罷了。」

謝長寂不說話，他靜靜看著她。

其實他很想知道那兩百年，可他也明白，不親身陪著她走過，只從她嘴裡聽聞，不過是把她的傷疤再揭一次。

那兩百年，他始終錯過了。

他沒有再問。

花向晚不想再聊這個話題，打起精神，換了個話題詢問：「你今天感應到魊靈了嗎？」

「感應到一次。」謝長寂順著她的問題聊下去。

這點花向晚很喜歡，但他這個回答，讓她有些發慌。

她的心跳快起來，面上故作鎮定：「什麼時候？」

「那個叫林綠的女人，炸開那一瞬。」

「林綠？」花向晚思考著：「那女人我讓人去查了，是溫少清的人，祖籍在清河關，這是西境邊緣。」

說著，她抬眼：「其實你要找魊靈，還有一個辦法。」

謝長寂平靜地看她，花向晚敲了敲桌子：「魔主血令。」

「這是什麼？」

「鎖魂燈為我先祖所造，用的是一塊域外隕鐵，當年造完鎖魂燈後，還留下了一部分材料，被製成一塊權杖，以歷代魔主之血澆築，成為魔主身分的象徵。此血令會繼承每一任魔主的修為功法，傳承給下一位魔主。這就是魔主血令，是魔主身分的標誌。」

花向晚說著，喝了口茶：「如果想打開鎖魂燈，除了我之外，唯一的辦法，就是用魔主血令打開。但如今有你在，他們未必敢靠近我，那就只剩下另外一個方式了。」

「妳想要我幫妳贏下魔主試煉。」謝長寂直接說出她的目的。

花向晚笑起來：「你別這麼直接嘛，這叫一舉兩得。我贏試煉，你找魊靈，不好嗎？」

謝長寂不說話，他只是靜靜看著她。

花向晚正要說服他，就聽他開口：「答應我幾件事。」

「說來聽聽。」花向晚頭一次聽謝長寂提條件，有些新鮮。

「第一件事，」謝長寂拉過花向晚的手，垂眸看著她掌心施法割破的傷口，這種小傷無法轉移到他身上，他靜靜瞧著，「日後想爭什麼，要什麼，殺誰，告訴我。」

「哦。」沒想到是這個，花向晚有些心虛，她不敢看謝長寂，敷衍著點頭：「我儘量。」

「第二件事，天劍宗一百位弟子，他們得完好無缺的回去，」他抬眼看她，帶著幾分警告，「下不為例。」

花向晚一愣，她看著謝長寂，有些不清楚謝長寂到底知不知道今天的事。

她為了挑撥秦雲衣和溫容的關係，明明可以提前防範，卻決定拿歲文的性命去賭。

她自然是賭贏了，賭輸了，她便引毒在自己身上，絕不會與天劍宗結仇。

但對於謝長寂而言，利用他宗門弟子，應當都是一樣下作，沒什麼區別。

可如果謝長寂不知道，為何說現在這些話？

如果他知道，又怎麼會這麼心平氣和同她在這裡說話？

她思量著，沒有多說，謝長寂微微傾身，抬手覆在她帶著水珠的臉上。

「第三件事，」他看著她的眼睛，「沒有人比妳的命重要，若再有下一次——」

那句「為了少清，我自是什麼都願意」驟然鑽入腦海，謝長寂語氣上明明與平日無異，花向晚卻聽出了幾分利劍出鞘後的寒氣。

平靜，卻有一種暗默的凌厲。

「我會殺了他。」

聽到這話，花向晚笑起來。

她微微俯身往前，湊到他面前，兩人挨得極近，幾乎是鼻息相交，花向晚看著他如墨汁浸染一般的眼，聲音中帶著幾分玩味：「你會為了我殺不該殺的人？」

謝長寂沒說話，他看著她琥珀色的眼，感覺裡面像是伸出了一雙纖白柔軟的手，將他整顆心都攬了過去。

花向晚見他不答話，輕輕一笑，又抽回身：「你不會的。」

「你這個人啊，和我不一樣，」花向晚懶洋洋撐著下巴，瞧著謝長寂，「你是天上明月，高山白雪，不會為了誰殺不該殺的人，當然你放心，」花向晚見自己說得沒譜，趕緊安撫他，「我也是有原則的，我們合歡宮在西境也是名門正派，不會讓你難做。你要做的就是保護好我，別讓我死就行了。」

「死」字出現那一瞬，花向晚當年墮入異界的畫面瞬間劃過他的腦海。

銳利的疼浮現上來，他緩緩抬頭，看著面前靈動的女子。

他看著她，肯定開口：「妳不會死。」

「不知道啊，」花向晚轉著酒杯，「魔主說了，此番試煉不擇手段，也就是日後不會管合歡宮了。」

說著，花向晚轉頭看向窗外，漫不經心：「我猜現在秦雲衣這些人不會有什麼動作，畢竟她實力最強，後面又有鳴鸞宮撐腰，應當會放著一些小宗門的人出去尋找血令，她只需要守在祭神壇，誰找到血令，直接搶就是了。」

「我可以幫妳搶。」

「我和她可不一樣，」花向晚笑著回頭，「她習慣坐享其成，所以如今渡劫還是個廢物。靠她爹和鳴鸞宮撐起來的高樓，看上去富麗堂皇，你等她爹死了看看？人不能靠別人，得靠自己。魔主血令我會想辦法，自己去找，未必無益，你只需要做一件事。」

「什麼？」

「讓我也有個爹！」

這話出來，謝長寂靜默不言。

花向晚覺得自己好似有些過於放肆，輕咳了一聲：「我這個玩笑是不是有點過分？」

「沒有，」謝長寂搖頭，「我只是有點聽不懂。」

「這個無所謂。」花向晚擺擺手：「反正你記好了，以後小事我管，大事你管，等我金丹恢復，筋脈復原，我一定比她能耐。」

聽著她的話，謝長寂點頭：「好。」

「那咱們就這麼說好了，明天我去查林綠，她死之前指著西方，如果沒有差錯，我們就往西邊走。」

「嗯。」

「那我睡了？」花向晚指著床，詢問謝長寂。

謝長寂看著她指的方向，好久，輕輕點頭：「嗯。」

「得嘞，晚安。」

花向晚起身，自己上了床。

她不比謝長寂這樣常年有金丹供養的人，靈力匱乏讓她很容易疲憊，今日和秦雲衣大戰一場，她早就瀕臨極限，只是習慣忽略身體的狀態，才生龍活虎跳到此刻。

謝長寂看她上床，他遲疑片刻，盤腿打坐，閉上眼睛。

今日秦雲衣在她身上造成的傷，都在他身上。

秦雲衣畢竟是渡劫期修士，雖然沒有造成什麼嚴重影響，但加上秦風烈給他造成的傷，他仍舊需要調息一段時間。

然而閉上眼睛，不知道怎麼的，就想起今日她跪在地面上，喘息著告訴秦雲衣「為了少清，我自是什麼都願意」的場景。

他知道那時候她手下是一個大陣，也知道這個陣法開啟，消耗的是她的壽命。

他知道她說那話或許不是真心，卻也知道，她走的每一步，都是在拼命。

他害怕她說死。

因為他體會過，她死去之後，人間煉獄的模樣。

他腦中反反覆覆出現她張開雙臂，縱身躍下的畫面。

他看著她落下去，他想上前，然而剛剛一動，就被人拉住了衣襟。

那是很小的力道，但正因為太小，明顯是一個人將死之時的力氣，他沒有辦法，只能回頭。

然後他就看見師弟仰著頭，滿身是血趴在地上，他蒼白著臉，看著他。

「師兄，」那個一貫喜歡同他開玩笑的師弟眼中全是懇求，「師父……還在上面……劍陣……你不能去……」

他說不出話，他守在劍陣中央，看著周邊滿地倒下去的同宗弟子。

那是他一生最艱難的一刻。

他顫抖著，他想往前，可是地上浸染過來的血，讓他遲遲不能挪步。

那彷彿是過了一生一般漫長的一刻，一道光從下方傳來，問心劍與鎖魂燈破空而出。

謝雲亭一把抓住問心劍，僅在頃刻之間，他一生最重要的兩個人，在光芒中同時殉道。

漫天白光炸開，他根本來不及思索，只能是死死握緊自己的劍，守在劍陣中央，護住死生之界的缺口，成為整個雲萊此刻，唯一一道防線。

他聽見魆靈的嘶吼，聽見謝雲亭揮劍之聲，感受到晚晚磅礴的靈力彌散於周遭。

狂風不止，周遭哀嚎聲不斷，風如刀刃，銳利地颳過他周身。

世間彷若末日，他不知道過了多久，等風停雲止，他再睜開眼時，只剩下謝雲亭的魂魄，安靜地站在不遠處。

「長寂，」他呆呆地抬起頭，看見謝雲亭站在懸崖邊，目光憐憫中帶著幾分溫柔，「問心劍，你還要嗎？」

他說不出話，他愣愣地看著謝雲亭。

死生之界少有的有了陽光，它落在謝雲亭身上，謝長寂顫抖著，艱難回頭，他撐著自己傷痕累累的身軀，蹣跚往前，走到她墜落之處。

異界已經重新封印，那些邪魔在結界之後，還瘋狂撞擊著結界。

他已經看不到她的影子，連一片衣角、一點痕跡，都沒有留下。

那一瞬，他忍不住想。

這是夢嗎？

他夢裡見過一個姑娘，她喜歡他，無論如何拒絕，她都跟著他，她教他幻夢蝶，教他唱歌，教他用花編織花環帶在頭上。

他們成了親，他還問了昆虛子，日後怎麼辦一場正兒八經的婚禮，帶著她來見謝雲亭。

她從相識到今日之前，皆為美好，怎麼突然像一場幻夢，驟然碎裂。

他人生第一次感覺眼眶酸澀，可他不敢讓眼中水汽墜落，他好像無事發生，只是看著深淵，好久，輕聲開口：「師父，把問心劍給我吧。」

「日後，長寂，是問心劍謝長寂，是天劍宗謝長寂，是雲萊謝長寂。」

獨獨不是他自己，謝長寂。

真正的謝長寂，在晚晚縱身躍下那一刻，早已不顧師弟阻攔，隨她一同赴死了。

守在劍陣裡的，守在死生之界裡的，是問心劍謝長寂。

晚晚……

名字浮現那一刻，謝長寂猛地睜眼。

他低低喘息著。

他克制不住情緒，轉頭看向床上已經熟睡的花向晚。

他整個人都覺得冷，好像還待在死生之界，好像還在幻夢蝶所締造的幻境中。

他聽著身後的呼吸聲，突然意識到，她還活著。

他微微喘息，踉蹌著撐著自己，來到床邊，顫抖著一把抱住花向晚。

涼意襲來，花向晚驟然驚醒。

來不及做出任何反應，她便感覺身後的人死死抱著她，不讓她動彈分毫。

「謝……」

花向晚來不及說話，便感覺靈力從他身上傾貫而下，緩緩流入她筋脈之中，從她金丹轉過，又轉回他身體。

這一來一回之間，花向晚身體軟下來，靈力所帶來的舒適感讓她無法抗拒。

他從未如此強行擁抱過她，更未曾這麼赤裸表現兩人之間某種隱祕的、不平等的關係。

他擁有著足以誘惑她開出無數條件的利益，可是他從不曾以此為交換，試圖讓她做過什麼。

她有些緊張，一時不知謝長寂到底想幹嘛。

兩人都不說話，他呼吸有些急，她的氣息也有些亂。他從背後緊抱著她，好像擁著唯一一塊浮木。

過了許久，他的身體一點一點暖起來，她的溫度傳遞到他身上，讓他從噩夢中緩緩清醒。

他將緊抱著她的手放鬆了一些，退開些許，聲音低啞：「我今日受了傷，勞煩幫個忙。」

聽到這話，花向晚鬆了口氣。

她也不知道自己方才緊張什麼，或許是驟然失控的謝長寂讓她有些陌生，她放鬆了身體，緩慢運行起功法。

簡單的靈力運轉，其實對兩人來說並沒有什麼太大的用處，但聊勝於無，最重要的是，對花向晚來說，有靈力穿過筋脈，也是極為舒服的。

「你當早說。」她有些睏，靈力暖洋洋的，讓她整個人鬆懈下來。

謝長寂抱著懷中真實又柔軟的人，輕輕應聲：「嗯。」

他說完，抬起眼，看著眼前半醒半睡的人，他靜靜看著她的面容，輕聲開口：「晚晚。」

「嗯？」

「一定要當魔主嗎？」

他可以帶她回天劍宗。

可以帶合歡宮回雲萊。

這樣，他就能保證，她絕不會有任何危險。

「嗯。」花向晚隱約聽到他的問題，哪怕是在睡夢中，她還是應答：「要當。」

聽到這話，謝長寂垂眸：「好。」

他閉上眼睛：「我陪妳。」

過去兩百年未曾相隨，這次我陪妳。

兩人一路睡到天亮，或許是謝長寂靈力的緣故，這一晚她睡得極好。

第二天醒來，整個人精神煥發。

謝長寂臉色還有些蒼白，花向晚給他檢查一番，確認無事之後，便領著她去見了三位長老。

昨日合歡宮鮮血已經清理乾淨，連血腥味都不曾留下，花向晚領著謝長寂用過早膳，去議事廳見了三位長老。

進門時就看三人正在商討什麼，花向晚同謝長寂一起走進去，笑著開口：「雲姑、夢姑、玉姑，早啊。」

「少主來了。」雲姑轉過頭來，溫和地笑了笑。

夢姑將兩人上下一打量，挑了挑眉，似很是高興：「少主氣色不錯，滋補如何？」

「夢姑，」玉姑見夢姑說得沒譜，輕咳了一聲，提醒道，「分寸。」

說著，玉姑轉頭，指了旁邊的位子：「昨日我們查了林綠的資料，她祖籍在清河關，但兩百年前就舉家搬遷，到了定離海附近的雲盛城居住，二十年前家中發生滅門慘案，一夜之間舉家被人剜心而亡，那時她剛好在外求學，僥倖躲過一劫。後來便到了清樂宮作為家臣，五年前由溫少主插手，混進合歡宮。」

說到溫少清，夢姑忍不住多看了花向晚一眼：「我早說那小子長得花裡胡俏，肯定不安好心，妳還……」

「妳能少說兩句嗎？」玉姑聽不下去，抬頭瞪了夢姑一眼，雲姑輕咳一聲，看了看一旁垂眸坐著的謝長寂，提醒夢姑注意分寸。

夢姑自知失言，忍耐下來，花向晚坐在位子上，倒也不在意，撐著頭笑咪咪道：「妳當我被美色所惑，昏庸了唄。然後呢？」

「魔主血令就算被分成碎片，畢竟也是魔主之物，普通人若是拿到，便可獲得超乎尋常的力量。血令現身之處，應當會有一些奇異之事。」玉姑分析著，抬眼看向花向晚：「林綠昨日身死之時，指向西邊，雲盛城亦在西方，我這邊已經找人去收集西方最近所有異事，妳不妨今日出發，往西邊過去，我這邊只要收到線索，立刻通知妳。」

「好。」花向晚點頭。

旁邊雲姑聽了，忍不住皺眉：「阿晚就這麼出去，會不會有危險？」

「現下應當不會，」玉姑搖頭，「魔主試煉才剛剛開始，有能力動少主的此時應該正在觀望，讓眾人多出點力，去拿走血令，方便搶奪。現在就動手的，對於少主來說沒有威脅。」

「但保險起見，」夢姑想了想，還是道：「少主此次出行，還是要隱蔽一些，不要驚動其他人。」

「這是自然。」花向晚點頭，轉頭掃了一圈：「還有其他事嗎？」

三人搖頭，花向晚立刻擺手：「那我走了。」

說著，她就領著謝長寂走了出去。

兩人走在長廊上，謝長寂似乎在深思什麼。

花向晚看他一眼，頗為好奇：「你在想什麼，這麼嚴肅？」

「溫少清，對妳並不好。」謝長寂遲疑許久，才緩聲開口。

花向晚聞言，笑了笑；「他好的時候你不知道。」

說著，她看了看時間，擺手道：「走吧，我們收拾好東西，你帶我先出合歡宮的屬地，等到了清樂宮屬地後，我們就自己走。」

渡劫期修士縮地成寸，速度極快，但靈力消耗太大，一旦在其他屬地動用這麼強大的靈力，馬上就會被領主知曉。

花向晚並不想驚動溫容。

謝長寂明白她的顧慮，點了點頭。

有謝長寂在，花向晚也不打算多帶其他人，一切從簡。

兩人快速收拾了行李，拿夠靈石，謝長寂吩咐江憶然照顧好天劍宗的弟子，便找到花向晚。

他走上前，自然而然拉過花向晚的手，輕聲道：「走麼？」

「走。」花向晚點頭。

她這輩子最快的體驗，就是謝無霜把她從靈虛祕境拖到天劍宗那一次。

但正兒八經的渡劫修士的速度，她還是不清楚的。

她有些興奮，忍不住打探：「話說謝無霜是怎麼做到元嬰就能瞬移的？你們問心劍是不是有什麼祕法，我和你成親了，也算一家人，能不能教教我？」

聽到這話，謝長寂動作一僵，片刻後，他低聲：「獨門絕技，不修問心劍者，教不了。」

「啊？」花向晚聞言，忍不住有些心動：「那……那我現在修問心劍還來得及嗎？」

謝長寂抬眼看她，花向晚眨眨眼：「我要是筋脈不碎，也是個劍道天才，雖然年紀大了，但你看我還有希望嗎？」

「沒有。」謝長寂開口，說得十分肯定：「妳就算學問心劍，也學不會這個。」

「啊，」花向晚有些遺憾，想了想，忍不住感慨，「那謝無霜很強啊，感覺他比你當年還強……」

話沒說完，周邊突然變得扭曲，她整個人往下墜去，下意識一把抓住謝長寂。

謝長寂將她一攬，輕聲道：「沒有的。」

花向晚聽不明白，只覺周邊空間張力極大，整個人彷彿要被撕扯開來，如果不是謝長寂的結界護著她，或許早已被撕成碎片。

只是片刻，兩人突然落到地面上，花向晚打量周遭，發現已經到了一片森林，前方界碑上寫著兩個字「清樂」。

「到了？」花向晚有些震驚，這麼片刻，就直接越過整個合歡宮的領域了？

謝長寂點頭，繼續說著方才的話題：「他沒有比我強。」

花向晚一愣，疑惑著回頭。

「你說誰？」花向晚已經接不上他的思緒了。

謝長寂看著她，平靜提醒：「謝無霜，他沒有我當年強。」

「算了吧，」花向晚笑起來，擺擺手，「我還不知道你？你當年就是個小土包。」

說著，花向晚拿出地圖，向前走去：「走，目標雲盛城。」

「我三十二歲的時候，」謝長寂好似很在意這件事，繼續解釋，「已修到問心劍最後一式，可一劍滅宗。」

花向晚聽著謝長寂強調，奇怪地看他一眼。

但想想或許這就是劍修的尊嚴。

你可說他短，但你不能說他不夠強。

她彷彿聽進去了，點了點頭：「嗯，是我不夠瞭解你。」

說著，她將靈獸袋甩了甩，抖出一隻小老虎。

「小白，」她召喚老虎，老虎瞬間變大，她翻身騎上白虎，扭頭看向謝長寂，「你打算自己走，還是與我共乘？」

按著她的預估，謝長寂應該是會自己走的。

畢竟他是一位鐵血真漢子，應該不會和她搶位子。

然而謝長寂和小白對視片刻後，他毫不猶豫走到小白身邊，翻身上虎，抬手繞過花向晚的腰，握住了轠繩。

花向晚一愣。

隨後就聽身後傳來謝長寂的解釋。

「路太長，」他說得很是自然，「走不動。」

第十五章　兩百年

他的手沒有碰到她，但從她腰間環繞而過，整個人的氣息包裹過來，花向晚不由得回頭看了一眼。

按她的理解，謝長寂一貫是不喜歡和人觸碰的，但好像重逢以來，他似乎沒有太介意身體接觸。

想來兩百年不見，人總是有些變化。

「走了？」謝長寂見她的眼神，故作不知。

花向晚點點頭，拍了一下小白：「小白，走……」

話剛說完，小白突然竄了出去，這一竄猝不及防，花向晚整個人往後一仰，便撞到謝長寂胸口。謝長寂晚似是怕她掉下去，一隻手抬手攬在她腰間，隨後微微俯身，壓在花向晚背上。

靈獸速度快起來，大多是這樣的，但這樣就讓兩人幾乎是貼在了一起，花向晚下意識僵了片刻，謝長寂察覺她的動作，低頭看過來，平穩出聲：「怎麼了？」

聽到這話，花向晚默不作聲轉頭。

謝長寂都不介意，她還會在意了？

「沒什麼，」花向晚實話實說，「就覺得你和以前很不一樣。」

「人總會變。」

「那你覺得自己是變好了還是變壞了？」

花向晚好奇，謝長寂沒有作答。

花向晚自討沒趣，也不多說。

小白狂奔了一天，花向晚半路便覺得睏頓，想著謝長寂在，便乾脆放心趴在白虎上睡了過去。

等到夜裡，謝長寂見花向晚趴在白虎上睡熟，他想了想，就近找了一座城，帶著花向晚尋了客棧歇下。

花向晚迷迷糊糊感覺有人把自己抱起來，她睜開眼，看見謝長寂抱著她往上。

她還有些不甚清醒，但也隱約發現已經不在山林，周邊似乎是一個小院，謝長寂帶她上了樓，走進最裡一間房，推門進屋後，將她輕輕放在床上。

花向晚這時緩了過來，看著謝長寂半跪在她面前給她脫鞋，她嚇了一跳，下意識往後縮，謝長寂一把握住她的腳腕，攔住她退後的衝動，平靜地把鞋取下來，隨後起身：「妳先睡吧。」

意識到謝長寂只是單純想脫個鞋，花向晚安撫自己不要太一驚一乍，轉頭看了看周遭，疑惑道：「這是哪兒？」

「客棧。」謝長寂走進淨室，聲音從裡面傳來：「妳身體始終不比尋常修士，需要休息。」

「哦。」花向晚點點頭，明白謝長寂的意思，雖說她不太在意自己身體，但想想謝長寂也受了傷，現下玉姑還沒傳來消息，他們直接走完合歡宮的領域已經節省了許多時間，倒也並不著急。

她自己脫了外衣，往床上躺下去，聽著淨室的水聲，沒一會兒就發現，今夜這床好似和平時有些不一樣。

左思右想，發現經過昨晚謝長寂那一遭，她感受過靈力始終維繫時身體的舒適感，再一個人睡下，便覺得有些冷了。

人就是這樣，如果沒得到過，倒不覺得什麼，得到過更好的，再拿本該屬於自己的，就會覺得不滿。

她也搞不清楚，昨夜那種舒服到底是有個人陪著，還是因為筋脈中有了靈力充盈。

若是後者還好，若是前者……

那謝長寂走後，她得想辦法搞個人來陪睡才是。

不知道到時候還有沒有機會搞個天劍宗的，不然不清楚其他宗門的，有沒有這麼暖和。

她閉眼琢磨著，沒了一會兒，就聽謝長寂從淨室裡走了出來。

他和平時一樣，似乎是去桌案邊，但沒一會兒，花向晚就聽見他開櫃子找東西的聲音，她有些好奇，轉頭看過去，就見謝長寂穿著單衫，從櫃子裡取了一條毯子。

意識到花向晚的目光，謝長寂看過去，遲疑片刻，方才解釋：「小白睡地上太硬。」

花向晚愣了愣，謝長寂忽視她的目光，抱著毛茸茸的毯子過去，毯子疊在地上，又繞了一圈，輕手輕腳把變成貓兒一樣大小的小白抱了進去。

小白進入新窩，有些不安地蹬了一下腳。

謝長寂摸了摸牠的頭，小白很快放鬆下來，打起了小呼嚕。

他做這些時，少了幾分平日的冰冷，帶著幾許人氣。

好像是供奉在高處的神佛，步履蓮花，入了紅塵。

花向晚好奇望著，見謝長寂站起來，她才笑：「以前沒發現你這麼喜歡這些小東西。」

「一直喜歡。」謝長寂聲音淡淡：「但年少時怕耽誤修道，不太敢接近。」

花向晚沒多問，點了點頭。

想謝長寂現下應當是修到問心劍大圓滿之後，喜歡個貓狗對他影響不大。

謝長寂看她沒有其他問題，轉身走向桌案，花向晚見他沒有半點上床的意思，想著方才冰冰冷冷的床和昨夜的對比，忍不住叫了一聲：「那個……」

謝長寂轉頭看過來，花向晚遲疑著：「你的傷……還好嗎？」

這話問出來，花向晚感覺意圖有點太明顯，她摸了摸鼻子，尷尬扭過頭去：「我就是想幫你……」

話說一半，她又覺得自己有些太沒誠意了，明明是自個兒想要人家暖床，還要打著幫忙的名義。

這也沒什麼不好意思，她乾脆轉頭看過去，坦坦蕩蕩：「你要不要上床睡？」

謝長寂身體一僵，花向晚怕他誤會，趕緊解釋：「我體質陰寒，這些年病根不少，昨夜同你交換靈力，我覺得很舒服。如果你不介意……」

話沒說完，燭燈便熄滅下去。

花向晚一愣，夜裡靜悄悄的，連謝長寂的呼吸聲都聽不到。

她看不清他的神情，拿捏不準他的情緒，便輕咳一聲，解釋道：「我不是要求你，是覺得這對我們兩人都好，你要是有任何不願也別勉強自己。」

謝長寂不說話，他就站在不遠處，不上前，但也不動。

等花向晚說完，許久，他才沙啞出聲：「願意的。」

說著，他如平日一樣走到床邊，平靜地掀開被子，進了被窩。

或許是在死生之界太長時間，他本身有一種冰雪般的涼意，可當他伸手將她攬到懷裡時，便會感覺到一種沁人的舒服湧上來，像是泡在了溫泉水裡，暖洋洋的，讓人澈底鬆散下來。

她枕著他的手臂，運轉起自己的心法。

他的衣服似乎散開了，胸膛貼在她的背上，靈力從他們相貼的地方傳來，進入筋脈，再入金丹，運轉周身，又回到他的身體。

靈力源源不斷，花向晚躺在他懷裡，因為過於舒服，很快就有了睡意。

感覺懷中人呼吸聲均勻下來，聽著身後小白的呼嚕聲，謝長寂靜靜看著前方落在床上的月光。

他感覺有什麼充盈在胸口，感覺到了心跳。

他體會到一種兩百年來從未有過的幸福和鮮活，它脹脹的，躍動在他心口。

然而這個感覺為他所辨識時，他又莫名生出了一種似乎隨時可能失去的惶恐。

「花向晚，」他低下頭，看著她的睡顏，忍不住詢問，「日後，我一直給妳暖夜，好不好？」

「嗯……」花向晚迷迷糊糊聽到他喚，含糊不清地應了一聲。

謝長寂聽到她的回應，才感覺黑夜裡那份不安被驅散幾分。

他低下頭，收緊手，讓她與他毫無間隙相貼。

他有一種衝動，想將她的一切與他融為一體，想讓她的一切都是他的。

她的血肉，她的筋骨，她的金丹，她的靈力，她的元神……

他的一切屬於她，她的一切都是他。

這樣，他們或許才能永不分離。

可這樣的念頭……

謝長寂閉上眼睛。

感覺月光一寸一寸離開床榻，將整個黑暗留給了他們。

花向晚睡了一夜，覺得周身又舒服許多。

謝長寂少有的睡過頭，睜眼時候就看見他躺在旁邊。

他閉著眼，一貫清俊的容顏在晨光下顯出幾分乖巧，花向晚盯著他看了片刻，不得不為這天賜的容貌折服。

「嘖」了一聲之後，對方才慢慢睜開眼。

他有些茫然地看著前方，似是恍神，片刻之後，抬眼看向花向晚。

花向晚盤腿坐在床上，垂頭看他，笑了笑：「清醒了麼？」

謝長寂愣了一會兒，看上去竟有些呆，花向晚笑出聲來，起身跨過他跳了下去：「走了。」

兩人收拾好東西，很快上路。

接下來幾日，他們每天夜裡找個城入住，謝長寂不需要她說，就會乖乖上床。

有一天晚上甚至提前上床暖好等著她，把這件事做的盡職盡責。

睡著睡著，花向晚都開始後悔，以前怎麼沒發現有人暖床這麼舒服，她之前還是太虧待自己了。

一路走走歇歇，逐漸靠近雲盛城。

雲盛城位於雪山山腳，花向晚老遠就看到一座高聳入雲的雪山，兩人坐著小白，花向晚低頭看著路上買的地理志，感覺遠處雪山寒意隨風而來。

「神女山，是定離海與清樂宮領域交接之處，傳聞神女山上有雪族一脈，雪族世代單傳，皆為女子，兩百歲成年，成年之前，行走於人世，與常人無異，兩百歲後，便會獲得強大神力，在上一任神女去世後，成為新一任神女。雲盛城百姓常年供奉神女山神女，而神女也會庇佑百姓，如此相伴相依，已近五千年。」花向晚說著，有些奇怪：「每一代就一個人，成年就去當神女，他們是怎麼有下一代的啊？」

「遊歷時成婚，帶著孩子回山。」謝長寂說出自己揣測。

花向晚聽他說得這麼熟悉，忍不住回頭：「你們問心劍是不是也這麼幹？」

謝長寂看她一眼，頗為無奈：「我們無需血脈傳承，收徒即可。」

「也是。」花向晚點點頭，想起來問心劍歷代劍主，好像基本家破人亡、無父無母、自幼上宗的孤寡人士。

一個比一個寡，一個比一個慘。

取名也是一個比一個淒冷，什麼謝澈清、謝孤棠、謝雲亭、謝長寂……

從未見過類似謝向陽、謝朝生之類朝氣蓬勃的名字。

花向晚想著，一隻翠鳥飛來，嘰嘰喳喳盤旋在上空。

花向晚抬手，翠鳥落在她手上。

「阿晚，」玉姑的聲音響起來，「我排查西邊所有異常情況，最可疑的還是雲盛城。」

這話在花向晚預料之內，她歪了歪頭：「怎麼說？」

「此事發生在三天前，雲盛城百姓突然一夜衰老，神女山被封，普通百姓無法上山，他們向雲盛城管轄宗門道宗求助，道宗現下已經派人過去，但還沒有其他消息。妳可以先去雲盛城，看看情況。」

「好。」

得話，花向晚摸了摸翠鳥的頭，抬手一揚，翠鳥振翅而飛。

「再有其他情況，及時告知我。」說著，花向晚轉頭拍了拍小白的腦袋：「雲盛城，跑快點。」

小白得話，立刻加了速度，等到了下午，兩人一虎便出現在了雲盛城門外。

對於普通人而言，兩人容貌太過招搖，他們用了易容術，將小白裝進靈獸袋，便往城門走去。

城門口沒什麼人，看上去十分蕭條，幾個老兵把守在城門口，看上去很是疲憊。

花向晚和謝長寂一起走上去，看見他們，老兵立刻戒備起來，等兩人走到門口，最邊上的士兵叱喝：「做什麼的？」

「家裡有親戚在城裡，我們夫妻路過，想去探親。」

花向晚說了個最容易讓人接受的理由，聽到是探親，士兵放鬆了幾分，讓花向晚拿了文牒，叨念著：「妳來的不巧，城裡發生了大事，妳要是在城裡找不到親戚，就去神女山下看看。」

「為何去神女山下？」花向晚好奇。

士兵苦笑，他抬眼看向花向晚：「夫人，妳看我年紀多大？」

「冒昧了，」花向晚試探著揣測，「應當是……花甲之年了吧？」

聽到這話，士兵眼神黯淡，他搖了搖頭：「夫人猜錯了，我只有三十一歲。」

聞言，花向晚看了謝長寂一眼，眼前這人不僅是容貌，從氣息到精力，都是老者模樣，出現這種情況，明顯是元氣為人所取。

換句話說，被人借了壽。

「城中都是這種情況？」花向晚再確認了一遍。

士兵點頭：「對，所以大家得空的，都去神女山求神女發慈悲了。我們得城主命令，還得在這裡駐守。」

「多謝告知。」花向晚聞言，點了點頭。

士兵沒有多言，只道：「進去吧。」

兩人一起進了城中，城內十分蕭條，花向晚漫步城間，感應周遭，明顯察覺靈氣分層不對。

所有靈氣都往地下聚集，她低頭看了一眼，隱約可以見到紅色的法陣在地下蔓延。

這些法陣紋路，尋常人是看不見的，甚至普通修士也無法看見，花向晚順著紋路，往陣心走去。

走了許久，等她來到陣眼之處，便見到一座破破爛爛的府邸，立在前方。

這府邸看上去年久失修，似乎無人居住，斑駁朱門上貼著似乎是剛剛貼上的封條，掛著蛛網的牌匾上，寫著「林府」二字。

「應當是林綠的家宅。」謝長寂站在花向晚身邊，看著沖天怨氣，平靜開口：「怨氣極深，曾有橫死之人。」

「舉家剜心，當然是橫死。」

花向晚說著，便上前去，想要進去看看，然而剛踏上臺階，就聽身後傳來一聲大喝：「你們想做什麼？」

花向晚聞言，轉過頭，看見竟是一群老兵，他們看見花向晚，便立刻拔了刀：「你們過來，這裡不准進。」

「把刀放下。」謝長寂看著對方指著花向晚的刀尖，語氣冰冷。

「官爺，」聽謝長寂的話，花向晚笑起來，這裡都是凡人，她不想多生事端，便從臺階上走下來，從袖中拿出靈石，遞給對面老兵，「我們就是好奇，沒什麼惡意，勞煩官爺通融。」

看見靈石，老兵氣不打一處來，他一巴掌拍開靈石，訓斥道。

「你們和幾天前那些人是一夥兒的是不是？就是你們觸怒了神女，降下天罰，上次的教訓還不夠，你們還想去林府，是想害死我們嗎！」

「一夥兒？」花向晚倒也不在意被打掉的靈石，她抓住對方話語裡的話，好奇道：「還有其他人來過？」

「還裝傻？」老兵咬牙：「你們不要以為自己會些仙術就為所欲為，這裡不能進，要麼滾，要是想進，你們就把我們都殺了！」

聽到這話，花向晚有些頭疼，她正想著應付過去，就聽旁邊突然傳來許多人的腳步聲。她回頭一看，便見許多老年人扛著鋤頭、砍刀、棒槌從巷道裡衝了出來，將他們包圍得嚴嚴實實。

「就是他們！」有人大喊了一聲：「肯定是他們觸怒了神女，他們和那些人是一夥兒的！綁了他們去賠罪！」

「唉等等！」花向晚看見這個老弱病殘齊聚喊打喊殺的場景，有些驚慌。

秦雲衣嚇不到她，但這些凡人可以，畢竟現在這批壽元將近的凡人太脆弱，她一巴掌就把人拍死了。

修士殺凡人，那是天道絕對不允許的因果，她可不想被天道找麻煩。

而且她背後還有個謝長寂，按照謝長寂的性子，要是看她對凡人出手，兩人肯定要吵架。

她趕緊解釋：「誤會，都是誤會，我們不去了……」

然而群情激憤，眾人完全聽不到她的聲音，一個老頭一棒槌朝著她敲過來，謝長寂眼神微冷，正要出手，就被花向晚一把抓住手腕，一躍跳上高處：「跑啊！」

謝長寂愣住，被花向晚拽著從屋頂往城外跑。

城內禁止使用法術，這是西境修士在各城必須遵守的規定。

而且對付一批凡人，犯不上。

花向晚抓著謝長寂狂奔，下面的人緊追不放，有些爬上屋頂，追著他們跑，有些往上面扔著東西，試圖把他們砸下來。

花向晚抓著謝長寂靈活躲閃，奈何整個城的人似乎都趕了過來，他們雖然年邁，但精力卻十分旺盛，對他們兩圍追堵截，眼看著到了城門，一個老頭從側面往花向晚一撲，花向晚看著他就要摔下去，嚇得一把撈住他，勸道：「大爺，年紀大就不要幹這種事了。」

說著，她怕這麼追下去，她沒動手，這些老年人把自己搞些高難度動作弄死了，反正也快到城門，她抓著謝長寂往旁邊小攤上一跳，撲向了前方。

前方人少，花向晚和謝長寂一路躲閃，城門近在咫尺，一個老兵大叫一聲，舉著長矛就向花向晚奔來。

花向晚沒注意到這偷襲來的長矛，謝長寂冷眼掃過，正準備動手，一道拂塵突降，將長矛一捲，便甩飛開去。

隨後一道清冷的少年聲叱喝出聲：「退下！」

眾人一愣，花向晚回頭看去，便見一位頭頂青蓮花玉冠、藍袍負劍、手提拂塵的少年道士擋在她和謝長寂身前。

所有百姓愣愣地看著他，少年抬手，亮出一道權杖：「道宗弟子雲清許，奉宗門之名，前來查看神女山之事。」

「是道宗！」聽到少年報上名號，眾人激動起來，互相看了一眼：「道宗來管我們了！」

百姓的話讓少年神情溫和許多，雖然看上去始終是那副清清冷冷的模樣，但神色卻帶著溫善。

「宗門聽得貴城城主報信，便立刻派我過來，其餘弟子尚在路上，諸位不用擔心，道宗絕不會放棄任何一位百姓，還望諸位冷靜。」

少年說著話，花向晚便一直饒有興致地看著他。

他生得清俊，帶著道門特有清心寡欲的味道，但或許是因年少，又帶著些稚氣。

花向晚在一旁等了一會兒，見雲清許與旁邊百姓說得差不多了，走上前去行禮：「雲道長。」

雲清許聽她的話，這才回頭，一雙清澈平穩的眼落在花向晚身上。

花向晚容貌生得驚豔，無論雲萊西境，第一眼看到的人，大多要為其震懾，多看幾眼。

此刻哪怕易容，也比尋常女子漂亮許多。

然而雲清許見她，卻與看旁人並無不同，微微躬身：「姑娘。」

「方才多謝你出手相助。」花向晚道謝，「雲道長是為解決神女山之事而來？」

「我不出手，姑娘應當也無事。」

雲清許看不出花向晚和謝長寂的修為，但一看二人模樣，便知應當是修士。

他想了想，輕聲道：「若二位也是為神女山之事前來，不妨直接入山。城中都是凡人百姓，前些時日，已有許多修士為魔主血令而來，後來神女山出事，百姓對這一類修士十分警戒，望兩位不要過多驚擾。」

「我明白了。」花向晚聽雲清許的話，便知道這些百姓反感來自何處。

看來在他們之前已經有人提前趕到雲盛城，順著林綠的身分找到林府，然後進了神女山，接著出事。

林府的事情，這些百姓估計也不知道更多，那些人最後都去了神女山，可見答案應當在神女山內。

花向晚笑了笑，溫和道：「多謝道君指點，那後會有期。」

「姑娘慢走。」

花向晚點點頭，轉身走向謝長寂，走了兩步，她突然想起什麼，轉頭看向雲清許：「雲道君。」

雲清許回頭，花向晚上前，遞了一張符紙給他：「道君一人前來，還是有些危險，我贈道君一道防禦符，若是有事，還望能幫上一二。」

雲清許聞言，有些詫異，他低頭看向符咒，明顯能看出這是一道元嬰以上的防禦符。

他想了想，遲疑片刻，終於還是接了花向晚的符，恭敬道：「多謝前輩。」

見雲清許接了符，花向晚這才放心，走回謝長寂身邊，往外道：「走吧，我們直接去神女山。」

謝長寂沒說話，他跟著走在她身邊。

走出城門時，他忍不住回頭看了城中少年道士一眼。

他生得的確好看，清俊沉穩，又帶著幾分少年人才有的朝氣。

好似沈修文、謝無霜……還有他年少時，都是這樣。

他默不作聲收回目光，感覺有什麼鑽進心裡，那東西很小，但它牙尖嘴利，一口一口啃噬著他，帶來一陣陣細密又尖銳的疼。

他面上平靜，走在花向晚身邊，平淡開口：「妳似是很喜歡他。」

「不錯，」花向晚笑起來，轉頭看了謝長寂一眼：「清風朗月，君子如玉，還有幾分小意溫柔，這樣的小道長，誰不喜歡？」

謝長寂不言，他腳步微頓，花向晚甩著乾坤袋，哼著小曲走向前方。

他看著她的背影，在暗夜裡，神色晦暗。

腦海中莫名浮現出當年他們初初相見，她假意為他所救，走時也是給了這張符咒。

「道長救我，妾身無以為報，此乃妾身親手所繪防禦符咒，還望日後，能幫道君一二。」

然後沒過多久，他果然出了事。

他問心劍弟子身分被人發現，那些人想要抓他，奪舍之後用他的身體上死生之界。

他被下毒毀了眼睛，踉蹌逃跑間，就聽見少女一聲詫異中帶著幾分驚喜的聲音：「小道長？」

想到這個稱呼，謝長寂回頭看了城門一眼。

小……道長麼？

察覺謝長寂步子慢下來，花向晚好奇回頭。

「怎麼了？」

「無事。」

謝長寂收回目光，然而花向晚明顯感覺到，他似是不大高興。

他一貫內斂，若是明顯露出什麼情緒來，應當就是到了某個程度。

她想了想，倒著步子退到他身側，追問：「你不高興了？」

「嗯。」謝長寂倒也沒遮掩。

花向晚想了想，揣測著：「因為雲清許？」

「嗯。」謝長寂應聲，花向晚也不奇怪。

他以前就是這樣的，不太喜歡她和其他男性接觸。他雖然不會阻止，甚至還會推遠她，「成全」她，但她卻也能明顯感覺到，他的不開心，他的低落，甚至隱約的難過。

一開始她還以為，他是吃醋，是喜歡她，心裡暗暗竊喜。

可後來才發現，有時候人對人，或許天生就有占有欲。

就像不喜歡和人分享玩具，不喜歡和人分享朋友。

這和愛情沒什麼關係，單純只是謝長寂這個性格，他自幼修孤苦之道，無愛無欲，無親無友，連喜歡個小貓小狗都要克制，生命裡擁有的東西太少，有了一點點，他便不願意和任何人分享。

想到這點，花向晚對他忍不住有了幾分同情，畢竟過得這麼單薄的人還是很少見的。

她走在他旁邊，用手肘捅了捅他，「喂。」

謝長寂轉頭看她，就見花向晚朝他張了張手：「你看，我手上什麼都沒有。」

謝長寂不明白她要做什麼，靜靜看著她的眼睛，重複：「嗯，什麼都沒有。」

「但是！」花向晚伸出手，探向他耳後，在他髮間一撩，彷彿抽了什麼一般，快速收手回來，舉了一朵白色小花在他眼前：「看！」

謝長寂愣愣看著面前小花，花向晚亮著眼：「沒有靈力波動對吧？我用的可不是法術。來，」說著，花向晚將小花插在謝長寂衣服上，捋了捋衣服，抬眼朝他笑起來，「給你一朵小花，不要不高興了。」

謝長寂看著面前人的笑。

她的笑容和少年時不太一樣，少年清澈張揚，可如今，她卻有了一種歷經滄桑後，還保留著的天真明媚。

這種笑容讓人怦然心動，他不敢直視，垂眸看衣衫上的小花。

明明只是路邊隨處可見的野花，他卻覺得，好像看見滿山花開，神明將這世上最美好的一切捧在了他面前。

花向晚見他情緒好轉，知道這是哄好了。

謝長寂沒什麼見識，一貫好哄得很。

她轉過頭，走到前面：「高興就走了，別耽擱事兒。」

「嗯。」謝長寂跟在她後面，他看著衣服上的小花，忍不住開口詢問：「妳……以前喜歡我什麼？」

「喜歡你長得好。」花向晚隨口回答，「喜歡你用劍漂亮，喜歡你會臉紅，最重要的是——」

花向晚轉頭，似是玩笑：「我那時候就喜歡你們這些光明磊落，如玉如蘭的小道長吧？」

光明磊落，如玉如蘭。

他側目看她，然後垂眸看了自己空落落的手一眼。

他的劍已經不在了。

他將小花用靈力封存，暗藏於冷盒，放進乾坤袋中。

兩人走走聊聊，很快便到了神女山腳下，老遠就聞到煙薰繚繞，有百姓號哭誦經之聲從遠處傳來。

花向晚拉住謝長寂，遠遠觀察了一下，見似有一些巫祝正擺了祭壇，在神女山腳下唱唱跳跳，她想了想，轉頭道：「繞路吧，免得他們又激動。」

兩人繞山一周，找了個沒有人的地方，便往山上走。

山腳下還好，但往上多走一點，便沒了路。

神女山彷彿被一道無形的罩子蓋上，花向晚和謝長寂觀察了片刻，確認這是個結界，對於普通人來說是絕對無法跨越的屏障，但對於他們這樣的修士，解決並不困難。

花向晚點點頭，伸出手：「給我靈力。」

謝長寂抬手握住她，靈力流暢進入花向晚身體中，她身上筋脈已經打通大半，而謝長寂靈力無比合適她的金丹，彷彿是她自身靈力一般，絲毫沒有過往用他人靈力那種澀意。

她運轉靈力，口中誦念有詞，抬手放在結界之上，沒了片刻，結界便消融出一個光門，花向晚放開手，轉頭招呼謝長寂：「走吧。」

謝長寂得話，跟著她走進去，他一直握著她的手，始終運轉著靈力，似是警戒。

花向晚知道他是擔心結界裡的情況，倒也沒有矯情，由他握著手走上山，一入結界，就感覺漫天雪花撲面而來，花向晚下意識瞇眼，謝長寂已經擋在她面前。

「這裡不能動用靈力。」謝長寂擋過前面的風，同花向晚解釋不開結界的原因：「這個雪山已經形成了法陣，算是另外一個小世界，但它的法陣極為脆弱，靈力運轉只能在人體之內迴圈，保證溫度。若是動用，一旦靈力超過這個小世界承載，它會坍塌。妳跟在我身後就好。」

魔主血令或許就在這個小世界中，一旦小世界坍塌，要再找，就要重新找線索了。

花向晚感知了一下，這個小世界靈力承載極限最多不過化神，謝長寂的靈力超出太多。

明白謝長寂的意思，她點了點頭，但她一想有些不好意思：「你在前面走一段路，等一會兒我走在前面幫你擋，大家輪流休息。」

「無妨。」謝長寂解釋：「死生之界常年如此，我習慣了，而且……」

謝長寂猶豫片刻，終於還是出聲：「妳我不必分得這麼清楚。」

說著，兩人往山上走去。

漫天大雪，地面雪積得很厚，周邊沒有任何感應，這世間彷彿除了雪，沒有任何東西。

兩人其實也不知道該去哪裡，便打算先到山頂看一看情況。

這種冷天對花向晚來說是極為難受的，但謝長寂的靈力一直在她體內運轉，人在她前面為她擋住迎面寒風，她倒也不覺得難熬。

兩人走了一天，謝長寂一路走，一路隨手撿一些枯枝放進乾坤袋。

等到夜深，終於走到半山腰，這裡風雪少上許多，眼看著前方出現一個山洞，謝長寂轉頭詢問：「休息一下吧？」

花向晚點了點頭，謝長寂拉著她進了山洞，這山洞不大，但進去之後，還是隔絕了寒風，瞬間讓人暖和許多。

謝長寂走在前面，確認山洞裡沒什麼危險後，便取了一塊暖玉遞到花向晚懷裡：「我去生火，妳歇息一下。」

花向晚應聲，謝長寂這才放開她。

沒有靈力運轉，哪怕抱著暖玉，花向晚也覺得冷，她跟在謝長寂邊上，蹦蹦跳跳，企圖讓自己身體暖和一些。

好在謝長寂動作很快，沒有片刻，枯枝就燃了起來，謝長寂從乾坤袋裡翻出一張暖玉床放在地面，在上面鋪了被子，讓花向晚坐下，便去山洞門口掛簾子。

他乾坤袋裡好似什麼都有，取了一塊紗布掛在洞口之後，山洞中溫度立刻又上升一些，那紗很薄，裡面可以清晰看到外面，外面卻看不到裡面，在沒有結界的情況下，倒是極好的遮掩寶物。

布置好山洞，他才走回來，坐到花向晚身邊，輕聲道：「我給妳煮湯，妳可以拉著我。」

花向晚得話，毫無矜持，立刻伸手挽住他。

謝長寂動作一頓，花向晚不好意思抬頭笑笑：「我太冷了。」

謝長寂聞言，應了一聲，靈力從他身上傳過來，花向晚身體頓時又暖了起來。

花向晚舒服得想要輕嘆，謝長寂拿了鍋，在鍋裡放了靈薑和水，又扔了一粒糖丸，將鍋放在火上。

打他們認識開始，謝長寂在生活一事上就極為妥帖，他乾坤袋裡最多的好像不是武器，而是這些奇奇怪怪的生活用品。

跟著他那三年，其他不好說，但生活上謝長寂的確是沒虧待過她。

出行在外，不管去哪兒，他好像都能把日子過得很舒服。

明明看上去是個清清冷冷的劍修，生活卻十分精緻。

只是當年他還窮，遠沒有如今出手大方。

比如睡的是草堆，山洞外掛的是普通的布料。

現下他有錢了，日子就更好過了。

花向晚看著鍋裡的水在火上慢慢有了熱氣，開始覺得有些睏了，她隱約好像聽到歌聲，但仔細聽，又只聽到風聲。

外面風聲越來越大，她覺得自己可能是太睏產生了錯覺，也沒為難自己，懶洋洋靠在謝長寂肩上。

謝長寂察覺她動作，扭過頭來看她。

花向晚抬眼：「你介意？」

「不。」謝長寂轉過頭，看著火光：「妳做什麼我都不介意。」

「那就好。」花向晚打著哈欠：「我這個人是不委屈自己的，你要是有什麼不舒服的地方就直接說。」

「嗯。」謝長寂應聲，沒一會兒，水沸騰起來，他將薑湯倒進碗裡，端起來時，薑湯便成了剛好入口的溫度。

他遞給花向晚：「天劍宗種出來的靈薑，驅寒暖體，喝了再睡。」

「我知道。」

以前花向晚就喝過，只是聽說這東西還挺珍貴，以前謝長寂也就只有一兩塊。

現在看起來他應該有很多。

但這東西味道不好，哪怕謝長寂放了糖丸，還是覺得辣。

花向晚捏著鼻子，喝了一半實在喝不下，吐著舌頭遞回去給謝長寂：「我不要了，實在喝不下了。」

謝長寂不說話，他默不作聲掃過她帶著水色的唇，和裡面若隱若現的香舌，挪開目光，垂眸壓住晦暗不明的神色，將剩下半碗湯喝了下去。

「睡吧。」

花向晚沒注意到他的動作，脫了外衣，往玉床上倒了下去，鑽進了被子。

謝長寂見她上床，便同之前一樣，側身躺下去，將她攏在懷裡。

外面風雪似乎因為夜深大了起來，隱約能聽到狼嚎。

謝長寂握著她的手，拍了拍她的手：「睡吧。」

花向晚閉上眼睛，本來也與平日不同。

但不知道怎麼的，她心中總有一些雜念，一閉眼，就感覺身後的溫度比起往日似乎更炙熱一些，這連帶著她莫名也有些熱了起來。

她睡不著，對方明顯也沒睡著，兩人保持著平日的姿勢，僵持著不動。

謝長寂的手就放在她的腰間，她這才注意到，他的手掌很大，兩隻手便可以握住她大半腰肢。

玉床很暖，帶著玉特有的滑膩，暖意升騰上來，過往某些片段驟然浮現。

他克制著的喘息聲和他握著她的腰從後面貼著她的畫面一起湧現，花向晚呼吸不由得亂了片刻。

似乎也聽到她的呼吸，謝長寂呼吸明顯了幾分，他的手緩慢離開她的腰間，試探著，挪移往上。

花向晚意識到他要做什麼，身體軟下來，但神智卻意識到不對。

謝長寂不知為何遲疑，他可能也意識到有什麼不對勁，他一寸一寸攀附，在即將覆在柔軟之處時，外面突然傳來一聲琴音！

這琴音讓花向晚驟然驚醒，她一把抓住他的手，冷靜出聲：「有東西在干擾心智，外面來人了。」

說著，她從床上瞬間起身，抓起外衣，便披在身上。

寒冷淬骨而來，她整個人也冷靜下來，冷眼看向洞外，考慮片刻，便提步往外走去。

方才琴音沒有用靈力，應當是刀劍砍在琴弦上所發出的聲音。

用琴作為武器，明顯是清樂宮的人。

神女山位於清樂宮管轄之地，清樂宮的人在神女山上，並不奇怪。

看著她急急出去，謝長寂抿了抿唇，披上衣服起身，立刻跟著走了出去。

一出山洞，外面寒風凜冽而來，謝長寂握住花向晚手，低聲詢問：「妳找什麼？」

他們出來尋找魔主血令，聽見打鬥避讓還來不及，為何主動找人？

花向晚沒有理會他的話，閉上眼睛用神識往旁邊一搜，便急急忙忙往不遠處趕過去。

謝長寂拉著她，為她擋著風，跟在她身旁，見她匆忙的樣子，聯想到方才琴音，心上微沉。

他沒有多說，兩人一路急奔，沒多久，就聽見打鬥聲。

「溫少清，」一個不辨男女的聲音響起來，「若不是投胎投得好，你以為你算個什麼東西？」

聽到這個名字，謝長寂轉頭看了花向晚一眼。

花向晚拉著他上前，隱匿了氣息，蹲到石頭後面，就看一個面上畫著詭異符文濃妝，頭頂著一個巨大髮冠的女人領著一批人圍上來。

溫少清明顯受了傷，古琴在他身側，他倒在地上，喘息著：「巫禮，妳瘋了嗎？妳家少主讓妳來協助我，妳就是這麼協助的？」

「我瘋了？」被質問的女人笑起來，她歪了歪頭，「溫少主死於意外，與我們有何干係？把尋龍盤交出來，我留你一具全屍！」

聽到這話，花向晚心上一頓。

尋龍盤，這可是個好東西。

只要把你想找的東西的氣息放在尋龍盤上，它便會指明方向。

魔主血令，乃魔主以血澆灌，只要搞到魔主一滴血，有了這東西，找魔主血令便像作弊一樣簡單。

她想了想，壓低聲詢問謝長寂：「不用靈力，這些人你有多少把握？」

謝長寂聞言，抬眼看她，並不答話。

花向晚品出來，他這是不同意救人。

想想溫少清一來就屢次找他麻煩，他不喜歡溫少清也是正常，可大局為重，她只能勸他：「我要尋龍盤。」

得這話，謝長寂垂眸：「那可以都殺了。」

花向晚一哽，她想了想，也不逼他，拍了拍他的手：「那你在這兒等我。」

說著，她從乾坤袋裡拿出一堆暗器套在手上。

沒有靈力，作為法修和個廢人差不多。

還好這些時日她筋脈好上許多，用點近戰武器，應當勉強可以。

謝長寂冷淡地看她一眼，轉頭看向前方。

聽見巫禮的話，溫少清冷笑：「妳以為尋龍盤是妳能用的東西嗎？」

「少廢話，交出來，不然我讓你求生不得，求死不能。」

「那妳試試！」

話音剛落，溫少清抬手放在琴上，似乎就想撥動琴弦。

花向晚一看這情況，暗叫不好。

溫少清雖然只是元嬰，但若巫禮也動手，誰也不知道會不會把這個小世界給轟塌了。

花向晚急急起身，然而她才一動，手中長劍便被奪過。

隨即便見白衣融雪，劍光如虹，頃刻之間割斷了巫禮的喉嚨。

劍修無需靈力，僅憑劍意也可以到達巔峰，在這種限制靈力的環境裡，劍修的優勢發揮得淋漓盡致。

花向晚趁機一把拖過溫少清，抱起他的琴，抓著溫少清就跑：「走！」

溫少清被花向晚拉著踉踉蹌蹌跑開，謝長寂擋在兩人前方，看著剩下的人：「追或死，你們選。」

眾人不敢答話。

能一劍了結巫禮，無論他們用不用靈力，雙方都有天塹之別。

大家秉著呼吸不敢出聲，謝長寂提劍轉身，追著花向晚回去。

花向晚攙扶著溫少清，溫少清受傷很重，他整個人幾乎都壓在花向晚身上，走得踉踉蹌蹌。

「阿晚……」溫少清喘息著，「妳……妳怎麼……」

「先別說話。」花向晚打斷他，給他餵了顆藥：「安置下來再說。」

溫少清咽下藥，也沒有多說。

他靠著花向晚，感覺風雪吹來，而支撐著他的這個人，成了風雪裡唯一的溫暖。

這讓他心裡有些酸澀，他低低出聲：「阿晚，還好妳來了，我就知道妳不會不管我的。」

「我來吧。」

謝長寂的聲音從後面傳來，溫少清瞬間意識到這裡還有一個人，他瞬間回頭，又驚又怒：「你！」

謝長寂沒等他說完，便將他一把扯過來，扶住他，抬眼詢問：「能走嗎？」

他問得很平靜，挑不出半點刺，但溫少清莫名覺得有了幾分威脅。

兩人僵持著，許久，溫少清咬牙：「能走。」

「走。」

謝長寂扶著他，想了想，看了旁邊抱琴的花向晚一眼，出聲：「晚晚，過來，我給妳靈力暖著。」

謝長寂這麼一提醒，花向晚突然意識到冷。

她趕緊跑過去，謝長寂徑直一抽，粗暴地抓著琴弦，就把古琴拎了起來，遞在溋少清面前：「溋少主，她體寒，抱著琴行走怕是不便。」

溋少清看見他這麼對待自己的琴，疼得咬牙。

本想多說幾句，但看見一旁對手哈著氣的花向晚，他還是忍耐下來，把琴一把抱了過去。

謝長寂空出手來，握住花向晚。

然後他扶一個，拉一個，在中間把兩人隔開。

溋少清扭頭看了花向晚和謝長寂一眼，見他們衣衫不整，明顯是剛穿上衣服趕過來，他眼中閃過厲色，忍不住把琴更抱緊了一些。

「阿晚，」他勉強笑起來，有些不敢相信，「此次，妳就和謝道君兩人出行？」

「嗯。」花向晚聽溋少清問話，毫不猶豫應答。

溋少清抱著琴的力道忍不住加大了一些。

只有他們兩個人……深夜衣衫不整……

他死死盯著花向晚，卻還要強行克制情緒，花向晚聽溋少清不說話，隔著謝長寂探過頭去看他，好奇打聽：「你怎麼回事？巫禮為什麼要殺你？」

巫禮是巫蠱宗的右使，巫蠱宗效忠於鳴鸞宮，怎麼都不該對溋少清動手。

「他瘋了。」溋少清得話，回過頭，聲音帶冷。

他說完，抿了抿唇，不知道自己是出於什麼念頭，又忍不住多提了一句：「她本來是雲衣派來和冥惑一起保護我的，可我們進神女山後，沒多久手下就開始不斷出事。最後冥惑不知所蹤，她也叛變了，想殺我奪取尋龍盤自己去找血令。」

「這裡好像有什麼迷惑心智的東西？」花向晚好奇。

溫少清作為樂修對這類東西更敏感，他點了點頭：「不錯，妳可聽到歌聲？」

聽到這話，花向晚仔細回想了一下，在山洞她的確隱約聽到歌聲，但仔細聽什麼都沒有，她以為是自己的錯覺。

「沒有。」謝長寂肯定開口。

溫少清冷笑：「你這種劍修當然聽不到。這歌聲會擾亂人心智，但它的聲音並不是人耳能聽到的音域，所以它對人的影響，就像慢性毒藥一樣，悄無聲息。只有高階法修和我這樣的音修，才能通過『感知』感覺到它的聲音。」

「你是說，雖然聽不到，但還是會有影響？」花向晚總結。

溫少清點頭，花向晚想了想：「那……主要是什麼影響？」

溫少清一頓，片刻後，他扭過頭，似是有些厭惡：「主淫，助貪。」

花向晚點頭，明白今晚謝長寂的失常來自於何處。

這時三人已經來到山洞前，溫少清進了山洞，迅速掃了這裡的布置一眼。

一眼看過去，溫少清動作僵住。

山洞裡看上去有些凌亂，暖玉床上，被子散開，還有謝長寂沒有來得及穿上的中衫和玉佩還在床邊，花向晚的襪子、香囊、朱釵也散落一地。

溫少清死死盯著那張凌亂的床，花向晚見他愣住，先是有些茫然，隨後在觸及對方目光時，瞬間覺得窘迫，趕緊上前收拾，解釋道：「不好意思剛才出去得太急，有點太亂了。」

聽到這解釋，溫少清呼吸更為急促。他忍不住捏起拳頭，身子微顫。

「妳和他……」溫少清咬牙，似是有些難以啟齒，「同床了？」

花向晚動作一僵，她下意識想解釋，又覺得不該向溫少清解釋。

溫少清見她猶豫，終於控制不住，激動出聲：「妳怎麼可以這樣對我？」

說著，他喘息起來：「花向晚……花向晚……妳……」

話音未落，他一口血嘔了出來，花向晚慌忙起身，急急扶住他躺下，招呼著謝長寂：「你快過來給他一些靈力，我給他餵藥。」

說著，她去掏藥，溫少清不管不顧，一把抓住她，滿眼懇求。

「陪著我，不要這樣……阿晚，在我身邊……不要當著我的面……」

「我陪著你，」花向晚被他拉著，趕緊安撫，「你不要激動，先吃藥，我沒和他同房，你先吃藥。」

聽到這話，溫少清神色才緩和些許，他窩在花向晚懷裡，緩緩閉上眼睛。

「別離開我……」他抓著花向晚的手，喃喃，「別走……」

說著，他便沒了意識。

花向晚趕緊想將手抽出來，然而對方拽得很緊，她只能求助謝長寂：「你幫我取一下藥。」

謝長寂聞言，平靜上前。

然而他沒有取藥，他當著她的面，將手放在溫少清手指上。

這麼髒的東西，不該碰她。

該一根一根碾碎，掰開，連人帶指，扔到外面冰雪之上餵狼。

念頭劃過他的腦海，花向晚見他手去的方向不對，疑惑出聲：「謝長寂？」

謝長寂動作一頓。

腦海中劃過花向晚送他那朵小花。

光明磊落，如玉如蘭。

他動作停住，片刻後，垂下眼眸，平靜地拉了拉溫少清的手。

見拉不開，這才低頭去花向晚乾坤袋中拿藥，往他嘴裡塞了進去。

餵好藥後，溫少清氣息慢慢平穩，花向晚舒了口氣，抬頭看旁邊謝長寂，疲憊一笑：「你也累了，先睡吧。」

謝長寂點點頭，卻是沒動。

花向晚疑惑：「怎麼了？」

「妳怕冷。」

「沒事，」花向晚聽他擔心，笑了笑，「有火，他也暖和，我熬一晚上沒事。」

「他像個孩子。」謝長寂評價，花向晚點頭，倒也認可。

「他一直是個孩子。不過照顧他很多年了，」花向晚垂眸看著懷裡的人，眼裡浮現出幾分溫和，「倒也習慣了。」

謝長寂不說話。

她言語中的親暱，像一道他跨不過去的鴻溝。

溫少清說得對。

兩百年，這時光太長了。

——《劍尋千山【第一部】劍意尋情》（上卷）完——

——敬請期待《劍尋千山【第一部】劍意尋情》（下卷）——

高寶書版集團
gobooks.com.tw

YE 078
劍尋千山【第一部】劍意尋情（上卷）

作　　者　墨書白
責任編輯　吳培禎
封面設計　單　宇
內頁排版　賴姵均
企　　劃　何嘉雯

發 行 人　朱凱蕾
出　　版　英屬維京群島商高寶國際有限公司台灣分公司
Global Group Holdings, Ltd.
地　　址　台北市內湖區洲子街88號3樓
網　　址　gobooks.com.tw
電　　話　(02) 27992788
電　　郵　readers@gobooks.com.tw（讀者服務部）
傳　　真　出版部(02) 27990909　行銷部 (02) 27993088
郵政劃撥　19394552
戶　　名　英屬維京群島商高寶國際有限公司台灣分公司
發　　行　英屬維京群島商高寶國際有限公司台灣分公司
法律顧問　永然聯合法律事務所
初　　版　2024年07月

本著作物《劍尋千山》，作者：墨書白，由北京晉江原創網絡科技有限公司授權出版。

國家圖書館出版品預行編目(CIP)資料

劍尋千山. 第一部, 劍意尋情/墨書白著. -- 初版. -- 臺北市：英屬維京群島商高寶國際有限公司臺灣分公司, 2024.07
冊；　公分. --

ISBN 978-626-402-030-5(上冊：平裝). --
ISBN 978-626-402-031-2(下冊：平裝). --
ISBN 978-626-402-032-9(全套：平裝)

857.7　　113009739